KB268512

마녀재판의 변호인

魔女裁判の弁護人

마녀재판의 변호인

기미노 아라타 장편소설 | 김은모 옮김

차례

마녀재판의 변호인

11

주요 등장인물

로젠: 명문 에른스트 대학교 법학부의 전직 교수

리리: 로젠과 함께 여행하는 소녀

앤: 마녀재판의 피고인. 어머니도 마녀 혐의로 처형되었다.

란드센: 마을을 다스리는 영주. 마을이 속한 아인슈타인령을
다스리는 대영주의 차남

아벨: 마을에 새로 부임한 사법관

베날두스: 마을 교회의 신부

코펠: 마을의 신탁사

모그: 촌장. 마녀위원회 대표

덴 부인: 마녀위원회 부대표

자인: 마을의 묘지기. 예전에는 광석 캐는 일에 종사했다.

엘레나: 로젠의 제자. 고인(故人)

에그하르트: 로젠의 스승이자 에른스트 대학교 총장

마녀란 악마와 계약을 맺거나,
악마의 종복으로서 영혼을 바친 자다.
악마의 도움으로 마술을 사용해 인간에게 해를 끼치는 존재이자,
신의 나라를 모독하는 대적자다.
— 하인리히 크라머, 『마녀를 심판하는 망치』

악마가 모든 일에 심원한 지식을 갖추고 있는 건 분명하다.
어떤 신학자도 그들에 비견할 만큼 성서를 해석할 수는 없으며,
어떤 법률가도 유언과 계약, 소송에 관해
그들만큼 소상하게 알지는 못한다.
어떤 의사와 철학자도 인체 구조, 그리고 여러 천체와 별들,
새와 물고기, 나무와 풀, 금속과 돌의 효능에 관해
그들만큼 지식이 많지는 않다.
— 장 보댕, 『마녀의 악마 빙의』

Prologue

환성이 들끓었다.

광장 한복판에 피워진 벌건 불길이 지푸라기에서 지푸라기로 옮겨붙으며 한순간 기운이 약해지는가 싶더니, 바람을 맞고 단숨에 타올랐다. 구름 한 점 없이 맑은 하늘로 불길한 검은 연기가 뭉게뭉게 피어올랐다.

불길 속에 우뚝 세워진 길쭉한 말뚝에는 등 뒤로 손이 묶인 여자가 묶여 있었다. 나이는 30대 중반일까. 뜨거운 바람에 나부끼는 머리칼은 헝클어졌고, 붉게 달아오른 뺨은 수척했다. 초췌하게 그늘진 눈은 멍하니 초점이 맞지 않아 눈앞에서 일어나고 있는 일에 전혀 관심이 없는 것처럼 보였다.

여자의 가슴속은 곧 다가올 고통스러운 죽음의 두려움이 아니라, 자신이 저지른 죄에 대한 후회로 가득했다.

바람이 한바탕 몰아치자 맨땅에서 흙먼지가 피어올랐다. 불길이 크게 흔들리며 여자의 몸에 불똥이 쏟아져 내렸다. 조잡한 베옷이 불에 휩싸였다. 팔과 다리는 쓸린 상처로 가득했고, 여기저기 시퍼렇게 멍이 들어서 더욱 비참해 보였다.

'왜 그런 짓을 했을까.'

여자는 스스로에게 물었다.

'나는 왜 악마와 정을 통했을까.'

처음 마녀로 지목됐을 때 여자는 두 귀를 의심했다. 무슨 농담인 줄 알았다.

여자는 신을 믿었고, 악마의 시험에 들지 않도록 언제나 조심했다. 또 미사에는 반드시 참석했고, 평소 기도를 빼먹은 적도 없었다.

물론 하루하루 생활하면서 가끔 불평불만을 하기는 했다. 그렇지만 악마와 정을 통하다니, 그런 짓은 몽상조차 한 적이 없었다.

그러나.

'아아, 끔찍해라.'

난 마녀였다.

마을 사람들이 마녀라고 욕하고, 사법관이 자백하라고 밤낮없이 심문하자 여자는 점차 긴가민가해졌다. 어쩌면 자신이 마녀는 아닐까 하는 생각이 자꾸 머리를 스쳤고, 그럴 때마다 감옥 속에서 공포에 몸을 떨었다.

이윽고 고문이 시작되자 여자는 갑자기 생각났다.

마녀가 자신을 찾아온 그날 밤이.

처음으로 마녀의 집회에 참석했던 밤이.

피와 짐승의 내장을 부글부글 끓인 듯한 악취가 감도는 가운데, 여자는 동지인 마녀들과 함께 미친 듯이 춤췄고, 구역질 날 만큼 역겨운 수프를 먹고, 악마와 음탕한 짓에 빠졌다.

그렇게 악마와 계약을 맺은 후로는 악행을 저질렀다. 마술로 옆집의 소젖을 훔치고, 악마의 힘을 빌려 옆집 사람이 병에 걸리도록 했으며, 더 나아가 갓난아이를 죽여서 먹기까지 했다.

항간에 떠도는 소문이나 신부님의 설교를 통해, 그런 일들이 곳곳에서 일어나고 있다는 건 알고 있었다. 제 세상인 양 날뛰는 악마와 마녀, 그리고 그것들을 가차 없이 단죄하는 신의 대리인들. 그 피비린내 나고 더러운 투쟁의 이야기에 벌벌 떨면서도, 세상의 어둠을 엿보는 듯한 발칙한 쾌락을 맛봤다. 이 세상과는 완전히 다른 저쪽 세상의 피 끓도록 흥분되는 이야기는 단조로운 일상을 위로해 주는 특별한 오락거리였다.

그래, 단지 오락거리였을 뿐인데.

설마 내가 악마의 유혹에 넘어가 마녀가 되고 악에 물들 줄이야.

'난 왜 그런 짓을 저지른 걸까.'

날카로운 소리가 울리고 바람이 세차게 불었다. 호응하듯 불길이 더 활활 타오르며 여자의 몸을 중심으로 큰 소용돌이를 일으켰다. 검은 연기가 꿈틀거리며 군중에게로 퍼져 나가자 여기저기서 비명이 들렸다. 마녀를 태운 연기다, 닿으면 틀림없이 부정 탄다. 인파의 일부가 무너지고 마을 사람들이 뿔뿔이 흩어져 도망쳤다.

여자의 입꼬리가 살짝 올라갔다.

'그래, 나는 더러운 존재. 신에게 대적하는 자. 이 세상에 있어서는 안 된다.'

그때 여자의 시선이 한 점에 못 박혔다.

한 소녀가 여자를 가만히 바라보고 있었다.

'아아.'

여자는 무심코 입을 벌렸다. 하지만 목소리는 나오지 않았고, 격렬한 기침이 여자를 덮쳤다. 순간적으로 연기를 잔뜩 들이마신 탓이었다. 눈구멍 깊은 곳에서 눈물이 넘쳤고 콧물이 지저분하게 흘러내렸다. 온몸의 모든 구멍으로 흘러든 연기가 몸속 내장을 검게 태웠다.

고개가 푹 꺾였다. 이미 의식을 잃었다. 얼마 지나지 않아 숨도 끊어질 것이다.

곳곳에서 노랫소리가 들려왔다. 찬송가였다. 들뜬 목소리가 수없이 포개어지며 신의 승리와 악마의 패배를 드높이 노래했다. 박수 소리와 떠들썩한 웃음소리가 울려 퍼졌다.

악마가 세상에 넘쳐서

우리를 둘러싸고 공격해도

두려워하지 말지어다

방위는 견고하도다

세상의 권세가 소란을 피워

압박하여도

주님 말씀은

악에 이기리

그것은 신의 질서를 회복하기 위한 의식이었다. 동시에 어둡고 뒤틀린 욕망을 발산시키는 축제이기도 했다.

난장판 속에서 소녀는 그저 여자만 바라보았다.

그 모습을 수상쩍게 여기는 사람은 없었다. 아니, 소녀를 눈여겨보는 사람조차 없었다. 다들 고양감에 젖어 마녀가 불타는 모습을 넋 놓고 바라보며 기쁨을 탐닉하느라 정신없었다.

소녀의 눈에서 눈물은 흐르지 않았다. 오열로 목구멍이 떨리지도 않았다.

그 얼굴에는 그저 기묘하게 일그러진 표정이 맺혀 있을 뿐이었다.

로젠(1)

검은 숲.

유럽 대륙 중앙에 군림하는 신성로마제국의 남부엔 신의 시대부터 펼쳐진 어두침침한 대삼림이 자리했다. 그곳에는 요정의 샘이 솟아나고, 영령이 깃든 거석이 서 있으며, 신목이 하늘을 떠받치고 있다. 그곳은 하나의 생명이자 모든 정령의 고향이었다. 깊은 숲이 품고 있는 이 세상과 동떨어진 분위기를 접하면, 사람들은 대부분 신성한 존재를 목도하고 더러운 자신의 모습을 되돌아보게 될 것이다.

"어휴, 이제 한 발짝도 못 걷겠어요!"

경건함이라고는 털끝만큼도 없는 자포자기한 목소리에 돌아보니 리리가 길가 바위에 주저앉아 있었다.

어깨 위에서 가지런히 자른 검은 머리에 검은 눈동자, 밀 색깔 피부. 소아시아 출신임을 한눈에 알 수 있었다. 작은 몸을 튜닉으로 감쌌고 그 위는 선명한 붉은색 외투, 아래는 보들보들한 바지 차림이었다.

로젠은 한숨을 내쉬었다.

"이 고갯길만 넘으면 곧 마을이야."

다시 앞으로 시선을 돌리니 두 사람이 겨우 스쳐 지나갈 만큼 좁은 고갯길이 뻗어 있었다. 좌우에는 가문비나무가 벽처럼 빽빽이 자랐고, 머리 위로도 나뭇가지와 잎사귀가 겹겹이 덮여 있어서 마치 동굴에 던져진 듯한 기분이었다.

숨이 턱 막히는 풋내가 코를 찔렀다. 제국 남서부에 위치한 이곳 아인슈타인령은 원래 여름이 가까운 이 시기에도 시원한 지역일 텐데, 아무래도 올해는 사정이 다른 모양이었다. 어제 내린 폭우의 여운을 듬뿍 머금은 공기가 몸에 끈적하게 들러붙어 나무 그늘에서도 땀이 날 만큼 더웠다. 이미 외투는 벗어서 삼각 모자와 흰색 로브 차림이었지만 별 소용이 없었다. 한시라도 빨리 목적지에 도착해서 한숨 돌리고 싶은 게 솔직한 심정이었다.

"애당초 빨리 가자고 재촉한 건 리리 너잖아?"

거리에 장이 섰기에 구경도 할 겸 잠시 머물렀는데, 점차 날씨가 흐릿해지기 시작했다. 그래서 날씨가 좋아질 때까지 기다리자고 제안하자 바로 출발하자고 재촉한 것이 다름 아닌 눈앞의 소녀였다.

그 전까지만 해도 "여기 계속 있고 싶어요." 하고 움직일 기색이 전혀 없었는데, 갑자기 "비가 오기 전에 다음 마을로 가죠." 하며 혼자서라도 출발할 기세를 보였다. 리리에게는 그런 청개구리 같은 면이 있었다.

결국 나흘 전에 여관을 나섰고, 그 결과로 어제의 장대비를 마주쳤다. 운 좋게 거목의 구멍에서 비를 피했지만, 자칫 잘못했으면 둘 다 물에 젖은 생쥐 꼴이 되어 아파서 드러누웠을지도 모른다.

그러한 여러 가지 사정을 싹 잊어버린 듯한 얼굴로 리리가 발을 버둥거렸다.

"그래도 그렇지 로젠은 너무 서둘러요. '페스티나 렌테(Festina Lente. 천천히 서둘러라)'라고 로마의 초대 황제도 그랬잖아요."

한 마디도 지지 않고 되바라진 말투로 말대꾸하기에 로젠이 받아치려 하자 리리는 고개를 홱 돌렸다.

다시 한숨이 새어 나왔다. 이렇게 되면 절대로 움직이지 않으리라.

'확실히 너무 서둘렀는지도 모르지.'

서른 살을 앞둔 청년인 로젠도 아침부터 고갯길을 계속 걷다 보니 허리와 다리가 아팠다. 다리가 가냘픈 리리는 더 그럴 것이다.

지팡이를 나무에 기대어 세우고 근처 바위에 앉았다. 옷 위로 시원한 감촉이 전해져서 기분 좋았다.

"좀 쉴까."

리리는 그 말에 반색하더니 토끼처럼 바위에서 폴짝 뛰어내렸다. 아까까지 우는소리 하던 건 어디로 사라졌을까. 하기야 리리가 이렇게 변덕스러운 모습을 보이는 건 어제오늘 일이 아니었다. 일일이 지적했다가는 금방 지치고 말리라.

"배고파요!"

"그러게."

로젠은 천에 감싼 치즈를 배낭에서 꺼냈다. 옆에서 리리가 물이 든 조롱박 물통을 입에 대고 꿀꺽꿀꺽 기분 좋게 마셨다. 어제 비가 내린 덕분에 물은 넉넉히 보충했다.

빵을 적당히 찢어서 치즈와 함께 나누어 주자, 리리는 빵과 치즈를 순식간에 먹어 치우고 새끼 양 같은 눈으로 로젠을 쳐다보았다. 말은 꺼내지 않았지만 눈빛으로 '모자란다'고 호소했다.

"마을에 도착하면 좀 더 제대로 된 음식을 먹을 수 있을 거야."

고개만 넘으면 다음 마을이 보일 것이다. 꼭대기는 아직 보이지 않지만 지금까지 걸어온 감각으로 판단하건대 꼭대기까지 그리 오래 걸리지는 않으리라.

"하다못해 빵이라도 좀 더 줘요."

"폭식은 엄하게 다스려야 하는 죄 아니었나?"

"폭식이라뇨. 한창 자랄 때잖아요. 그 정도 음식으로는 부족하다고요."

"성인 남자와 같은 양을 먹었으니 충분하겠지."

"……순 억지예요."

투덜거리는 리리를 내버려두고 로젠도 물통을 꺼내 입에 댔다. 돼지 위장으로 만든 물통에는 포도주가 들어 있는데, 이것도 여관에서 조달했다. 신맛이 강하지만 생강 냄새가 은은히 풍기는 덕분에 목구멍으로 잘 넘어갔다. 여름이 가까워지는 시기라 재고가 있는 것만으로도 고마웠는데, 아무래도 아주 괜찮은 물건을 건진 듯했다.

"로젠."

리리의 목소리가 달라졌다. 바라보자 아까까지와는 딴판으로 진지한 표정이었다. 리리의 시선은 로젠의 뒤쪽을 향했다.

천천히 돌아보았다. 어린 가문비나무 한 그루 주변에 수풀이 우거져 있었다. 그냥 평범한 수풀처럼 보였지만, 잠시 후 갑자기 풀이 흔들렸다.

뱀이었다. 뱀은 시퍼런 몸을 느릿느릿 쳐들고 조그마한 두 눈으로 이쪽을 가만히 보고 있었다.

그렇게 크지는 않은 듯했지만 나뭇잎 사이로 비치는 햇빛에 드러난 꺼림칙한 비늘 색깔을 보니 독사가 분명했다. 한번은 독사에 물린 지인을 간호했었는데, 온몸에 보랏빛 반점이 생기고 구멍마다 온통 피를 흘리며 숨을 거두는 끔찍한 최후를 맞았다. 같은 전철을 밟을 수는 없었다.

로젠은 차분히 숨을 가다듬고 천천히 지팡이를 잡았다. 이제 언제 덤벼들어도 대처할 수 있을 것이다. 방금까지와는 다르게 등골과 겨드랑이에 식은땀이 흘렀다. 뱀은 여전히 표정 없는 눈으로 가만히 이쪽을 바라보고 있었다.

시간이 얼마나 흘렀을까. 드디어 뱀이 머리를 돌리고 수풀 속으로 모습을 감췄다. 순식간에 벌어진 일이었다.

로젠은 신중하게 자세를 풀었다. 한숨을 내쉬며 긴장을 늦추려다 꾹 참았다. 일단 위기를 넘겼지만, 같은 상황이 또 벌어지지 않으리란 보장은 없었다.

"출발하자."

로젠은 배낭을 메고 말했다. 이번에는 순순히 따라오는 리리에게 길을 양보했다. 하다못해 리리의 걸음에 맞춰서 나아가려는 로젠 나름의 배려였다.

길은 서서히 가팔라졌고, 오르락내리락 기복도 심해졌다. 머리 위를 덮은 나뭇가지와 잎사귀가 햇볕을 막아 주기는 했지만 찌는 듯한 공기는 여전했다.

숨을 헐떡이며 로젠은 몇 걸음 앞서가는 소녀의 뒷모습을 바라보았다.

올해 열네 살인데도 키가 놀랄 만큼 작았다. 새처럼 가느다란 팔다리에, 굴곡이 별로 없는 몸. 여행하는 동안 성장을 멈춘 게 아닐까 싶을 만큼 겉모습에 변화가 없었다.

두 사람은 재작년인 1555년 겨울에 고향을 떠났다. 고향을 떠나기 조금 전에 아우크스부르크 화의 루터파를 공식 인정하고 제후가 자기 영지의 종교를 선택할 수 있게 한 종교 협약가 성립돼, 제국에서도 루터파를 인정하며 가톨릭과 루터파의 싸움은 일단락됐다. 덕분에 국내 여행의 위험성은 낮아졌지만, 불씨가 완전히 꺼진 것은 아니기에 제후의 동향과 국외 정세에 따라 분쟁에 휘말릴 우려도 적지 않았다.

다행히 지금까지 그런 일을 당한 적은 없지만, 그래도 여정은 고난의 연속이었다. 때로는 폐허에서 노숙했고, 때로는 마을을 찾아 며칠이나 걷기도 했다. 짐승이나 강도에게 습격당한 적도 한두 번이 아니었다. 건장한 어른도 앓는 소리가 절로 나올 만큼 가혹한 여정이었다. 하지만 아무리 힘들더라도, 리리는 오늘도 이렇게 로젠과 함께 있었다.

'아니.'

로젠은 고개를 살짝 저었다.

'오히려 이 아이가 있었기에 여기까지 여행할 수 있었지.'

눈앞의 소녀는 신기하리만치 직감이 뛰어났다. 상대방 이야기에 섞인 거짓말을 꿰뚫어 보았고, 위험이 가까이 닥쳐오면 얼른 알아차렸다. 아까 그 뱀이 좋은 예다. 리리의 직감 덕분에 목숨을 구한 적은 그야말로 헤아릴 수 없을 만큼 많았다.

'그것도 당연하다면 당연하겠지.'

머리가 지끈지끈 아파서 로젠은 인상을 찌푸렸다.

리리의 직감이 어디서 유래됐는지는 짐작이 갔다. 하지만 거기에 대해 생각하려 하면 떠올리기 싫은 기억이 머리를 꽉 조이는 듯한 통증을 유발했다. 체념 섞인 로젠의 한숨 소리는 느닷없이 들려온 환성에 지워졌다.

"바다다, 바다! 바다가 보여요!"

관자놀이를 누르며 리리 옆에 서자 시야가 확 트였다.

고개 꼭대기는 탁 트인 광장이었다. 높은 하늘을 올려다보자 구름 한 점 없이 맑은 푸른색이 한없이 이어졌다. 저편에 희미하게 보이는 산봉우리들을 왼쪽으로 따라가자, 저 멀리 안개 속에 떠오른 알프스가 눈에 들어왔다. 그 봉우리를 옆에 두고 앞으로 나아가면 바이에른령이었고, 거기서 더 나아가면 두 사람의 고향인 포어렌데에 다다를 것이다.

눈 아래에는 다양한 기복이 드러나는 산악 지방 특유의 지형이 펼쳐져 있었다. 대지는 굽이지거나 단층을 이루면서 복잡하게 얽혀 있었다. 그 대부분은 숲에 덮여 있었지만, 군데군데 암벽이 고개를 내밀었다.

두 사람의 목적지인 마을은 그러한 암벽 중 하나를 등진 형태로 자리 잡고 있었다. 앞쪽에는 구불구불한 강이 알프스 방면까지 뻗어 있었다. 산과 벼랑에 끼인 형태라 마치 숲속에 있는 섬처럼 보였다.

울타리를 둘러친 마을에는 교회를 중심으로 집이 서른 채쯤 있었다. 집들 사이에 조그마한 밭이 있었고, 마을 한구석에는 숯장이가 사는지 연기가 피어올랐다. 작으나마 물레방앗간도 있었는데, 그 곁에 오두막이 몇 채 늘어서 있었다.

마을 안쪽에는 깎아지른 듯한 벼랑에 달라붙은 모양새로 작은 성이 우뚝 서 있었다. 돌로 만든 성은 멀리서 보기에도 세월의 흔적이 느껴졌고, 투박한 겉모습에서 예전에 기사들이 거주했던 곳임을 쉽사리 상상할 수 있었다. 성문 앞에 가문을 상징하는 깃발이 펄럭이고 있으니, 지금은 영주가 관저로 사용하고 있으리라.

잠시 자연경관을 감상한 후, 두 사람은 고갯길을 내려갔다. 리리의 발걸음도 조금 가벼워 보였다.

강에는 도개교가 걸려 있었다. 리리가 힘차게 풀쩍 뛰어올랐다. 흔들려고 한 거겠지만 다리는 꿈쩍도 하지 않았다. 도르래를 이용해 올리고 내리는 간단한 구조지만 튼튼하게 만든 듯했다. 다리 아래를 흐르는 강은 꽤 탁한 급류라 강바닥은 보이지 않았다. 빠지면 무사하지 못하리라.

길을 따라서 당도한 마을의 울타리에는 격자문이 달려 있었다. 그 너머에서 두 남자가 이야기를 나누고 있었는데 어쩐지 분위기가 이상했다. 둘 다 표정이 험악하고 안절부절못하는 것처럼 보였다.

로젠이 가볍게 고개를 숙여 인사하고 무슨 일이냐고 묻자 두 남자는 이구동성으로 대답했다.

"마녀재판 중입니다."

관자놀이가 또 지끈 아팠다.

마녀재판.

악마와 계약을 맺은 마녀를 찾아내 처형하기 위한 재판.

현재와 같은 마녀재판의 기원은 비교적 오래되지 않은 15세기로 거슬러 올라갔다.

그 이전에는 '마녀'가 주술이나 마법을 쓰는 여성 정도의 의미였기에, 마녀라는 이유만으로 처형당하지는 않았다.

형세가 바뀐 것은 12세기부터였다.

이단심문이 제도화되는 흐름 속에서 '악마와 계약한 마녀'라는, 현재와 상통하는 개념이 점차 자라났다. 그러다 1431년에 바젤 공의회가 개최되자, 그 개념은 지방으로 파급돼 널리 사람들 입에 오르내리게 됐다.

그 이후 마녀를 재판하기 위한 법이 정비됐고, 1450년대에 이르러 마녀에 관한 교황 칙서가 연이어 발표되면서 마녀재판의 바탕이 준비되었다.

시간이 흘러 마녀재판이 증가함에 따라 심문 절차나 판례를 정리한 안내서가 작성됐다. 1487년에 출판된『마녀를 심판하는 망치』는 그 결정판으로, 마녀의 개념은 그 책에서 완성되었다. 로젠이 태어나기도 전에 출판된 책으로, 그가 대학 문을 두드릴 무렵에는 그 내용이 세간에 널리 침투한 상태였다.

15세기 후반부터 말엽에 걸쳐 마녀재판은 맹위를 떨쳤으며, 그동안 처형된 사람은 3천 명이 넘는다고 전해졌다.

하지만 그 후로 마녀재판은 급속히 그 횟수가 줄어들었다. 마르틴 루터가 작성한 '95개조 반박문'의 여파가 이 재판 제도를 직격한 것이다.

이 비텐베르크 대학교 신학부 교수를 지지하는 세력을 억누르기 위해, 가톨릭교회는 전력을 쏟아야 했다. 그래서 교회에 직접적으로 악영향을 끼치지 않는 마녀에 대해서는 대책을 뒤로 미루게 됐다.

'그런데, 왜.'

로젠은 하늘을 우러러보았다.

그와 리리가 여행을 떠난 이후, 마녀재판을 마주친 건 이번이 처음이 아니었다. 여행 도중에 들른 도시나 마을에서, 그들은 지금까지 다섯 번이나 마녀재판을 목격했다.

물론 가톨릭과 루터파가 화의를 맺은 만큼 다시 마녀에게 공세를 돌리는 건 충분히 예상되는 일이었다. 하지만 그러한 일은 좀 더 나중에야 현실로 다가올 테고, 실제로 각지에서 마녀재판이 활발해지고 있다는 이야기도 듣지 못했다. 그런데 이 정도로 많이 마주치다니, 그야말로 바늘구멍에 낙타를 통과시키는 것만큼이나 말도 안 되는 일이었다.

너무 당황스러워서 어떻게 해야 하나 싶었다. 그때 누군가 조심스럽게 소매를 잡아당겼다. 리리였다. 어느새 숨듯이 로젠의 등 뒤로 이동해서 그를 가만히 올려다보고 있었다.

리리가 뭘 전하려 하는지 로젠은 잘 알고 있었다.

그래서 눈을 피했다.

하지만 리리의 눈동자는 그를 붙잡고 놓아주지 않았다. 잠시 거북한 침묵이 흐른 후, 로젠의 입에서 한숨이 새어 나왔다. 이럴 때 리리의 마음을 뒤집기는 그야말로 악마라 해도 불가능했다.

로젠은 미심쩍은 표정으로 바라보는 문지기들에게 자기소개를 하고 공손한 태도로 제안했다.

"제가 재판을 도와드리면 안 되겠습니까?"

"돕다니……."

두 사람은 당혹스러워하며 얼굴을 마주 보았다. 그도 그럴 게, 상대는 어디서 굴러먹다 온 개뼈다귀인지도 모르는 사람이었다. 마을의 중대사에 끼워 줘야 할 이유는 어디에도 없었다.

로젠은 배낭에서 양피지 한 장을 꺼내 펼쳤다. 양피지 네 귀퉁이에는 아름다운 식물 그림이 그려져 있었고, 한복판에는 유려한 글씨가 가득했다.

분명 문지기들은 글씨를 읽을 줄 모르리라. 그래도 이것이 격식 있는 문서임은 알아볼 것이다. 실제로 두 사람의 얼굴이 굳어지는 걸 알 수 있었다.

로젠은 천천히 말했다.

"다시 인사드리겠습니다. 로젠이라고 합니다. 예전에 에른스트 대학교 법학부에 교수로 있었습니다. 마녀재판에도 자주 관여했으니 도움이 되지 않을까 싶은데요."

리리(1)

긴장한 남자들을 보자 리리는 기분이 좀 유쾌해졌다. 마녀재판에 관여했다고 하면 대부분은 그들과 같은 반응을 보였다.

마녀재판에는 무시무시한 소문이 따르기 마련이다. 교회에 대항하는 마녀를 사정없이 심문하고 고문하며 괴롭힌다. 자백을 얻은 후에는 쇠로 그 살을 찢고, 불로 활활 태운다. 아비규환 속에서도 재판에 참여한 자들은 눈썹 하나 까딱하지 않고 오히려 희미한 웃음을 지으며 조롱하는 말을 내던진다.

이 남자들은 항간에 퍼진 그런 소문을 이 전직 대학교수에게 겹쳐서 본 것이리라.

로젠을 살며시 올려다보았다.

짧게 깎은 다갈색 머리, 갸름한 얼굴에 옅은 눈썹. 그 밑의 두 눈은 실처럼 가늘어서 표정을 읽어 내기가 힘들었다. 말랐지만 체격이 큰 몸도 한 몫 해서 초면에는 압박감을 느끼는 사람도 많으리라. 덧붙여 교편을 잡고 있었을 때의 버릇인지 로젠은 나이 들어 보이는, 리리가 느끼기에는 노인네 같은 말투를 많이 사용했다. 그 또한 정체 모를 분위기를 증폭시키는 데 일조했다.

실제로는 로젠이 아주 정감 넘치는 사람이라는 걸 리리는 알았다. 그러한 성격이 얼굴과 말투에 잘 드러나지 않을 뿐이었다. 하지만 그 탓에 피도 눈물도 없는 냉혈한으로 종종 오해받곤 했는데, 리리는 그게 우스웠다.

"……잠깐만 기다리십시오."

문지기 한 명이 마을 안으로 들어가서 노인을 데리고 돌아왔다.

50대 후반일까. 반들반들하게 벗어진 머리에 주름이 깊게 잡힌 얼굴. 몸집이 작은 리리보다 키가 더 작아서 얼굴에만 나이를 먹은 어린아이처럼 보였다.

노인은 제 이름이 모그이며 마을 촌장이라고 소개했다. 모그는 양피지를 훑어본 후 한숨을 크게 내쉬었다.

"이런, 정말로 에른스트 대학교의 학사님일 줄이야."

에른스트 대학교는 제국에서도 손꼽히는 역사와 명성을 자랑하는 대학교다. 졸업생들은 국내외를 불문하고 활약 중이며, 특히 법학 분야에서는 이탈리아의 파도바 대학교에 견줄 만큼 권위 있다고 인정받았다. 그리고 로젠은 그곳의 전직 교수였다. 모그가 탄식할 만도 했다.

대학교 총장 명의로 발행된 양피지에는 로젠 일행에게 여행의 편의를 제공해 달라는 취지가 간결하게 적혀 있었다.

"이럴 때 고명하신 학사님이 찾아오시다니, 정말 행운이로군요! 그 마녀도 이걸로 끝장입니다."

노인은 가슴 앞에 성호를 긋고 고개를 깊이 숙였다.

"부디 마녀를 심판해 주시기 바랍니다."

대도시와는 비교도 되지 않지만, 그래도 마을은 활기로 가득했다.

숲에 둘러싸인 마을답게 여기저기 나무가 울창했다. 나무들 사이로 어른어른 보이는 집들은 나무로 만들고 짚으로 된 이엉지붕을 얹었는데, 2층짜리 집도 몇 채 있었다. 여기저기 흩어진 밭은 마침 수확 시기라 여자들이 양배추를 바구니에 던져 넣고 있었다. 그 안쪽의 휴경지에는 느긋하게 누워 있는 소가 보였다.

주위를 둘러보고 있는데 집 뒤편에서 뭔가가 쏜살같이 튀어나왔다. 닭이었다. 닭의 다리 밑으로 돌팔매가 날아들었다. 돌이 날아온 쪽으로 시선을 주자 집 뒤편에서 아이들 한 무리가 나타났다.

그중 한 명이 환성을 질렀다. 리리 일행을 본 것이다.

"소란 피우지 마라."

앞장서서 안내하던 모그가 야단쳤지만 전혀 효과가 없었다. 아이들은 순식간에 리리와 로젠 주변을 둘러쌌다. "어디서 왔어요?", "뭐 하러 왔어요?" 하고 질문이 연달아 날아들었다.

"그만두라니까! 밭일은 어쩌고 놀고 있는 거야?"

"이제 할 건데요."

아이들은 전혀 움츠러들지 않고 대꾸했다. 노인이 지팡이를 휘두르자 아이들은 웃으면서 도망쳤다. 반성하는 기색은 눈곱만큼도 없이, "아아, 성(聖) 메니니누무스여, 저자를 용서하소서." 하고 놀리기까지 했다. 잠시 후 아이들이 거미 새끼 흩어지듯 사라지자 모그가 한숨을 푹 내쉬었다.

"녀석들도 참, 너무 제멋대로라 큰일입니다."

"성 메니니누무스는 누구시죠?"

로젠이 묻자 촌장은 "아아." 하고 고개를 끄덕였다.

"우리 마을의 수호성인이십니다."

대부분의 도시와 마을에서는 그 지방을 지켜 주는 수호성인을 모셨다. 주로 그 지방과 인연이 있는 역사상의 성인 중 한 명인데, 친근한 신앙의 대상으로서 신이나 구세주보다 인기가 많은 경우도 드물지 않았다.

"저분이 성 메니니누무스입니다."

촌장이 그렇게 말하며 가리킨 곳은 광장이었다. 한복판에 가느다란 전나무와 우물이 있고, 거기서 조금 떨어진 곳에 그것이 서 있었다.

나무 조각상이었다. 엄격해 보이는 얼굴에 철학자 같아 보이는 수염. 나무 받침대 위에서 외투를 휘날리며 하늘을 올려다보고 있었다. 특이한 건 그의 어깨였다. 팔이 있어야 할 곳에 천사의 날개가 달렸다. 리리도 지금까지 다양한 수호성인 조각상을 봐 왔지만, 이런 형상은 처음이었다.

잠시 후 일행은 마을 제일 안쪽에 다다랐다. 깎아지른 듯한 벼랑이 저 하늘 높이 솟았고, 가파른 경사면의 아랫부분에 목적지인 영주 관저가 있었다.

딱딱하게 생긴 직사각형 건물은 창문으로 판단컨대 3층짜리인 듯했다. 오른쪽에 높은 첨탑이 있고, 붉은 지붕을 씌웠다. 벽을 구성한 벽돌은 전체적으로 색깔이 칙칙했고 군데군데 깨진 부분도 눈에 들어왔다. 그야말로 방치된 고성 같은 분위기라 성문 앞에 걸린 깃발 두 개가 없다면 누구도 사람이 산다고는 생각지 않으리라.

촌장은 성문 앞에서 작별을 고했다. 이번 마녀재판을 위해 그가 대표를 맡은 마녀위원회가 설치됐는데, 거기에 사정을 설명하러 가겠다고 했다.

응대하러 나온 일꾼을 따라 성문을 통과했다. 바깥에 뜨거운 햇볕이 내리쬐는 게 맞나 싶을 만큼 성안은 시원했다. 살풍경한 복도를 나아가다 계단을 오르자, 지금까지의 투박했던 풍경과는 달리 화사한 공간이 나타났다.

커다란 응접실이었다. 높은 천장이 개방된 느낌을 주었다. 사방은 벽화로 가득했는데, 태양과 달 같은 천체들, 다종다양한 동물, 성서 내용 등 여러 소재가 잡다하게 뒤섞여서 혼돈스러운 세계를 만들어 냈다.

벽을 따라 놓인 받침대 몇 개 위에는 아름다운 걸개그림이 걸려 있었다. 바닥에 깔린 페르시아 융단에는 여기저기 꽃잎을 뿌려 놓았다. 은은히 감도는 냄새는 사향일 것이다.

"어이구, 참 잘 오셨습니다."

맞이하러 나온 사람은 풍채가 기묘한 남자였다.

로젠보다 머리 하나쯤 더 커서, 지금까지 리리가 본 어떤 사람보다도 키가 컸다. 팔도 이상하리만치 길어서 몸을 굽히지 않아도 무릎까지 손이 닿을 듯했다. 겹겹이 주름 잡힌 망토에는 섬세한 무늬를 수놓았다. 그 아래의 상의는 수수했지만, 유행을 따른 건지 비단으로 지은 타이츠에는 청색과 백색의 줄무늬를 넣었다.

몸과 대조적으로 머리는 지나치게 작았다. 숱 적은 회색 머리칼 위에는 깃털 장식이 달린 모자를 얹었다. 두 눈이 이상하리만큼 거리가 멀고, 이목구비가 전체적으로 밋밋해서 뱀을 연상시켰다.

남자는 란드센 글란 아인슈타인이라고 이름을 밝혔다. 아인슈타인령의 통치자인 기욤 글란 아인슈타인 후작의 차남으로, 영주로서 이 일대의 땅을 맡아서 다스린다고 했다.

"이야, 설마 마녀재판의 전문가가 와 주실 줄이야!"

"실제로 참석한 건 손에 꼽을 정도입니다."

"무슨 말씀을. 대학교 총장님의 서신도 있으니, 분명 명망 있는 분이시겠죠. 부디 이것저것 지도 편달 부탁드립니다."

영주는 그렇게 말하고 캐묻듯 로젠에게 질문을 퍼부었다. 질문 세례가 아까 그 아이들도 저리 가라 할 정도라 리리는 어이가 없었다.

"죄송합니다만." 이야기가 잠깐 끊긴 틈에 로젠이 겨우 끼어들었다. "저도 말씀을 좀 드려도 괜찮으시겠습니까."

"아, 이것 참 미안합니다. 난 말을 시작하면 멈추지 못하는 편이어서요."

리리는 안도의 한숨을 내쉬었다. 그대로 내버려뒀다면, 분명 아침까지 질문 공세가 계속됐으리라.

"마녀가 나타났다고 들었습니다."

로젠이 본론을 꺼내자, 영주의 표정이 약간 흐려졌다.

"정말로 무서운 일입니다."

"죄목은요?"

"살인입니다. 사람이 세 명 죽었습니다."

"……마녀가 그랬다고요?"

"그렇게 보입니다."

"란드센 경, 마녀에 대해 잘 아십니까?"

"아아, 그렇군요."

란드센이 고개를 끄덕였다.

"마녀의 소행인지 아닌지, 우리 같은 문외한은 판별하기 어려울 것이다. 그렇게 말하고 싶으신 거군요."

어떤 인물이 마녀인지 아닌지.

마술이 실제로 사용됐는지 사용되지 않았는지.

실제로 이러한 의문에 판단을 내리기는 쉽지 않았다. 판단하기 위해서는 풍부한 경험과 방대한 지식이 요구되기 때문이었다. 따라서 경험이 부족한 재판소에서는 학식이 뛰어난 법률가에게 종종 조언을 구하곤 했다.

로젠이 덧붙였다.

"세 명이 죽었다고 하셨는데, 병이었을지도 모릅니다."

일반적으로 마술에 의한 죽음은 자연사와 구별이 되지 않았다. 시체에는 외상이나 출혈 등 타살을 암시하는 징후가 일절 나타나지 않아서 시체의 상태는 자연사와 다를 바 없었다. '마술을 사용한 흔적'이 다양한 형태로 나타날 때도 있지만, 그런 흔적이 없다면 자연사라고 봐도 이상하지 않았다.

란드센이 과장되게 양팔을 펼쳤다.

"확실히 우리는 이런 유의 문제에 익숙하지 않습니다. 이번에는 전문가에게 맡기는 게 좋을 것 같군요."

그러곤 장난스러운 표정으로 말을 이었다.

"그 전에 여쭤보고 싶은데, 사례는 얼마나 드리면 될까요?"

법률가를 고용하려면 당연히 보수가 필요했다. 그 금액은 대개 제법 비쌌는데, 아주 터무니없는 가격을 제시하는 자들도 있었다.

하지만 리리 일행을 고용할 때는 그런 걱정을 하지 않아도 되었다.

"머무는 동안 식사와 잠자리만 제공해 주신다면, 주시는 대로 받겠습니다."

란드센이 눈을 깜빡였다. 하지만 곧바로 정신을 다잡은 듯 휙 몸을 돌렸다.

"즉시 본인에게 안내해 드리겠습니다. 덕분에 마녀재판에 대해 견문을 쌓겠군요."

일반 재판과 마찬가지로, 마녀재판은 다음 네 단계로 진행된다.

1. 체포 및 구금

2. 예비 심문

3. 본 심문

4. 판결 및 집행

우선 마녀로 의심받는 사람이 관리 또는 영주에게 고발됨으로써 모든 것이 시작된다. 고발 내용을 세심하게 조사해서 의혹이 짙어지면 피의자는 구금된다.

다음으로 예비 심문을 진행한다. 이는 피의자, 원고, 증인들의 진술을 청취하는 단계로, 본 심문을 위한 예비 조사다. 이 단계에서 혐의가 풀리는 경우도 있지만, 그렇지 않으면 본 심문으로 넘어가서 본격적인 조사가 시작된다.

본 심문의 목적은 하나. 피고의 자백을 끌어내는 것이다. 보통 다음 세 단계를 밟는다.

우선 일반적으로 심문한다. 고발 내용이 사실인지 아닌지 피의자를 추궁하는 것이다. 여기서 자백을 얻으면 그걸로 끝나고, 충분한 시간을 들여 심문했는데도 부인하면 다음 단계로 넘어간다. 고문의 암시다.

'더 이상 부인하면 고문하겠다'고 피의자에게 알린다. 그리고 시간을 두었다가 다시 심문한다. 고문이 두려운 나머지 이때 대부분의 피의자가 자백한다.

고문하겠다고 했는데도 계속 부인하면 최종 단계로 나아가서 실제로 고문을 시행한다.

가장 흔한 고문 방법은 매달기이다. 양팔을 밧줄로 묶어 갈고리에 매다는 것이다. 그대로 놔두기만 해도 괴로운데, 밧줄을 세차게 흔들어 더 고통을 준다. 대부분 얼마 지나지 않아 탈구돼서 극심한 통증으로 까무러친다.

또는 발목을 판자 사이에 끼우고 나사로 조이는 방법도 있다. 울혈이 생긴 다리가 더욱 짓눌리면서 느껴지는 통증은 뼛속에 못을 박는 것 같다고까지 묘사될 정도다.

원칙상 고문은 세 번까지만 실시할 수 있다. 자백하지 않고 고문을 세 번 견뎌 내면 무죄로 간주된다. 그럴 때는 재판 관계자에게 복수하지 않겠다는 서약과 재판 내용을 누설하지 않겠다는 서약을 맺는 조건으로 석방된다.

하지만 무죄를 얻어 내는 사람은 천 명 중 한 명도 안 될 것이다. 피의자의 대부분은 고문에 굴복해 자백하는 길을 선택하기 때문이다.

이렇게 자백을 얻으면 재판이 열린다. 장소는 기본적으로 재판소지만, 재판소가 설치되지 않은 지방에서는 영주의 저택 등에서 재판한다. 그럴 때 재판관은 영주나 사법관이 맡고, 취조를 진행한 사법관이나 행정관이 검찰관을 맡아 심리를 진행한다. 그렇다고 해도 이미 자백을 얻었으니, 보통은 형식적으로 죄상을 확인하고 심리가 끝난다.

재판 중에 자백을 철회할 수도 있지만, 자백 철회가 받아들여지는 경우는 거의 없다. 처벌이 두려워서 헛소리를 늘어놓는 것뿐이라고 간주해 그대로 판결하거나 다시 고문하거나 둘 중 하나다.

기본적으로는 변호인도 출석하지 않는다. 이미 말했듯이 재판이 열린 시점에서는 변호할 여지가 없기 때문이다.

판결이 내려지면 형은 이틀 이내에 집행된다. 살인같이 중대한 범죄에 내리는 참수형보다 무거운 극형, 화형이다.

본보기로 삼기 위해 대개는 광장에서 성대하게 형을 집행한다. 자비를 베풀어 목 졸라 죽인 후 화형에 처하는 것이 관례지만, 자백을 철회한 자나 죄상이 너무나 악랄한 자는 산 채로 불태운다.

"지금은 본 심문이 막 시작된 참입니다."

나선계단을 오르면서 란드센이 설명했다.

일행은 그의 안내를 받아 첨탑을 오르고 있었다. 마녀로 지목된 피고인이 이 위에 갇혀 있기 때문이다.

영주가 직접 안내하다니 별일이지만 '진짜배기 마녀재판'을 견학하고 싶다며 그가 자청했다. 그래도 영주를 혼자 보낼 수는 없었는지 외팔이 남자가 수행원으로 따라왔다. 튀크스라는 이름의 그 일꾼은 젊어 보였지만, 로젠과 마찬가지로 표정이 빈약하고 안색이 몹시 안 좋았다.

아니, 튀크스뿐만이 아니었다.

안내받는 동안 리리 일행은 일꾼 세 명과 마주쳤는데, 다들 얼굴이 창백했다. 영주 관저가 어두침침한 탓도 있겠지만 그게 전부는 아니었다. 실제로 안색이 좋지 못했다.

게다가 그들은 모두 신체에 장애가 있었다.

처음 마주친 남자는 오른쪽 눈이 찌부러졌고 왼쪽 눈은 하얀 막으로 덮여 있었다. 다음 여자는 한쪽 다리가 심하게 짧아서 걸을 때마다 몸이 인형처럼 기우뚱거렸다. 세 번째 사람은 얼굴 전체가 화상으로 일그러졌다. 목에도 화상을 입은 자국이 보였으니 옷 아래에도 흉터가 있을 듯했다.

마치 빈민가를 거니는 듯한 기분이었다. 신체가 불편한 사람을 고용해서 일을 시켜 주는 곳은 거의 없었다. 그리고 가족들이 일하지 못하는 그들을 골칫거리로 여기고 내버리는 사례도 끊이지 않았다. 갈 곳을 잃은 그들이 도착하는 장소. 그곳이 바로 빈민가였다.

"자, 도착했습니다."

탑 꼭대기의 막다른 곳에서 란드센이 걸음을 멈췄다.

"마녀와 만나 보시죠."

란드센이 문에 손을 대는 것과 거의 동시에 비명이 들렸다.

"머, 멈춰! 움직이지 마!"

"아아, 심문하고 있네요."

큭큭, 하고 소리 죽여 웃으며 란드센이 문을 열었다. 둔중하게 삐걱거리는 소리와 함께, 곰팡내와 똥오줌 냄새가 코를 찔렀다.

큼지막한 창고 크기의 방이었다. 창문은 없고, 열린 문으로 들어오는 빛과 바닥에 놓인 랜턴의 불빛밖에 비치지 않아서 통로보다 더 침침했다. 돌벽에는 서늘한 공기가 감돌았고 바닥 여기저기 웅덩이가 생겼다. 어제 내린 비가 틈새로 새어 들어온 것이리라. 높은 탑 위인데도 구석에는 말라비틀어진 쥐 사체가 널브러져 있었다.

실내는 출입구 쪽과 감옥으로 사용하는 안쪽이 나무 격자로 나뉘어 있었다. 감옥 내부도 나무 격자로 좌우를 나누어 놓았는데, 왼쪽 구획 앞에 청년이 한 명 서 있었다.

말라빠진 체격이라 어쩐지 듬직하지 못해 보이는 데다 자세도 한심할 정도로 엉거주춤했다. 앞으로 쑥 내민 손에는 아무래도 묵주를 쥐고 있는 듯했다.

"아벨."

"허억!"

란드센이 부르자 청년이 펄쩍 뛰어올랐다. 사람들이 왔다는 걸 전혀 몰랐던 듯했다.

그는 자신을 아벨이라고 소개하며, 이 마을의 사법관이라고 했다. 하지만 그런 것치고는 약간 미덥지 못해 보였다. 당장이라도 울음을 터뜨릴 것 같은 색소가 옅은 눈동자와 바쁘게 움직이는 손가락, 새우처럼 웅크리고 있는 등을 보자니 내버려두면 앞으로 쓰러질 것만 같았다.

듣자 하니 부임한 지 얼마 안 된 듯했다. 과연 그가 악인이나 마녀를 재판하는 사법관 역할을 잘 해낼 수 있을까. 쓸데없는 걱정인 줄 알면서도 리리는 의문을 느끼지 않을 수 없었다.

서로 인사를 마치자 란드센이 히죽히죽 웃으며 물었다.

"그런데 뭘 그렇게 소란을 피우고 있었나?"

"그게 말입니다!"

아벨이 화들짝 놀란 것처럼 감옥을 돌아보았다.

"앤이, 마녀가 이상한 움직임을 보였습니다! 마술을 쓰려고 했던 게 틀림없어요!"

그의 시선 끝. 잠자리용 짚단과 용변용 구덩이밖에 없는 어둡고 삭막한 감옥 안.

그곳에 여성이 한 명 있었다.

아름다웠다. 나이는 리리보다 조금 위인 열일고여덟 정도일까. 희미한 빛 속에 보이는 하얀 도자기 같은 피부. 뒤로 길게 늘어뜨린 밤색 머리카락은 헝클어졌지만, 손질하면 비단같이 윤기가 흐르리라. 자세히 보니 오른쪽 뺨에 시퍼렇게 멍이 들었지만, 그래서 오히려 더 전체적으로 요염해 보였다. 초라한 의복에 감싸인 몸은 균형 잡혔고, 돌바닥에 꿇어앉아 다리를 살짝 벌리고 앉은 그 모습은 베네치아의 뛰어난 장인이 만든 조각상을 연상시켰다.

무엇보다 그 눈동자.

여성은 총기가 넘치는 옅은 다갈색 눈으로 리리 일행을 똑바로 응시했다.

로젠이 앞으로 나섰다. 아벨에게 뒤로 물러나라고 한 후, 격자 앞에 쪼그려 앉았다.

"처음 뵙겠습니다."

여성은 아무 대답도 하지 않았다. 탐색하는 듯한 기색이 눈에 서렸다.

"저는 로젠이라고 합니다. 앤이라고 불러도 될까요?"

앤은 꾹 다문 입을 열지 않았지만, 로젠은 전혀 개의치 않는 표정으로 몸을 내밀었다.

"앤 양, 하나 물어봐도 될까요? 당신은 마녀입니까?"

앤이 살짝 숨을 삼키는 것을 알 수 있었다. 예상 밖의 질문이었으리라. 분명 지금까지 이런 질문을 받은 적은 한 번도 없었을 것이다. 상대를 마녀라고 단정한 사람의 입에서는 절대로 나오지 않을 유의 질문이니까.

하지만 당혹감은 한순간에 지나갔다.

“아니요.”

아주 맑은 유리 세공품을 연상시키는 목소리였다.

“저는 마녀가 아니에요.”

로젠의 어깨가 살짝 떨렸다. 이렇게까지 명확히 부정할 줄은 몰랐던 것이리라.

하지만.

앤의 말에 리리는 눈곱만큼도 동요하지 않았다.

리리는 알고 있었다.

눈앞의 여성은 화형을 당해야 할 죄인이 아니라는 것을.

증거는 하나도 없었다. 하지만 앤의 눈동자를 보고, 목소리만 들어도 리리는 알 수 있었다. 아니, 이곳에서 마녀가 붙잡혔다는 말을 처음 들었을 때부터 리리는 이미 확신했다.

로젠이 숨을 한 번 내쉬었다. 긴장감이 서린 얼굴이었다. 그리고 품에 손을 넣어 십자가를 꺼냈다. 십자가에 못 박힌 신의 아들의 모습이 부조로 새겨져 있었다.

로젠이 격자 사이로 앤에게 그것을 내밀었다.

“신께 맹세코?”

일말의 망설임도 없이 가느다란 손가락이 십자가에 얹혔다.

“저는 마녀가 아닙니다.”

침착한 목소리. 흔들림 없는 눈동자. 뒤에서 지켜보던 란드센 일행이 약간 술렁거렸다. 십자가 앞에서 위증하면 영원히

지옥에 떨어진다고 한다. 하지만 앤은 전혀 주저하지 않고 단언했다. 자신은 마녀가 아니라고.

하얀 손끝을 바라보며 로젠이 중얼거렸다.

"이제부터는 가시밭길이 될 것입니다."

바로 대답이 돌아왔다.

"이미 가시관은 제 머리 위에 씌워졌습니다. 하지만 예수 그리스도께서 겪으신 수난과 같이, 이것은 제게 주어진 시련입니다. 주님은 우리가 극복할 수 있는 시련만을 내리십니다. 저는 그저 제가 할 수 있는 일을 다할 뿐입니다."

"결백하다 해도." 로젠이 급히 끼어들었다. "그것이 반드시 증명된다는 보장은 어디에도 없습니다. 어디에도요. 오히려 공연히 고문만 받다가 결국 화형당할 가능성이 높습니다."

후, 하고 앤이 숨을 내쉬었다.

"저는." 눈동자 속에서 랜턴 불빛이 흔들렸다. "마녀가 아닙니다."

짧은 침묵 후, 로젠이 천천히 고개를 내저으며 일어섰다. 뭔가를 떨쳐 내듯 성호를 긋고 상대의 눈을 똑바로 바라보았다.

"신의 이름 아래, 진실을 밝힐 수 있도록 온 힘을 다하겠습니다."

"분명 괜찮을 거예요!"

리리도 힘주어 그렇게 말하며 앤에게 미소 지었다. 로젠이 쓸쓸한 시선을 보냈지만 리리는 모르는 척했다.

앤이 리리의 눈을 보고 고개를 한 번 끄덕했다. 다소나마 희망을 느꼈는지 입술에 희미하게 미소가 맺혔다.

일행은 각자 복잡한 표정으로 계단을 내려갔다. 란드센은 경박한 웃음을 띠고 있었지만, 입매가 약간 굳은 듯했다. 아벨은 넋 나간 표정으로 뭐라고 중얼중얼하는 지경이었다.

리리는 로젠을 올려다봤다. 여전히 표정이 빈약한 얼굴이지만, 주먹을 꽉 쥔 것으로 보건대 속마음은 쉽사리 짐작이 갔다. 각오를 다진 것이다. 리리는 약간 망설인 후 작게 속삭였다.

"강한 사람이네요."

로젠은 걸음을 멈추지 않고 고개를 한 번 끄덕였다.

마녀로 고발되면 기본적으로는 살아남을 방법이 없었다.

리리가 생각하기에 가장 큰 문제는 자백이 결정적인 증거로 받아들여진다는 점이었다. 그렇기에 고문이라는 수단이 사용됐고, 일단 고문이 시작되면 견뎌 낼 수 있는 사람은 거의 없었다. 그러한 절망감 때문에 또는 주변의 비난을 견디지 못해, 심문이 며칠간 이어지면 대부분은 자신의 죄상을 줄줄이 늘어놓기 시작했다.

설령 억울한 누명을 썼더라도.

이를테면 아주 혹독한 상황에서 세뇌에 빠졌다고 할 수 있으리라. 비난받을 때마다 자기가 마녀일 가능성이 무의식 속에 새겨지고, 결국 그 가능성이 진실인 것처럼 느껴진다. 주변 사람들은 입을 모아 "너는 마녀다." 하고 몰아붙인다. 내가 틀렸을지도 모른다. 그렇지 않다면 신앙심이 깊은 내가 왜 이런 꼴을 당한단 말인가. 고뇌하던 끝에 갑자기 '나는 마녀다'라는 깨달음이 찾아온다. 그리고 떠올린다. 저지르지도 않은 온갖 악행을.

그러면 피의자들은 진술하기 시작했다. 자신이 악마와 음탕한 짓을 거듭하며 마술로 주변에 얼마나 많은 해를 끼쳤는지. 유도 심문에 이끌려 마녀에 대해 자신이 아는 바를 바탕으로 소상하게.

물론 그중에는 실제로 마녀였던 자도 있으리라. 하지만 과연 진짜 마녀가 전체 중 어느 정도를 차지할지는 의문이었다.

지금까지 만났던 마녀재판의 피고인들이 떠올랐다. 그 공허한 시선. 마치 영혼이 빠져나간 것처럼 초점을 맺지 못하는 눈동자.

이미 그들에게 의지 따위는 존재하지 않았다. 사고 능력을 잃고 그저 상대가 기대하는 답을 꾸며 내서 나열하는 기계가 됐다. 그런 상태에서 내놓은 자백에 도대체 무슨 의미가 있단 말인가.

'하지만.'

아까 봤던 앤의 눈. 그리고 그녀의 또렷한 말투. 거기에는 흔들림 없는 의지가 깃들어 있었다. 불합리에 굴복하지 않고 무죄를 쟁취하려는 의지가.

응접실로 돌아오자 란드센은 준비된 의자에 떡하니 자리를 잡고 앉았다. 작은 탁자를 사이에 두고 로젠도 작은 의자에 앉았다. 다른 의자는 없어서 리리는 어쩔 수 없이 아벨과 함께 탁자 옆에 섰다.

"자, 어떠셨습니까?"

란드센이 깍지를 끼고 묻자 로젠은 즉시 대답했다.

"앤 양의 죄상에 대해 좀 더 자세히 말씀해 주시겠습니까? 분명……."

"살인입니다! 세 명이나 목숨을 빼앗겼다고요!"

아벨이 목청을 높여 로젠의 말을 가로막았다. 그 뒤를 란드센이 이어받았다.

"그렇지만 실제로는 마지막으로 죽은 갈가드, 물레방앗간 관리인을 살해했다는 혐의로만 고발됐습니다."

지금으로부터 닷새 전.

그날 아침, 마을 사람들 몇 명이 공동 목욕탕으로 향했다.

물레방앗간에는 공동 빵 화덕, 그리고 그 화덕의 열을 이용한 목욕탕이 병설되어 있었다. 마을 사람들은 거기서 빵을 굽고, 날마다 몸을 씻는 것이 습관이었다.

그런데 그날 아침은 평소와 분위기가 달랐다. 화덕에 불이 없었고, 목욕탕에서 김도 피어오르지 않았다.

이상해서 바로 옆의 관리인용 오두막을 찾아가자, 바닥 한복판쯤에 갈가드가 반나체로 쓰러져 있었다. 그 곁에는 커다란 항아리가 쓰러져 있었고, 거기서 쏟아진 포도주로 갈가드의 몸과 바지가 흠뻑 젖었다. 바닥에도 얼룩이 잔뜩 생겼다.

"사람들은 즉시 마을 교회의 사제인 베날두스 신부님을 불렀고, 신부님이 갈가드가 죽었다는 걸 확인했습니다."

사람이 죽었을 경우, 우선 교구의 사제에게 알리는 것이 관례였다.

"죽음에 이를 만한 외상은 없었습니다. 그리고 예전부터 갈가드와 알고 지냈는데, 병으로 쓰러질 사람은 아니에요."

갈가드는 40대 중반의 남자로, 오래전부터 아인슈타인 가문을 섬겨 왔다. 예전에는 경비대장으로 일했지만, 5년 전 란드센이 이 땅의 영주가 되자 일을 맡겨 달라며 자청해서 달려왔다.

"예전에 억울한 누명을 쓰고 처형당할 뻔했거든요. 그때 혐의를 벗겨 준 후로 내게 충성을 다했습니다."

경비대장이라는 직책상 갈가드는 강철처럼 단련한 육체를 자랑했고, 병사들은 반쯤 놀림조로 헤라클레스라고 불렀다고 했다. 그래서인지 그는 큰 병을 앓은 적도 없었고, 타고난 술고래라 술을 많이 마셔도 만취하거나 몸 상태가 안 좋아진 적도 없었다.

"그런데 갑자기 죽어 버렸습니다. 이상하지 않습니까?"

"그러니까 앤 양의 짓이라고요?"

"무슨 말씀인지 알겠습니다." 영주의 얼굴에 비꼬는 듯한 미소가 맺혔다. "순서대로 설명했어야 했네요."

갈가드가 죽은 날로부터 닷새를 거슬러 올라가 지금으로부터 열흘 전, 마을의 관리 부부가 죽었다. 예전 영주 시절부터 사법관을 맡아 온 길 마컴과 그의 아내 베스로, 아벨은 길의 후임이었다.

"발견자는 갈가드였습니다."

"갈가드 씨가?"

그날 해거름 무렵, 갈가드는 함께 저녁 식사를 하려고 부부의 집을 찾아갔다. 물레방앗간 관리인도, 사법관도 영주를 섬기는 신분이라 서로 교류가 많았다.

저녁 식사 중에 갑자기 부부 두 사람이 괴로워하더니 쓰러졌다. 갈가드는 황급히 란드센에게 보고했고, 란드센은 베날두스를 불러오라고 지시했다. 그리고 현장으로 달려온 신부가 부부의 사망을 확인했다.

둘 다 40대 중반에 접어들었지만, 마컴 부부도 병을 앓은 적은 없었고 외상도 눈에 띄지 않았다. 그래서 수상쩍게 여긴 마을 사람 중 한 명이 원인을 찾기 위해, 부부가 죽은 직후 코펠 영감을 찾아갔다.

마을 변두리에 사는 이 노인은 신탁사, 즉 하늘의 말씀을 받아서 전하는 것이 생업이었다. 마을 사람들은 고민거리가 있을 때마다 그를 찾아가 조언을 받곤 했다. 이 마을뿐만 아니라, 점성술사나 주술사 등, 이름은 달라도 같은 역할을 하는 사람이 어느 마을에나 반드시 한 명은 있었다.

상담을 받은 코펠은 바로 4행시를 읊었다. 신탁을 시의 형태로 알려 주는 것이 그의 방식이었다.

이윽고 달이 차고 이지러지는 동안
무서운 자비의 업이 이루어지리
징표는 백일하에 드러나고
모든 것은 명백해지리라

란드센이 설명했다.

달이 차고 이지러지는 동안 → 한 달 사이에
무서운 자비의 업이 이루어지리 → 무서운 마술이 사용된다
징표는 백일하에 드러나고 → 마술이 사용된 흔적이 나타나고
모든 것은 명백해지리라

“즉, 앞으로 한 달 안에 마술이 사용되고 그 증거로 무서운 ‘징표’가 나타날 것이라는 뜻입니다. 그리고 그로부터 닷새 후에 갈가드가 죽었습니다. 먼저 죽은 부부처럼 건강한 몸이었는데도요.”

“그것이 ‘징표’라고요?”

‘아니야.’

리리는 속으로 부정했다.

저런 4행시는 그야말로 무수히 많은 방법으로 해석할 수 있었다.

예를 들어 ‘무서운 자비의 업’. 아무것도 모르고 들었을 때, 누가 이것이 마술을 나타낸다고 생각하겠는가. 자비의 업이라니까 신의 섭리를 가리키는 것일 수도 있고, 증오를 물에 흘려보내는 행위를 표현한 것일지도 몰랐다. ‘모든 것은 명백해지리라’라는 시구도 마찬가지였다.

“설령 그 해석이 옳다 하더라도 꼭 앤 양이 마녀라고 볼 수는 없겠지요. 앤 양 말고 다른 사람이 마술을 썼을 가능성도 있으니까요.”

로젠이 의문을 제기하자 아벨이 목소리를 낮춰 대답했다.

“앤의 어머니가 마녀였거든요.”

반년 전, 앤의 어머니는 마녀로 처형당했다. 이웃집 아기에게 저주를 걸었다는 이유에서였다. 그 아이는 어느 날 아무 조짐도 없이 열이 펄펄 나다가 덜컥 죽었는데, 앤의 어머니가 만진 직후에 그랬다는 것이다.

아기의 어머니가 코펠에게 상담하자 그는 그때도 4행시로 조언했다. 그 시의 내용을 해석하면 다음과 같다고 한다.

누군가 마술을 사용해 아기를 죽였다. 앞으로 2주 동안 쑥의 잎을 으깨서 현관문에 발라 두어라. 그러면 아기의 목숨을 앗아 간 마녀가 매일 너희 집을 찾아올 것이다.

실제로 앤의 어머니는 매일 이웃집을 찾아갔다. 게다가 2주 동안 하루도 빠짐없이 방문한 사람은 앤의 어머니뿐이었다.

결국 그녀는 고발당했다. 영주인 란드센이 재판장, 사법관인 길 마컴이 검찰관을 맡아 재판이 열렸고, 이변 없이 유죄 판결이 내려졌다.

"이제 아시겠죠." 란드센이 씩 웃었다. "친어머니가 화형을 당했을 때부터 앤도 마녀가 아니냐고 마을 사람들은 수군댔습니다."

세상에는 마녀의 업이 어머니에게서 딸로 이어진다는 소문이 퍼져 있었다. 어머니가 마녀로 심판받으면 딸에게 의혹의 시선이 쏟아지는 건 피할 수 없는 일이었다. 그리고 뭔가 재앙이 일어났을 때, 가장 먼저 그 원인으로 지목되기 마련이었다.

앤의 어머니가 화형당한 후, 딸은 어떻게 할지를 두고 마을 사람들이 마찰을 빚었다. 아이에게는 죄가 없다고 주장하는 사람이 있는 한편, 마녀 혐의가 있는 자를 마을에 둘 수는 없다고 주장하는 사람도 있어서 그야말로 옥신각신했다. 결국 촌장과 란드센이 중재에 나서서 앤을 마을 교회에 맡기는 것으로 결론이 났다.

하지만 불씨가 완전히 꺼진 것은 아니었다. 그래서 '무서운 자비의 업'이라는 시구는 마술이라고 해석됐고, 갈가드가 목숨을 잃자마자 앤은 마녀로 고발돼서 졸속이라고 할 만큼 빠르게 구금된 거였다.

진작부터 앤은 막다른 골목에 갇혀 있었던 셈이었다.

"앤은 어머니를 화형에 처한 마을 사람들에게 원한을 품고 있다. 마녀재판에서 검찰관을 맡은 길 마컴에게는 더더욱. 자, 동기도 충분하지 않습니까?"

로젠의 입을 막으려는 것처럼 란드센이 빠른 어조로 말을 이었다.

"덧붙여 현장 상황을 감안하건대, 항아리가 넘어진 건 마술에 걸린 갈가드가 괴로워하며 몸부림치다가 부딪쳤기 때문이라고 봐야 자연스럽지 않겠습니까?"

"증언도 많이 있어요." 아벨이 말했다.

증언에 따르면, 마컴 부부가 죽어도 앤은 전혀 감정을 드러내지 않았다.

증언에 따르면, 갈가드가 죽기 며칠 전부터 갑자기 앤의 거동이 수상해졌다.

증언에 따르면, 그때 "빨리 일을 끝내야 해." 하고 앤이 중얼거리는 소리를 들었다.

"아, 그리고 하나 더."

결정타를 날리듯 란드센이 말했다.

"갈가드의 왼쪽 가슴에, 악마의 얼굴이 남아 있었습니다."

주먹만 한 크기의 거뭇거뭇한 화상 자국. 일그러진 Y자 모양의 화상 자국은 악마의 상징으로 잘 알려진 산양 머리처럼 보였다고 했다.

"분명 '마술이 사용된 흔적'이겠죠."

마술이 사용됐을 때는 흔히 어떠한 흔적이 발견됐다. 예를 들어 이상한 냄새가 나거나, 괴상한 빛이 번쩍이거나, 짐승이 소란을 피우는 식이었다. 피해자의 신체에 문양이 생기기도 했다. 이러한 마술의 흔적을 확인함으로써, 자연사와 마술을 사용한 살인을 구별할 수 있었다.

영주가 몸을 내밀었다.

"자, 이제 사건의 전말은 다 말씀드렸습니다. 학식이 높으신 당신의 견해를 들려주시겠습니까?"

심술궂은 웃음. '어때요, 반론의 여지가 없지 않습니까?' 그런 목소리가 들려오는 것만 같았다.

로젠은 눈을 감았다. 최선의 대답이 무엇일지 신중하게 생각하는 것이리라. 이윽고 로젠은 고개를 들어 영주를 똑바로 바라보았다.

"아까 앤 양은 십자가에 맹세했습니다. 자신은 마녀가 아니라고요."

"그야 당연히 거짓말이죠!"

아벨이 소리를 빽 질렀다.

"제 한 몸 지키기 위해 거짓말하는 겁니다. 마녀는 전부 거짓말쟁이라고요!"

"그래도 자백을 하지 않은 건 사실입니다." 로젠은 한 박자 쉰 후 엄한 목소리로 따지듯이 말했다. "그런데 왜 고문했습니까?"

아벨이 숨을 헉 삼켰다.

"고문이라니요. 그런 적 없습니다!"

"때렸잖습니까. 앤 양의 뺨에 멍이 들었던데요."

"그건…… 그 여자가 수상한 움직임을 보여서 그만……."

더 변명하려는 청년을 손으로 제지하고 란드센이 물었다.

"무슨 말을 하고 싶은 겁니까?"

"카롤리나 형사법전을 근거로 이 취조는 위법이라고 말씀드리는 겁니다."

카롤리나 형사법전. 1532년에 당시 신성로마제국 황제였던 카를 5세가 발포한 법령집으로, 재판 때 밟아야 할 형사 절차의 내용이 전반적으로 담겨 있었다.

원래는 높은 누명 발생률을 억제하기 위해 만들어진 법령집이었다. 거짓 증언이나 고발 또는 재판관의 자의적인 판결을 경계하고, 위반한 자에게는 사형도 포함한 엄벌을 내린다는 취지가 적혀 있었다.

또한 고문 절차도 세세하게 규정해 놓았으며, 간접적인 증거인 징표에만 근거해서 고문해서는 안 된다고 단단히 주의를 주었다.

반면, 혐의가 농후하다면 고문은 하나의 수단으로 용인되기도 했다. 예를 들어 이미 유죄 판결을 받은 자가 공범자의 이름을 꺼내면 지목된 자를 고문하는 건 합법이었다.

하지만 이러한 법령은 거의 준수되지 않았다. 특히 지방에서는 영주의 입맛에 맞춰 종종 고문이 자행됐다. 법전에 기록된 '고문 횟수나 정도는 재판관의 재량에 맡긴다', '고문한 결과 피고인이 자백하지 않아도 재판관에게는 죄를 묻지 않는다'는 규정도 고문이라는 방법을 사용하라고 부추기는 셈이라 할 수 있으리라.

그래도 이번 일은 본 심문이 시작된 지 얼마 되지 않았다. 그러니 고문하겠다는 암시조차 주지 않은 상황일 것이고, 고문을 정당화할 사유가 전혀 없었다. 상황상 고문을 쓸 단계가 아니라고 주장할 만했다.

"그게 무슨 고문입니까!"

아벨의 항의를 로젠은 들은 척도 하지 않았다.

"적어도 폭행이 있었던 건 분명하지요. 따라서 법적으로 문제가 있다고 보고, 이번 고발 및 구금이 무효라고 이의를 신청하겠습니다."

고발에 불만이 있으면 피고인은 대리인(대부분은 육친이지만 변호인일 때도 있다)을 통해 상급 재판소나 인근 대학의 법학부에 이의를 신청할 수 있었다. 그럴 경우, 회답이 도착할 때까지는 심문이나 심리가 일시 중지됐다. 영주라 할지라도 이 절차를 무시하는 건 용납되지 않았으며, 결정된 바에 따라야 했다.

"이거 근사한걸!"

짝, 하고 손뼉 소리가 크게 울려 퍼졌다. 란드센이었다.

"재미있군. 참으로 재미있어. 요컨대 당신은 앤이 무죄라고 생각한다는 거로군요!"

"아닙니다. 심문과 재판은 법에 따라 진행돼야 한다는 것이지요."

"이것 참 유쾌하군!"

영주가 손바닥으로 탁자를 내리쳤다.

"이만큼 증거가 갖추어졌는데 앤이 무죄라니! 100명이 있으면 100명 다 앤이 유죄라고 확신할 이런 상황에서 말이야! 재미있어! 이런 재미있는 일은 웬만해서는 경험할 수 없지!"

의자가 덜커덕 쓰러졌다. 벌떡 일어선 영주는 열병에 들뜬 것처럼 눈이 번쩍번쩍 빛났고, 입이 찢어질 듯 입꼬리가 높이 올라갔다.

"하지만 그렇다면 큰 문제가 생깁니다만. 세 사람은 왜 죽은 걸까요?"

"자연사가 우연히 겹친 건지도 모르지요."

말도 안 되는 소리는 아니었다. 예를 들어 갈가드는 단시간의 폭음, 마컴 부부는 급성 식중독으로 목숨을 잃었다고 볼 수도 있으리라.

"또는." 란드센이 야유하듯 덧붙였다. "앤이 아니라 다른 마녀가 있었을지도 모르고요."

"가능성은 있겠지요."

"좋습니다!"

영주가 다시 손뼉을 쳤다.

"이의 신청 서류는 우리 집 일꾼을 시켜서 보내도록 하죠. 이 근방이라면……."

"기 대학교가 가까울 겁니다."

"아, 그렇죠. 맞아요. 말을 타면 여기서 왕복으로 네댓새쯤 걸리려나요. 그럼 회답이 올 때까지는 어떻게 하실 겁니까?"

"제게 조사를 넘겨주셨으면 합니다. 제 눈과 귀로 다시 상황을 확인해 보고 싶습니다."

"암요. 그렇게 나오셔야지. 아벨!"

영주가 큰 소리로 부르자 청년이 펄쩍 뛰어올랐다.

"좋은 경험이 될 테니 이분을 도와드려라."

"어, 아, 네."

기세에 눌렸는지 아벨은 그저 고개만 끄덕였다.

"그래도 괜찮으시겠죠?"

란드센이 묻자 로젠은 고개를 끄덕였다.

"바라던 바입니다."

"결정됐군요. 그럼 일단 대학에 제출할 서류를 갖추어 주십시오. 그 후에 정식으로 조사를 의뢰하기로 하죠."

그렇게 이야기가 마무리됐다.

로젠(2)

두 사람에게 주어진 객실은 단출했다. 큼지막한 목제 침대 외에는, 나지막한 수납함이 두 개 놓여 있을 뿐이었다. 창문도 없었다. 하지만 여행하는 처지인 만큼 비바람을 피할 수 있는 잠자리가 있는 것만으로도 고마웠다.

"침대에 깔개가 있어요!"

리리가 신나서 소리쳤다.

"게다가 짚이 아니라 솜이 들었어요, 솜!"

리리가 무늬를 수놓은 깔개 위에서 폴짝폴짝 뛰었다. 침대가 삐걱거리고 먼지 냄새가 훅 퍼졌다.

유난히 목소리가 들뜬 건, 조금 전까지 침묵을 지켰기 때문이리라. 여행 중 리리는 항상 그랬다. 로젠과 단둘이 있을 때는 말이 많았지만, 제삼자가 끼면 로젠 뒤에 숨어서 조개처럼 입을 꾹 다물었다.

예전에는 누구와도 격의 없이 이야기를 나누던 소녀였다. 그때처럼은 안 되겠지만 자기 말고 다른 사람과도 약간이나마 대화를 나눈다면 얼마나 좋을까. 그러길 바라는 한편으로 그것이 이루어지지 않을 소원이라는 것도 로젠은 알고 있었다.

"그런데." 고개를 설레설레 흔들고 리리에게 말을 건넸다. "앤 양은 마녀일까?"

"아니요."

바로 대답이 돌아왔다. 까불거리던 리리가 로젠을 똑바로 바라보았다.

"그렇구나."

로젠은 천천히 고개를 끄덕이며 침대에 앉았다.

그도 동감이었다.

논리적이지 못한 여러 증언, 그리고 빈약한 물증. 앤을 유죄로 보기에는 아주 불충분할 따름이었다.

처음으로 참석했던 마녀재판이 떠올랐다.

물증은 빈약하고 증언은 비논리적. 그뿐만 아니라 명백한 모순도 여기저기 눈에 띄었다. 특히 같은 날 같은 시간대에, 각각 멀리 떨어진 곳에서 피고가 악행을 저질렀다는 증언이 나왔을 때는 어이가 없어서 말문이 막혔다. 쌍둥이가 아닌 한 그럴 수는 없었고, 물론 피고는 쌍둥이가 아니었다. 그 꼴을 보고서 당시에는 머리를 감싸 쥐었다.

한편으로 앤의 무죄를 입증할 확실한 증거가 없다는 것도 알았다. 주저 없이 십자가에 맹세한 것도 그렇고, 로젠의 눈을 똑바로 바라본 것도 그렇고 켕기는 구석이 있는 사람은 절대로 흉내 낼 수 없는 태도라고 생각했지만, 그건 어디까지나 인상에 지나지 않았다.

결국 앤이 마녀이든 아니든, 양쪽 다 증명하기 위한 재료가 부족했다. 현재 상황을 공평하게 판단하면 그렇다고 할 수 있으리라.

그럼에도 앤을 둘러싼 상황은 아주 좋지 못했다.

가령 앤이 무고하다고 치더라도, 고문당하면 틀림없이 거짓 자백을 할 테고, 그러면 살아날 방법은 없었다. 앤을 돕기 위해서는 그렇게 되기 전에 무고하다는 걸 증명해야 했다. 그리하여 최종적으로는 고발을 취하시키는 것이 이상적이었다.

하지만 마녀재판에서 무죄를 증명하기는 원리적으로 불가능한 경우가 대부분이었다.

예를 들어 이번에 앤은 마술을 사용해 살인을 저질렀다는 혐의로 고발당했다. 즉, 쟁점은 앤이 마술을 사용했는지, 사용하지 않았는지를 밝히는 거였다.

그러나 실제로 마술이 사용됐는지 확인할 방법은 없었다. 마술은 눈에 보이지 않기 때문이었다. '마술을 사용한 흔적'이 남는다고는 하지만, 어떤 흔적이 정말로 마술을 사용한 흔적인지, 아니면 전혀 관계없는 흔적인지 어떻게 구별한단 말인가.

결국은 사용했다는 주장과 사용하지 않았다는 주장이 평행선을 그릴 게 뻔했다. 결국 고발은 취하되지 않고, 끔찍한 고문을 받아 자백한 후에 화형을 당할 공산이 높았다.

"그렇네요."

고개를 들자 리리가 어두운 표정으로 이쪽을 보고 있었다. 한순간 머릿속을 읽은 건가 싶었지만, 아무래도 혼잣말로 생각을 내뱉은 모양이었다. 로젠에게는 그런 버릇이 있었다.

침대가 흔들렸다. 리리가 옆에 앉은 것이다. 내민 손바닥에는 갈색 사탕이 두 개 얹혀 있었다.

"고맙구나."

하나를 집어 입에 넣었다. 입안에 부드러운 단맛이 퍼지고 향초 냄새가 코로 빠져나갔다. 이 사탕은 집중력을 촉진하는 데 특효약이었다. 리리도 남은 하나를 입에 넣고 입안에서 달그락, 도로록 굴렸다.

"대학교에서 심문이 무효라고 선언해 주면 좋을 텐데요."

"뭐, 기대는 하지 않는 편이 좋겠지."

란드센의 일꾼이 신청서를 가지고 출발했지만 성과는 기대할 수 없으리라. 피의자를 때렸다고는 하나, 그건 단순한 폭행이지 고문으로 볼 수는 없었다. 고발을 무효로 하기는커녕 가볍게 타이르고 넘어갈 가능성이 컸다.

"조회서도 함께 보냈으니까."

로젠의 신청서에 대항하듯 란드센도 대학교에 보낼 조회서를 작성했다. 거기에 이번 사건의 내용을 자세히 설명한 후, 앤에 대한 고소는 타당한지, 구금은 법적으로 문제없는지, 죄상을 부인하는 피고를 고문해도 되는지 등등 형사 절차 전반에 관해서 문의했다. 그리고 앤에게 더욱 불리하게도 앤의 어머니가 마녀였다는 사실, 사법관 부부도 앤이 죽였을 가능성이 있다는 사실, 그리고 마을 사람들이 느끼기에 수상한 일들까지 낱낱이 적었다.

"회답이 도착하면 그 내용에 따르겠습니다."

그렇게 말하며, 란드센은 상기된 얼굴로 웃었다.

"고문은 허가되겠지."

앤을 둘러싼 상황을 고려하건대 대학교 측은 그녀를 마녀라고 판단할 가능성이 컸다. 그러면 혐의가 농후한 자로 보고 고문 허가도 내려질 터였다. 대학교에서 이런 유의 판정을 수없이 많이 해 본 만큼 로젠은 결과가 훤히 보였다.

그렇다면 이의 신청은 하지 않는 편이 낫지 않았을까? 하지만 달리 방법이 없었다. 이 지방에서 어차피 그들은 외지인이었다. 이곳의 관습에 따라 진행 중인 심문을 중지시킬 권한은 없었다. 덧붙여 앤이 구속된 지 이미 며칠이 지났다. 독단적으로 고문이 시작될 우려도 있기에, 일단은 그걸 막을 필요가 있었다.

리리가 당황한 듯 목소리를 높였다.

"하지만 지금까지 관여했던 재판과 달리 그 사람은 아직 자백하지 않았잖아요."

"그건 그렇지."

그렇다. 그것이 유일하게 희망적인 점이었다.

여행하는 동안 그들은 다섯 번, 마녀재판과 마주쳤다. 그리고 로젠은 전문가로서 그 모든 재판에 참석했다. 이번과 마찬가지로 리리의 성화에 못 이겨 그렇게 됐다.

하지만 로젠이 할 수 있는 일은 전혀 없었다. 관여했을 때는 피고가 이미 자백한 후였기 때문이다. 고문도 합법적으로 시행됐고, 법적으로 봐도 아무 문제가 없었다. 눈빛이 공허한 피고들에게 화형이 선고되는 광경을 로젠은 묵묵히 바라볼 수밖에 없었다.

그러나 이번엔 달랐다.

시간이 있었다. 빠르면 나흘이라는 너무나도 짧은 시간이지만, 그래도 자신이 직접 조사할 수 있다는 건 큰 이점이었다.

로젠은 문득 쓴웃음을 지었다. 어느덧 앤이 무고하다는 전제로 사고하고 있다는 걸 깨달았기 때문이다.

그렇다, 앤을 처음 본 그 순간부터 자신은 그녀가 무고하다고 믿었다. 그렇다면 그 직감에 따르면 되지 않겠는가. 그래야 의욕이 생기고 보람이 느껴질 것이다.

상황은 좋지 않았지만 행동할 여지는 남아 있었다. 그리고 뭘 해야 할지도 명확했다. 앤을 마녀라고 단정한 자들에게 앤이 결백하다는 사실을 납득시킨다. 지금은 그것만 염두에 두면 되었다.

로젠은 사탕을 바드득 깨물고 일어섰다.

"할 수밖에 없겠지."

"네, 그럼요. 해야죠!"

리리가 침대에서 힘차게 뛰어내렸다. 그러나 로젠은 어깨에 힘을 잔뜩 주고 씩씩하게 나서는 리리에게 조용한 목소리로 말을 건넸다.

"리리."

꼭 해야 할 말이 있었다.

"뒷일은 나한테 맡겨 다오."

어리둥절해하는 리리에게 나지막한 목소리로 말을 이었다.

"경솔한 행동은 삼가고, 얌전히 있어 주지 않겠니."

"그게 무슨 소리죠!" 비명에 가까운 목소리가 귀를 때렸다.

"왜요!"

"너도 알 텐데."

로젠은 리리가 감옥에서 앤에게 "분명 괜찮을 거예요!" 하고 격려한 걸 지적하고자 했다.

앤은 마녀 혐의를 받고 있었다. 그런 사람을 격려하다니, 마녀와 한패라고 의심받아도 뭐라고 할 말이 없었다. 란드센 일행이 아무 트집도 잡지 않아서 다행이었지만, 비슷한 일이 계속되면 문제로 발전할 게 뻔했다.

"'보눔 에스트 파키엔둠, 말룸 비탄둠(Bonum est faciendum, malum vitandum. 선을 행하고, 악을 피하라)'이란 말이 있잖아요. 곤경에 빠져 약해진 사람을 격려하면 안 되나요?"

"'이그넴 네 글라디오 포디토(Ignem ne gladio fodito. 칼로 불을 헤치지 말지어다)'. 그런 말도 있어."

"방해꾼 취급하는 건가요?"

리리가 발끈하자 로젠은 고개를 저었다.

"방해꾼이라니 그럴 리가. 리리는 항상 잘해 주고 있는걸."

거짓 없는 진심이었다. 지난 1년 반 동안, 리리에게 헤아릴 수 없이 많은 도움을 받았다. 리리가 없었다면 이 여행은 진즉에 중단됐을 것이다.

갑자기 침묵이 내려앉았다. 어찌 된 일인가 싶어 바라보자 소녀가 고개를 홱 돌렸다.

"알았어요. 알았다고요! 로젠을 믿고 맡기면 되잖아요!"

리리는 유난히 큰 목소리로 대꾸하고 짐짓 헛기침을 했다. 방이 다소 어두침침했지만 뺨이 약간 발그레해졌다는 걸 알 수 있었다.

'역시 아직 어린아이로구나.'

"미안하구나."

터질 것 같은 웃음을 꾹 참으며 로젠은 과장되게 고개를 숙였다.

아벨은 영주 관사 정문에서 기다리고 있었다.

"그건 고문이 아닙니다."

퉁명스러운 표정이었다. 아무래도 고문이니 위법이니 하며 책망한 것에 불만을 품은 듯했다.

로젠은 어깨를 으쓱했다.

"그렇지."

아벨이 얼떨떨한 표정으로 말했다.

"네, 뭐라고요? 방금 뭐라고 하신 겁니까?"

"그렇다고 했어. 우선 사과하지. 말 같지도 않은 혐의를 씌워서 미안하네."

"어, 네?"

"앞으로 잘 부탁하네. 난 이 마을에 대해 아는 바가 없으니까 여러모로 가르쳐 주면 도움이 될 거야."

"아, 네."

대답한 것도 잠시, 청년은 당황한 듯 손을 휘휘 내저었다.

"앗, 저기, 저도 이 마을에 관해 그리 잘 알지는 못합니다!"

횡설수설 늘어놓은 설명에 따르면, 아벨도 고작 여드레 전에 이 마을에 부임했다.

"그래서 마을 사람들과 제대로 말을 나눠 본 적도 없어요."

"그런 것치고는 마을 사정을 잘 아는 것 같던데."

"예비 심문을 했으니까요."

들어 보니 아벨은 닷새 전에 앤이 고발당하기 전까지는 앤의 어머니가 화형을 당했다는 것도, 사람들이 앤을 의심 어린 눈빛으로 바라보고 있다는 것도 몰랐다. 전임자 부부가 갑작스럽게 죽었다는 이야기와 그 또한 마녀의 소행으로 의심된다는 이야기는 부임 후에 란드센에게 들었지만, 이 정도 소동으로 발전할 줄은 상상도 하지 못했다고도 했다.

"그래서 정말 정신없었어요. 그야말로 백지 같은 상태에서 심문을 시작해야 했으니까요."

로젠은 말문이 막혔다. 청천벽력 같은 이야기였다.

조사할 때 마을 사정에 밝은 안내자는 꼭 필요했다. 따라서 사법관으로서 이번 고발에 대해 조사를 진행한 아벨이 적임자라고 생각했었는데.

"아."

낙담이 컸는지 웬일로 리리의 입에서 탄식이 새어 나왔다. 로젠도 작게 한숨을 쉬었다. 분위기가 미묘해진 걸 알아차렸는

지 아벨의 얼굴이 한심하게 일그러졌다

"그렇게 낙담하실 것까지는 없잖습니까."

"이거, 실례했네."

로젠은 마음을 추스르고 대답했다. 부족함을 한탄할 시간은 없었다. 어쨌든 할 수 있는 일부터 손대는 수밖에 없으리라.

"그런데 뭐부터 시작하실 건가요?"

아직 불만이 약간 어른거리는 얼굴로 아벨이 물었다.

"우선은 고발한 사람들에게서 이야기를 듣고 싶군."

"그거라면 조서가 있으니까 원하시면 가져오겠습니다."

"직접 듣고 싶어."

아벨이 의아해하는 눈빛을 던지기에 설명했다. 마을 사람들을 직접 만나서 이 사건을 대하는 그들의 심정, 즉 온도를 알아 두고 싶다고. 앤이 유죄라고 확신하는 건지, 아니면 의혹에 머무르는 건지, 또는 주변에서 난리를 치니까 그저 동조하는 것뿐인지. 그걸 알아내면 앞으로의 방침을 어느 정도 세울 수 있으리라.

"아, 네."

청년은 아리송해하는 표정을 지었다. 앞길이 걱정돼서 로젠은 다시 한숨을 내쉬었다.

밖으로 나가자 뜨거운 햇살이 덮쳐 왔다. 달궈진 지면에서 아지랑이가 피어올라 바람도 없는데 풀과 나무가 흔들리는 것처럼 보였다.

영주 관저 앞 광장에는 어느새 열 명 정도가 모여 있었다. 모그도 있는 것으로 보건대 이들이 마녀위원회이리라. 다들 딱딱한 표정으로 긴장된 분위기를 자아냈다.

"마녀위원회의 부대표, 덴 부인입니다."

아벨이 소개한 사람은 30대 후반쯤 된 풍채가 좋은 여자였다. 덴 부인은 거침없이 앞으로 나서더니 약삭빨라 보이는 표정으로 말을 꺼냈다.

"앤은 자백했나요?"

로젠의 미간에 저절로 주름이 잡혔다. 자백했느냐, 즉 덴 부인의 마음속에서는 이미 결론이 났다는 뜻이었다.

"아직입니다."

그 순간 주변에서 못마땅하다는 듯 한탄하는 목소리가 새어 나왔다. 에둘러서 로젠을 비난하는 것처럼 들리기도 했다.

로젠은 분위기를 바꾸듯 헛기침을 한 번 했다.

"이제부터는 제가 조사를 담당할 겁니다. 괜찮으시다면 여러분께 한 번 더 이야기를 듣고 싶은데요."

"오오, 그거 든든하군요."

모그의 얼굴이 확 밝아졌다. 전직 대학교 교수라는 직함에 기대를 건 게 아닐까 싶었는데.

"아무래도 지금까지는 미덥지 못했거든요."

그렇게 말하며 촌장은 아벨을 힐끗 보았다. 위원회 사람들도 동의하듯 고개를 끄덕였다. 아무래도 아벨을 믿음직스럽지 못하다고 여기는 건 로젠과 리리만이 아니었던 듯했다. 아벨을 보니 멋쩍은 표정으로 사람들을 외면하고 있었다.

일행은 마을 중앙 근처에 있는 주점으로 이동했다. 영주 관저와 교회를 제외하고 이만한 인원이 모일 수 있는 건물은 거기밖에 없었다.

자리에 앉자마자 덴 부인을 중심으로 앤에 대해 고발하기 시작했다.

"그 아이는 마녀예요."

"벌써 세 명이나 죽었습니다."

"예전부터 수상하다 싶었다니까요."

"그 아이 엄마도 마녀였는걸요."

다들 확신에 찬 얼굴로 담담히 말을 꺼냈다. 결코 목소리를 높이지 않는 그들의 태도가 오히려 앤을 의심하는 마음이 얼마나 깊은지 나타내는 것 같았다.

이윽고 앤의 평소 행실로 화제가 바뀌었다.

어릴 적부터 말이 별로 없었고, 멍하니 있을 때가 많았다.

버릇처럼 자주 혼잣말을 중얼거렸다.

새나 동물이 앤에게 다가오는 모습을 자주 목격했다.

확실히 전부 다 마녀의 특징으로 여겨지는 현상이었다. 하지만 그러한 증언이 아무리 많아도 앤의 유죄가 증명됐다고 할 수는 없었다. 그것들은 단순히 특징의 나열에 지나지 않았으니까.

하지만 돌무더기로 성이 지어지듯, 특징이 일정한 숫자 이상 모이면 그것은 하나의 표상으로 수렴됐다. 예를 들면 마녀라는 표상으로. 그리고 완성된 성을 무너뜨리기가 어렵듯이, 생겨난 표상을 지워 버리는 건 쉬운 일이 아니었다.

가장 골치 아픈 점은 자신들의 행동이 정의의 기치 아래에 있다고 그들이 믿어 의심치 않는다는 것이다.

정의는 성가시기 짝이 없었다. 그것은 면죄부와 같았다. 올바른 기치를 올렸으니 자신들의 행동은 옳다. 자신들이 잘못했을 리 없다. 그런 착각을 일으켰다. 결과적으로 그들이 만들어 낸 표상은 더더욱 공고해졌다.

아무리 논리적으로 설득해도 그들은 들은 척도 하지 않을 것이다. 그들이 정의이고 앤은 악이니까. 그럼에도 계속 설득을 시도하면 로젠도 적으로 간주할 우려가 있었다. 최악의 경우에는 마을에서 추방당할 가능성도 있으리라.

옆에 앉은 리리를 슬쩍 보자 침착하지 못하게 몸을 흔들고 있었다. 마을 사람들에게 반발하고 싶은 마음이 굴뚝같은 것이리라.

그 마음을 이해하지 못하는 바는 아니었다. 로젠도 똑같은 기분이었다. 하지만 그건 최악의 한 수였다. 지금은 그저 입 다물고 이야기를 듣는 수밖에 없었다.

분위기가 점차 달아오르자 감정이 격해져서 오가는 목소리가 거칠어졌다.

"그 여자가 마녀라는 건 다 알잖아."

수건으로 머리를 묶은 중년 여자가 말을 쏟아 냈다.

"우리 할머니도 허리를 다쳤다고."

"그럼, 그럼." 덴 부인이 거들고 나섰다. "나도 그 음탕한 년 때문에 다리를 다쳤어. 교회에서 기도를 드리고 나서야 겨우 걸을 수 있게 됐지."

"맞아!" 호리호리한 남자가 외쳤다. "우리 집에서 말린 고기도 훔쳐 갔어. 아무래도 양이 적다 싶더니만."

사람들은 온갖 문제를 앤 탓으로 돌렸다. 허리를 다친 것도 말린 고기의 양이 줄어든 것도, 단순한 우연이거나 착각이었을 수도 있는데. 하지만 그렇게 말한들 이 자리에 있는 그 누구도 귀 기울이지 않으리라.

로젠은 입술을 깨물었다. 얼마나 어려운 일을 맡았는지 피부로 와닿아서 새삼스레 몸서리를 쳤다.

"다 말씀드렸어요. 이제 아시겠죠?"

덴 부인이 가슴을 쭉 펴고 그렇게 이야기를 마무리했다. 자신의 정당함을 털끝만큼도 의심치 않는 곧은 시선. 감옥에서 보았던 앤의 눈빛과 똑같은 눈빛이었다.

"실제로 들어 보니 어떠셨습니까?"

아벨이 입을 열었다. 마녀위원회 사람들은 이미 물러갔고, 세 사람만 남은 주점은 조금 전까지 소란스러웠던 게 맞나 싶을 만큼 고요했다.

로젠은 아벨을 보지도 않고 대답했다.

"자네 생각은 어떤가."

"어떠냐니요. 이렇게나 증언이 갖추어졌으니 어떻게 봐도 마녀가 틀림없겠죠."

그 대답에 작게 한숨을 내쉬었다. 그렇게 생각하는 것도 무리는 아니리라. 그렇게 결론 내릴 수 있다면 얼마나 편할까.

"어쨌든 간에." 로젠은 자기 자신을 타이르듯 말을 짜냈다. "이야기를 듣고 싶은 인물이 두어 명 더 있어. 안내해 줄 수 있겠나?"

"어, 누구인데요?"

아벨이 어리둥절해했다. 로젠의 얼굴에 쓴웃음이 맺혔다.

"한 명은 코펠 영감님이겠죠."

어이없다는 듯 리리가 말했다. 너무나도 눈치가 없는 아벨을 보고 저도 모르게 말이 튀어나온 것이리라.

"코펠 옹과 베날두스 신부님일세."

로젠은 일단 리리에게 고개를 끄덕이고 덧붙여 말했다. 아벨이 묘한 표정을 지었다. 남의 일에 참견할 바가 아니기는 했지만 사법관으로서 이 청년의 장래가 걱정됐다.

덴 부인

앤은 마녀다. 덴 부인이 소리 높여 그렇게 주장한 데는 나름의 이유가 있었다.

덴 부인은 예전부터 수상하다고 생각했다. 어떻게 그토록 예쁜 아이가 태어난 걸까. 이제는 주변 남자들의 시선을 한 몸에 받는 그런 여자가.

애초에 아기일 적부터 이상했다. 어지간해서는 울지 않았을 뿐더러 어머니가 곁에 없어도 전혀 아무렇지도 않은 얼굴이었다. 과연 그런 아기가 있을까. 자란 후에도 마찬가지여서, 남들 앞에서는 좀처럼 입을 열지 않았기에 옆에서 보기만 해서는 무슨 생각을 하는지 통 알 수가 없었다.

앤의 어머니는 약사였는데, 앤도 어릴 때부터 부지런히 어머니를 도왔다. 하지만 일을 쉴 때 앤은 그저 멍하니 있곤 했다. 왜 그러느냐고 물으면 친구와 이야기하고 있었다고 대답했다. 주변에 다른 아이는 없고 앤 혼자뿐이었는데도.

어쩐지 으스스했다.

이 아이 눈에는 이 세상의 존재가 아닌 뭔가가 보이는 게 아닐까. 혼자 웃거나 중얼거리는 모습을 보고 그런 의혹이 부풀어 올랐다.

열네 살 무렵부터 앤은 마을 젊은이들에게 열렬히 구혼을 받았다. 하지만 이유도 밝히지 않고 전부 거절했다. 그래서 더욱 의혹이 짙어졌다. 악마와 계약을 맺었기 때문에 거절하는 것이 아니냐고.

열일곱 살 때, 앤의 어머니가 마녀로 고발당했다. "아아, 역시나." 그것이 솔직한 심정이었다. 그 여자는 약사로서 약초와 주술에 정통했다. 그것들은 분명 악마의 가르침이었으리라. 앤의 미모도 악마가 내려 준 것이고, 마술을 써서 마을 남자들을 유혹했던 게 틀림없었다.

어머니가 화형당했을 때 앤은 눈물 한 방울 흘리지 않고 불길에 감싸인 어머니를 가만히 바라보았다. 그 표정 없는 얼굴. 부모가 죽어 가는데 어쩌면 그리도 무표정할 수 있는가. 그것이야말로 인간적인 심성이 없다는 증거 아닌가.

그로부터 며칠 후, 덴 부인이 소젖을 짜고 있는데 앤이 바로 곁을 지나갔다. 눈을 마주치지 않으려 했건만 앤이 멈춰 서서 가만히 바라봤다.

다음 순간, 무서운 일이 일어났다. 다리가 움직이지 않는 것이다! 마치 땅에 뿌리를 내린 것처럼! 그 모습을 확인하고 앤은 아무 말도 없이 가 버렸다. 앤이 시야에서 사라진 순간, 다리가 움직였다. 하지만 다리가 불편해서 한동안 일상생활에 지장이 있었다.

다리에 저주를 건 것 아닐까. 그런 의혹이 확신으로 바뀐 건 미사 때였다. 다리를 회복시켜 달라고 온 정성을 다해 기도했더니 그 자리에서 증상이 깨끗이 사라졌기 때문이다.

신의 힘이 악마의 힘을 이겼다. 달리 무슨 이유가 있겠는가?

마컴 부부가 죽었을 때 덴 부인은 직감했다. 그 여자의 짓이라고. 그래서 곧장 코펠 영감의 집을 찾아갔다.

결과는 예상대로였다. 두 사람은 마술에 걸려서 죽었으며, 더 무서운 건 한 달 안에 그것을 증명할 '징표'가 나타난다고 했다.

그리고 갈가드가 죽었다.

덴 부인은 즉시 행동에 나섰다. 앤이 마술로 갈가드를 죽였다고 영주 란드센에게 호소한 것이다.

덴 부인 혼자만의 의견이 아니었다. 뒤이어 여러 사람이 영주에게 앤이 마녀라고 호소했다. 마을 사람 모두 앤의 짓이라고 확신한 것이다.

영주는 즉시 대응에 나섰다.

앤은 마을 사람들이 지켜보는 가운데 끌려갔다.

원망 어린 시선이 덴 부인에게 날아들었다.

그래도 다리는 굳어 버리지 않고 멀쩡했다.

덴 부인은 앤의 뒷모습에 저주의 말을 내뱉었다.

"이 음탕한 마녀야, 불타서 죽어 버려라."

리리(2)

교회는 마을 중앙 광장을 똑바로 바라보는 형태였다. 카롤링거 양식 로마네스크 양식의 전신으로, 단순하고 견고한 구조가 특징이다의 자그마한 정면 외벽. 그 왼쪽에 병설된 간소한 종루. 그 꾸밈없는 자태가 어쩐지 향수를 불러일으켰다.

기둥 윗부분에 장식 조각이 있는 입구 앞에서 건물을 올려다보고 있는데, 세잎클로버 무늬가 새겨진 문이 갑자기 열렸다. 나무통을 끌어안은 몸집이 작은 남자가 이쪽을 보고 고개를 살짝 숙이더니 황급히 옆을 지나가려 했다. 하지만 왼쪽 어깨를 로젠에게 부딪쳐서 남자는 엉덩방아를 찧었다. 나무통이 데굴데굴 굴러갔다.

나이는 30대 중반쯤일까. 숱이 적은 머리에, 작은 눈. 자세히 보니 수염이 삐죽삐죽한 얼굴 여기저기에 멍이 들었다. 등을 웅크리고 치뜬 눈으로 이쪽을 살피는 모습이 그야말로 쥐를 연상시켰다.

"죄, 죄송합니다."

남자는 몇 번이나 머리를 숙이더니 바쁘게 주변을 둘러봤다. 아무래도 나무통을 찾는 모양인데, 몹시 당황했는지 바로 옆에 있는데도 알아차리지 못했다.

아벨이 주워서 건네주자, 남자는 또 거듭 머리를 숙인 후 세 사람 옆을 지나갔다. 별생각 없이 그 모습을 바라보고 있으니, 길로 나가자마자 다시 덴 부인과 부딪쳐서 또 머리를 꾸벅꾸벅 숙였다.

뚜둑.

뒤에서 메마른 소리가 들렸다.

문 안쪽에 남자가 서 있었다. 나이는 쉰 살 전후이리라. 풍성한 회색 머리, 잘 다듬은 수염. 부드러움 속에 예리함이 엿보이는 하늘색 눈동자. 입가에 머금은 자애로운 미소. 사제복으로 몸을 감싼 그 모습은 성직자로서 완벽하다고 해도 될 만했다.

그는 걸어가는 작은 남자의 뒷모습을 바라보며 말했다.

"죄송합니다. 저 남자는 자인이라고 하는데, 조금 문제가 있어서요."

거기서 말을 끊고 로젠을 봤다.

"우선 만나서 반갑습니다. 베날두스라고 합니다. 이 교회의 사제입니다. 로젠 씨 맞으시죠? 촌장님께 이야기는 들었습니다. 일단 안으로 드시죠."

교회 내부는 엄숙한 분위기로 가득했다. 겨우 벽 하나를 사이에 뒀을 뿐인데, 바깥과는 분위기가 완전히 달랐다.

하지만 그 신성한 분위기를 신부가 산산이 흐트러뜨렸다. 몇 걸음 나아갈 때마다 그의 몸에서 '뚜둑' 하고 메마른 소리가 울렸기 때문이다.

"귀에 거슬리시죠? 죄송합니다. 관절 소리예요. 태어났을 때부터 이 소리를 달고 살아왔답니다."

"병입니까?"

"모르겠습니다. 여러모로 치료도 해 봤지만 낫지 않더군요."

간헐적으로 울려 퍼지는 관절 소리와 함께 일행은 2층 응접실로 안내받았다. 중앙에 작은 테이블과 의자 두 개뿐인 수수한 방이었지만, 가늘고 긴 창문이 있어서 밝았고 영주 관저의 객실보다는 넓게 느껴졌다.

"그런데 그 남자의 문제는 뭔가요?"

마주 앉으며 로젠이 묻자 베날두스는 고개를 끄덕끄덕했다. 목 관절에서 가볍게 소리가 났다.

"자인 말씀이시군요. 원래는 광석 캐는 일을 했었는데, 1년쯤 전에 머리에서 피를 흘리며 돌아왔어요. 본인 말로는 발을 헛디뎌 비탈에서 굴러떨어졌다고 하더군요. 그 후로 이상해졌습니다.”

그전까지는 꼼꼼한 남자였는데, 수염과 머리를 대충 다듬고 다니는 등 몸단장이 형편없어졌다. 또한 광석 캐는 일도 하는 둥 마는 둥 했다.

그래서 마을의 잡일을 시키기로 했지만 짐을 나르라고 하면 절반쯤 끝내고 훌쩍 사라지거나, 무덤을 파라고 하면 시신이 들어가지 않을 만큼 엉성한 구덩이를 파 놓는 등 일 처리가 엉망진창이었다. 게다가 꾸짖으면 자기는 제대로 했다고 우기니까 더 문제였다.

“게다가 툭하면 사람들과 부딪치고 다닙니다. 본인은 부정하지만 일부러 그러는 거겠죠.”

교회 앞에서 있었던 일이 리리의 머릿속에 되살아났다. 그 남자는 로젠, 그리고 덴 부인과도 충분히 거리가 있었다. 분명 일부러 그러지 않는다면 부딪칠 수 없을 듯했다.

“산에서 무슨 일이 있었던 겁니까?”

“본인은 넘어졌을 뿐이라고 했지만, 산의 악마에게 홀린 게 아니냐고 주장하는 사람이 있어서요.”

늘 그렇듯 사람들은 코펠에게 상담했다.

넘어져서 머리가 깨졌을 때 체액이 빠져나가서 균형이 무너진 탓이라고 코펠은 단정했다.

고전적인 의학서에 따르면 인간에게는 네 가지 체액이 있다고 한다. 혈액, 황담즙, 흑담즙, 점액이다. 그리고 체질이나 성격은 네 가지 체액의 많고 적음에 따라 결정된다고 여겨진다. 예를 들어 혈액이 많으면 쾌활하고 사교적이며, 흑담즙이 많으면 과묵하고 신경질적이라는 식이다.

자인은 혈액, 흑담즙, 점액이 빠져나가서 공격성을 관장하는 황담즙이 상대적으로 많아졌을 것이라고 했다. 그래서 피를 뽑거나 성 메니니누무스와 관련된 성물을 가지고 다니게 하는 등 지금까지 다양한 치료를 해 왔지만 아직 개선될 기미는 보이지 않는다고 했다.

"지금은 묘지기로서 마을 입구 근처 오두막에 살고 있습니다. 교회에는 봉사하러 오고요. 교회에서 선행을 쌓으면 언젠가 증상이 개선될 것이라면서요. 오늘도 교회를 청소하고 물을 길어 왔습니다."

"용케도 마을 사람들이 이해해 주고 있군요."

일을 못 하거나 부도덕한 인간은 공동체에서 쫓겨났다. 전체를 살리기 위해 어디서나 당연히 그런 조치에 나섰다. 이 마을같이 작은 공동체에서는 더더욱 그럴 것이다.

"성 메니니누무스 덕분이겠죠. 마을이 성립한 유래는 들으셨습니까?"

로젠이 고개를 젓자 신부가 설명했다.

성 메니니누무스는 지금으로부터 800년 전에 이 지방의 숲에서 수도 생활을 했던 성인이었다. 여러 일화가 남아 있지만, 성모 마리아와 관련된 전승은 '성 메니니누무스의 회개'라고 하여 마을 사람 누구나 알고 있는 이야기였다.

성 메니니누무스는 원래 이교도였다. 어느 밤, 그의 꿈속에 웬 소녀가 나타났다. 소녀는 초췌한 얼굴로 악마에게 습격받고 있으니 살려 달라고 그에게 간청했다. 그는 싸움에 나서서 악마를 물리쳤지만 그 대가로 왼팔을 잃었다.

그때 도움을 받은 소녀의 몸에서 빛이 넘쳐흐르더니, 눈 깜짝할 사이에 신성한 모습으로 바뀌었다. 그녀는 성모 마리아였다. 성모 마리아는 감사의 표시로 그의 왼쪽 어깨에 천사의 날개를 하사했다. 감격한 그는 회개하고 경건한 신도로서 인생을 보냈다.

"그 날개에는 치유의 힘이 있었다고 전해집니다. 잃어버린 팔다리를 원래대로 되돌리고, 시력을 회복시키며, 폐병을 물리쳤다는군요. 이윽고 치료 목적으로 그를 찾아오는 사람들이 많아졌고, 그 결과 이 마을이 생겼다고 합니다. 그래서 이 마을에는 부상자나 환자를 소중히 여기는 관습이 있는 거예요."

물레방앗간에 병설된 목욕탕도 원래는 환자나 부상자를 위해 만들어진 것이라고 했다.

"그리고 체액 과잉은 일종의 병입니다. 그래서 쫓겨나지 않고 마을에 남을 수 있었던 거죠."

신부가 헛기침을 한 번 했다.

"아차, 상관없는 이야기를 길게 늘어놔서 죄송합니다. 앤에 대해 물어보러 오셨던 거죠. 제가 뭘 말씀드리면 될까요?"

"아시는 바를 전부 다 말씀해 주시면 됩니다."

신부의 이야기는 란드센에게서 들은 이야기와 큰 차이가 없었다. 먼저 사법관 부부가 죽고, 갈가드가 그 뒤를 이었다.

"가슴에 화상 자국이 있었다는데, 정말로 악마의 얼굴로 보였습니까?"

"적어도 마을 사람들은 다들 그렇게 말하더군요."

"원래 있던 화상 자국일 가능성은?"

"목욕탕에서 그와 함께 씻었던 사람 말에 따르면, 죽기 이틀 전에는 없었다고 합니다."

아무래도 화상 자국이 새로 나타난 건 틀림없는 듯했다.

처음으로 죽은 마컴 부부에게로 화제가 옮겨 갔다. 이 교회에서 가까운 자택에서 사망했다.

"갈가드와 마찬가지로 외상은 발견되지 않았고, 아무 조짐도 없었습니다."

"저녁 식사 도중에 갑자기 괴로워하기 시작했다지요? 병일 가능성은 없습니까?"

"두 사람은 매우 건강했습니다. 자식 복이 없는 게 유일한 고민이라고 농담처럼 말하곤 했을 정도예요."

"누군가 독을 먹였을 가능성은?"

"그건 아닐 겁니다. 길은 중앙에서 부임한 외지인이었지만, 마을 사람들의 신임이 두터웠으니까요."

길 마컴은 원래 프랑스 동부 출신으로, 기 대학교에서 공부한 후 사법관으로 이곳에 파견됐다. 프랑스 출신답게 현실적인 남자로, 마을에서 싸움이나 잡음이 생겼을 때 적확하게 중재한 모양이었다. 아내 베스도 시원시원하니 겉과 속이 똑같은 성격이라 둘 다 남에게 원한을 살 일은 없었을 것이라고 했다.

"덧붙여 말하자면 식중독도 아닙니다. 확인하기 위해 현장에 남아 있던 음식을 먹어 봤는데 보시다시피 아무렇지도 않았으니까요."

예상 밖의 말에 로젠이 당황한 목소리로 물었다.

"드셨다고요? 그러다 죽을지도 모르는데?"

"네." 신부가 미소를 지었다. "남아 있던 물과 포도주도 확인했습니다. 만에 하나 제가 죽었더라도 그것이 신의 뜻이었을 뿐입니다."

리리는 신부를 뚫어지게 바라봤다. 어째서 이렇게 태연한 얼굴로 그런 말을 할 수 있는지, 그의 정신 상태가 이해되지 않았다.

잠시 멍하니 있던 로젠이 정신을 가다듬고 다시 질문했다.

"부부의 가슴에 화상 자국은 있었습니까?"

“아아, 없었습니다. 만약 있었다면 앤은 그때 이미 고발당했
겠죠.”

“갈가드 씨의 가슴에는 있었는데, 왜 두 사람의 시체에는 없
었을까요?”

“우연히 화상을 입었다. 그렇게 말씀하고 싶으신 겁니까?”

“아니면 누군가 고의로 화상을 입혔거나.”

순간 신부는 입을 다물었다. 잠시 로젠을 바라보다가 의미
심장한 미소를 지었다.

“과연, 아무래도 당신은 앤이 무죄라고 생각하나 보군요.”

로젠이 움찔하자 신부는 차분한 어조로 말을 이었다.

“뭘 그리 놀라십니까? 당신이 지금까지 한 질문을 들으면
누구라도 그렇게 생각할 텐데요”

“……그런 자에게 협력할 수는 없다, 그런 말씀이십니까?”

“아니요, 아니요.” 신부는 어깨를 으쓱했다. 뚜둑. “저는 신의
종복에 불과합니다. 남의 행동에 이래라저래라 참견하다니, 그
런 주제넘은 짓은 도저히 못 하죠.”

“그렇다면 이야기가 빠르겠군요. 하나 여쭤보고 싶습니다.
앤 양이 마녀라고 생각하십니까?”

“앤이 마녀인지 아닌지 저는 모릅니다. 교회에 데려온 후로
앤은 열심히 일했습니다. 매일매일 기도도 빠뜨리지 않고, 오
로지 경건하게 생활했어요. 어머니가 화형당했는데도, 참으로

훌륭한 태도였죠."

하지만, 하고 신부는 고개를 저었다.

"그렇다고 해서 앤이 마녀가 아니라고 단정할 수는 없습니다. 제가 할 수 있는 일은 신께 의지하는 것입니다. 모든 것은 신이 인도해 주십니다. 저는 그에 따를 뿐이고요."

"……가령 그래서 잘못된 결과가 나온다고 하더라도?"

신부의 입에서 건조한 웃음이 새어 나왔다.

"대학 교육은 아무래도 문제가 있어요. 지식만 앞세워서 신앙이 아니라 사고로 모든 것을 이해하려고 하죠. 애초에 옳고 그름을 진정한 의미에서 결정할 수 있는 건 오직 신뿐이며, 신의 피조물에 불과한 우리가 이러쿵저러쿵 입을 놀려서는 안 됩니다."

"지금은 신에 대해 논의하고 있는 게 아닙니다. 실제 사건에 대해 논리적으로 생각할 필요가 있다고 말씀드리는 거예요."

"똑같은 이야기입니다." 신부가 단호하게 받아쳤다. "이 세상은 신의 위광을 나타내기 위해 존재합니다. 결코 논리를 뽐내기 위해 존재하는 것이 아니란 말입니다. 논리는 악마의 재주입니다. 그것은 신을 무시하고서 이 세상을 설명하려 하죠. 참으로 오만하다고 하지 않을 수 없어요. 애당초 논리만으로 이 세상 모든 것을 설명할 수 있을 리가 없잖습니까."

"그렇다 하더라도 우리는 많은 상황에서 판단을 내려야만

합니다. 이성적, 논리적으로 생각하지 않고 어떻게 판단을 내릴 수 있겠습니까?"

"하지만." 베날두스의 눈동자에 날카로운 빛이 깃들었다. "제가 보기에 당신은 이성이 아니라 감정에 몸을 맡기고 계시는군요."

그 시선에 못 박힌 듯 로젠이 움직임을 멈췄다.

"당신의 눈을 보면 압니다. 논리가 아니라 감정을 바탕으로 당신은 앤의 무죄를 주장하고 있어요. 당신의 감정을 휘젓는 뭔가가 거기 있습니다."

온화한 말투. 하지만 그 말투에는 수많은 고해성사를 들어 온 자 특유의 압도적인 냉엄함이 담겨 있었다.

뿌드득, 로젠이 이를 악무는 소리가 났다. 그것이 답이라는 듯이 신부는 고개를 끄덕였다.

"무슨 일이 있었는지는 모릅니다. 분명 불합리한 사건을 경험하셨겠죠. 필설로 다할 수 없는 부조리한 고통을 맛보셨을 겁니다. 지금도 마음에 응어리가 남아 있을 정도로요. 하지만 인간이 이 세상을 살아가는 한, 그리고 불완전한 존재인 한, 그런 일들은 절대로 사라지지 않습니다."

"그래서 뭐가 어떻다는 말입니까?"

"한 가지 여쭙겠습니다. 당신이 소중히 여기시는 듯한 '이지'나 '논리'라는 도구가 당신의 그 문제를 해결해 주었습니까?"

침묵이 내렸다. 베날두스는 미소 지었다.

"그렇지 않았죠? 논리가 사람을 구원할 수는 없습니다. '논리'라는 항아리 속에 안타깝게도 '희망'은 남아 있지 않으니까요. 그렇다면 이 세상에 구원은 없는 걸까요? 있습니다. 신의 자비입니다. 항상 신이 함께해 주시기에 마음에 희망의 등불이 켜지는 겁니다. 신을 믿음으로써 살아갈 수 있는 거예요."

리리는 재빨리 로젠의 어깨를 붙들었다. 그가 일어서려 했기 때문이다. 여전히 표정은 빈약했지만 울화가 치밀었다는 것을 리리는 눈치챘다.

"진정해요."

살며시 귓속말하자 그제야 리리가 있다는 사실을 깨달은 것처럼 로젠은 숨을 삼켰다. 잠시 후 의자에 도로 앉았다.

"……미안하다."

"괜찮으십니까?"

신부가 말했다. 그 눈은 자애로 가득했다. 도저히 못 참겠다는 듯 로젠이 물었다.

"가르쳐 주십시오. 앤 양이 무죄라는 걸 이해시키려면 어떻게 해야 합니까?"

"누구도 이해시킬 필요 없습니다. 그저 신의 결정에 순순히 따르면 됩니다. 그렇게 말씀드리고 싶지만, 당신이 원하는 답은 그런 말이 아니겠죠?"

로젠이 고개를 끄덕여 보이자 "그렇다면." 하고 신부는 말을 이었다.

"신명재판을 받으면 됩니다."

신명재판. 결백을 증명하기 위해 피고인에게 주어지는 마지막 수단.

예를 들어 끓어오르는 물속에 손을 넣거나 새빨갛게 달군 쇠막대를 맨손으로 잡는다. 그래도 화상을 입지 않으면 무죄의 증거로 받아들여졌다. 신께서 기적으로 결백한 자를 구했다는 것이다.

"이 교회에는 성유물이 있습니다. 성 메니니누무스의 유해를 감쌌던 천인데, 이 마을을 수호하는 성인의 물건입니다. 그 앞에서 신명재판을 받는다면 마을 사람들도 믿어 주겠죠."

리리는 로젠을 슬쩍 보았다.

종교가나 학자 중에는 신명재판에 회의적인 사람이 적지 않았다. 로젠도 그중 하나였다. 예전에 그는 이렇게 말했다. 공판 기록에는 신명재판에 성공한 수많은 사례가 실려 있지만, 실제로 성공한 모습을 본 적은 지금까지 한 번도 없다고.

"신이 모든 것을 입증해 주신다는 말입니까?"

"그 무엇보다 간단한 방법 아닙니까?"

"확실히 신의 기적 앞에서는 아무리 완고한 인간도 태도를 바꿀 수밖에 없겠지요. 하지만 신이 반드시 기적을 일으켜 주신다는 보장은 없습니다."

"그렇다 하더라도." 신부가 미소 지었다. 턱에서 메마른 소리가 울렸다. "그것이 신의 뜻이었을 뿐이겠죠?"

교회를 나서자 주변이 온통 붉게 물든 상태였다. 올려다본 하늘에는 밤의 장막이 점점 펼쳐지고 있었고 산 위에 샛별이 보였다.

문 앞에는 덴 부인이 서 있었다. 온몸이 땀으로 흠뻑 젖어 있었다. 뙤약볕 속에서 일행이 교회에서 나오기를 기다리고 있었다고 했다.

"아까 말하는 걸 깜빡해서요."

앤의 죄상을 추가하러 온 것일까. 리리도 로젠처럼 기운이 쭉 빠졌지만, 덴 부인은 의외의 말을 꺼냈다.

"갈가드 씨가 살해당한 이유예요."

"뭐라고요?"

아벨이 눈을 부릅떴다.

"어떻게 된 겁니까! 저는 그런 이야기 못 들었는데요!"

"네, 그렇겠죠. 당신 같은 풋내기한테는 말해 봤자 소용없으니까요."

날카로운 목소리로 덴 부인이 대꾸했다. 말문이 막힌 아벨을 본체만체하고 덴 부인은 로젠에게 얼굴을 돌렸다.

"갈가드 씨는 보호 주술을 사용하지 않았어요."

악마와 마귀가 횡행하는 이 세계에서 보호 주술은 빈번히 사용됐다. 그 방법은 여러 가지이며, 리리도 지금까지 셀 수 없을 만큼 많이 봐왔다.

이 마을에서는 포도주로 보호 주술을 쓴다고 했다.

방법은 간단했다. 현관문 안쪽에서 벽에 걸치도록 포도주로 십자를 긋고 십자의 각 끝점을 둘러싸듯 원을 그리면 완성이었다.

포도주는 예수 그리스도의 피로 여겨지고, 그 색깔인 '붉은색'에는 온갖 사악함으로부터 인간을 지켜 주는 효과가 있다고 해서 많은 주술에 사용됐다. 십자에 원을 조합하는 경우는 드물었지만, 이는 성 메니니누무스가 사용했던 성물의 형상을 본뜬 것이라고 했다.

덴 부인은 '징표'가 나타날 것이라는 예언이 내려진 후, 집마다 현관문에 붉은 십자와 원을 그렸고 지금도 지우지 않고 있다고 말했다. 앤이 아직 처형되지 않았기 때문이라는데, 그만큼 마을 사람들은 앤에게 깊은 의혹을 품고 있었다.

"하지만 갈가드 씨는 보호 주술을 사용하지 않았어요. 자기는 마녀를 두려워하지 않으니까 올 테면 오라면서 말이죠. 다들 농담이라고 생각했는데, 설마 진심이었을 줄이야."

"왜 그랬을까요?"

"싸워서 이길 수 있으리라고 생각한 게 아닐까요. 덩치가 크고 힘만큼은 셌으니까요."

"그 이야기는 사실입니다."

배웅하러 나온 베날두스가 말했다.

"사망을 확인하러 갔을 때 봤는데, 문 안쪽에 원십자는 그려져 있지 않았습니다. 시체를 처음 발견한 마을 사람들도 보호 주술은 사용되지 않았다고 했고요."

"알아차리지 못한 게 아니라요?"

"포도주로 그린 원십자를 못 보고 넘어갔다고요? 보호 주술을 포함해 현장에는 그 어떤 주술도 사용한 흔적이 없었습니다. 발견하신 분들도 그렇게 증언했고요."

"……갈가드 씨 외에 보호 주술을 사용하지 않은 사람은?"

덴 부인이 어깨를 으쓱했다.

"마녀가 있다는데 보호 주술을 사용하지 않는다니, 그런 멍청한 짓을 누가 하겠어요?"

"교회에서는 사용하지 않았습니다."

베날두스가 그렇게 말하고 미소 지었다. 과연, 방금 통과한 문에는 분명 원십자가 그려져 있지 않았다.

"모든 일은 신이 결정하시는 법입니다. 보호 주술을 쓰든 말든 그건 큰 문제가 아니죠."

"아, 그러고 보니 그랬죠." 덴 부인은 물러서지 않았다. "운이 좋으셨네요. 마녀가 갈가드 씨 쪽을 노려서."

덴 부인이 손뼉을 짝 쳤다.

"이제 아시겠어요? 보호 주술을 사용하지 않은 갈가드 씨가 살해당했으니, 그 음탕한 년의 짓이 틀림없겠죠."

입에 거품을 물고 떠드는 덴 부인에게 작별 인사를 하고 세 사람은 귀로에 올랐다.

이미 해는 산 너머로 사라져 낙조만 희미하게 감돌았다. 원래는 코펠에게도 이야기를 들을 작정이었지만, 아무래도 그럴 시간은 없을 듯했다.

"저기."

아벨이 머뭇머뭇 입을 열었다.

"아까 교회에서 신부님이 하신 이야기 말씀인데요, 그…… 혹시 예전에 마녀재판에서 무슨 일이 있었습니까?"

"별것 아니야."

"하지만……."

거기서 아벨은 입을 다물었다. 로젠에게 대답할 마음이 없다는 걸 알아차렸으리라.

몇몇 남자와 마주쳤다. 탄탄한 몸을 감싼 옷은 흙으로 더러워졌고, 손에는 커다란 바구니나 자루를 들고 있었다. 슬쩍 들여다보니 크고 작은 광석으로 가득했다. 이 시간까지 광석 채굴 작업을 하고 있었던 모양이다.

가볍게 눈인사하고 지나가는데, 갑자기 발밑의 모래가 튀었다. 뒤에서 돌이 날아온 것이다. 세 사람은 일제히 돌아보았다.

남자들의 모습은 이미 작아졌다. 붉게 물든 골목에 돌을 던진 사람의 모습은 없고, 그저 땅거미가 내리고 있을 뿐이었다.

앤(1)

태어난 날을 기억하는 사람은 없다. 앤도 마찬가지였지만, 자신이 태어났을 때 울지 않았다는 사실은 알고 있었다. 어머니가 툭하면 이야기해 주었기 때문이다.

부모님은 산 하나 너머에 있는 마을 출신으로, 두 사람은 그곳에서 약사로 일했다.

앤이 태어나고 얼마 지나지 않아 아버지가 폐병에 걸렸다. 폐병은 급속히 진행돼 곧 이러지도 저러지도 못하는 상황에 빠졌다. 마침 그 무렵 병을 치유하는 수호성인에 관한 소문을 들었고, 부부는 지푸라기라도 잡는 심정으로 이주를 결단했다.

하지만 마을에 도착하자마자 아버지는 세상을 떠났다. 쇠약해진 그에게는 산을 넘을 만한 체력이 남아 있지 않았다.

한편 어머니도 험한 산길에서 다리를 다쳐서 걷기가 불편한 몸이 됐다. 그래서 모녀는 이 마을에 정착할 수밖에 없었다.

아버지가 죽은 후, 어머니는 생계를 꾸리기 위해 약사 일을 계속했다. 하지만 마을 사람들의 반응은 좋지 않았다. 이 마을에는 성 메니니누무스의 가호가 있으니 약 따위 필요 없다는 것이 마을 사람 대부분의 주장이었다.

그래서 앤과 어머니는 마을에서 겉돌았다. 마을 아이들도 앤과 거리를 두었으므로 앤은 혼자 지낼 때가 많았다.

딱히 외롭지는 않았다. 원래 내성적인 성격이기도 해서 오히려 혼자 있는 편이 편했다. 앤은 혼자 숲에서 풀과 꽃을 따고, 신기하게 생긴 돌멩이를 주워서 모아 두는 나날을 보냈다.

그러던 어느 날 소년 하나가 나타났다.

밤색 머리에 다갈색 눈동자. 한없이 맑은 피부에 얼굴 가득한 미소. 앤은 한눈에 소년이 마음에 들었다. 이름은 가르쳐 주지 않아서 마음대로 즈샤라고 불렀다.

즈샤는 항상 앤 곁에 있었다. 집에 있든 마을을 돌아다니든 숲에 들어가든, 어디든지 따라왔다. 두 사람은 하잘것없는 잡담을 나누고, 때때로 웃고, 떠들며 놀았다. 다른 아이들과 달리 즈샤는 앤을 허물없이 대해 주었다. 그래서 앤도 꾸밈없는 태도로 대할 수 있었다.

어째선지 다른 아이들에게는 즈샤가 보이지 않는다는 걸 알아챈 후에도, 그 존재에 의문을 품지는 않았다. 즈샤는 절친한 친구고 그보다 더 중요한 건 없었다.

일곱 살 무렵부터 앤은 어머니 일을 본격적으로 돕기 시작했다.

약의 재료는 잡다했다. 산이나 숲에 들어가 온갖 종류의 들풀이며 광석을 채집해야 했다. 개중에는 채취하기가 아주 고생스러운 것도 있었다. 특히 마을 묘지에 자라는 보라색 꽃을 따러 가는 건 어린 마음에 좀처럼 익숙해지지 않았다.

재료가 모이면 다음은 정제로 넘어갔다. 돌절구로 바수고, 물에 불려서 섞고, 저울로 신중히 무게를 쟀다. 작업 중에는 색이나 냄새에 주의하고, 불순물이 섞이지 않는지 유심히 지켜보고, 마지막에 혀로 맛을 확인하고 나서야 병에 담았다.

할 일은 많았지만 딱히 힘들지는 않았다. 태어난 후로 쭉 어머니가 하는 일을 보며 자란 데다, 풀과 꽃에도 금방 친숙해졌으니까 원래부터 적성에 맞았던 것이리라, 어느새 그녀는 약사 일에 푹 빠져들었다.

거래 상대는 대부분 영주와 그의 밑에서 일하는 사람들이었다. 그중에서도 마컴 부부는 단골이었다. 두 사람은 아주 건강했지만, 자식이 없는 것이 고민이라 임신에 좋다고 하는 약을 어머니가 조제해 주었다.

한편 마을 사람은 약을 사러 오지 않았다. 대신에 그들은 몸이 안 좋아지면 성 메니니누무스의 가호에 의지했다. 원십자를 그려서 보호 주술을 사용하고 코펠 영감님에게 수호성인의 이름이 들어간 축복의 문구를 써 달라고 부탁했다. 설령 처방한 약으로 병증이 개선됐더라도, 전부 성 메니니누무스 덕분이라고 하는 판이었다.

하지만 그럴 때도 어머니는 아무 말 없이 웃었다. 어머니의 노력이 인정받지 못하는 건 속상했지만, 그 미소를 보고 있으면 언젠가 인정받는 날이 반드시 올 거라는 확신이 들었다.

어느 날 아침, 앤은 알아차렸다.

어느 틈엔가 소년이 나타나지 않게 됐다는 사실을.

어머니에게 허락받고 그날은 해가 질 때까지 밖에 있었다. 날씨가 화창했고 바람이 기분 좋았다. 분명 소년도 밖에 나와 있을 것이다. 그렇게 생각하며 앤은 마을 이곳저곳을 돌아다니고, 숲에도 들어갔다.

소년은 어디에도 없었다.

다음 날 앤은 평소대로 일했다.

외롭지 않다고 하면 거짓말이었다. 하지만 이건 필연이라는 생각도 들었다. 이제 소년과 헤어질 시기가 된 것이라고.

로젠(3)

"에고, 피곤하네요."

그렇게 말하자마자 리리가 침대에 쓰러졌다. 그대로 몸을 뒤집어 천장을 보고 누워서 중얼거렸다.

"아벨 씨, 괜찮을까요?"

사법관 청년과는 아까 복도에서 헤어졌다. 그도 이 저택에 기거하는 모양이었다. 마을에 거처가 있기는 했지만, 이번 마녀재판이 시작되고부터는 줄곧 저택에서 지낸다고 했다.

헤어질 때 아벨이 기운 없는 목소리로 물었다.

"제가 그렇게 믿음직스럽지 못합니까?"

그러고 보니 오늘 아벨은 마을 사정을 잘 모른다는 이유로 로젠이 실망감을 내비치거나 덴 부인에게 홀대를 받는 등 종일 곤욕을 치렀다. 그러한 일들이 가슴에 맺혔던 것이리라.

보호 주술을 사용하지 않겠다고 갈가드가 선언했던 건 예비 심문을 통해 알고 있었다고 했다. 덴 부인 말고 다른 사람이 증언한 모양이었다. 하지만 소동이 일어난 후에 대응하느라 정신이 없어서 까맣게 잊어버렸다고 이야기했다.

휴우, 하고 아벨의 입에서 한숨이 새어 나왔다.

"확실히 믿음직스럽지 못하다고 여겨도 할 말이 없네요."

로젠은 긍정도 부정도 하지 않고 그의 어깨를 툭 두드렸다.

"내일도 잘 부탁하네."

그 말에 다소는 마음을 다잡은 듯했지만 그래도 발걸음이 무거워 보였다.

로젠은 수납함 위에 앉아 리리를 보았다.

"리리가 남 걱정을 하다니 별일이군."

"저를 뭐라고 생각하는 거예요?"

"걱정된다면 말을 걸어 봐."

"……생각해 볼게요."

"뭐, 이번 재판이 잘 마무리되면 괜찮아지겠지. 일단은 정보부터 정리하자."

열흘 전 저녁 무렵, 마을의 사법관이었던 마컴과 그의 아내가 죽었다. 저녁 식사를 함께했던 물레방앗간 관리인 갈가드의 증언에 따르면 음식을 먹다가 갑자기 괴로워하기 시작했다고 한다. 독이나 식중독이 의심되지만, 베날두스가 확인한 바에 따르면 음식물에는 문제가 없었던 모양이다.

닷새 전, 갈가드가 죽었다. 이번에는 목격자가 없었고 한밤중에 숨진 것으로 추정됐다. 가슴에 산양의 머리로 보이는 Y자 모양의 화상 자국이 생겼는데, 죽기 이틀 전에는 없던 상흔이었다.

세 사람 다 죽기 전까지 별 이상이 없다가 갑작스럽게 죽음을 맞았다는 것이 공통점이었다. 따라서 분명 마술을 사용한 살인일 가능성도 있지만, 자연사가 우연히 겹쳤다고 해도 이상하지는 않았다.

죽음은 일상에 넘쳐 났다. 예전에 맹위를 떨쳤던 흑사병을 예로 들 것도 없었다. 열 명 태어나면 그중 여덟 명은 죽고, 도시에서는 날마다 당연하다는 듯 급사하는 사람이 나왔다. 잇달아 세 명이 죽는 것도 드문 일은 아니며, 마침 여기가 작은 마을이라 눈에 확 띈다고 볼 수도 있었다.

하지만 갈가드의 가슴에 생긴 화상 자국이 그러한 판단을 방해했다.

어떤 사고로 우연히 화상을 입었을 가능성도 있었다. 다들 악마의 얼굴이라고 수군거리지만, 앤에게 의혹을 품었기에 그런 식으로 보인 걸 수도 있었다. 한편으로 '마술을 사용한 흔적'일 가능성도 완전히 부정할 수는 없었다. 그렇다면 악마의 얼굴이 나타나는 것도 당연하다고 할 수 있었다.

다만 의문은 남았다. 만약 세 사람이 마술로 살해당했다면 갈가드보다 먼저 죽은 두 사람에게도 같은 흔적이 남아 있어야 마땅하지 않을까? 하지만 그런 흔적은 없었다. 그렇다면 역시 갈가드는 우연히 화상을 입은 걸까.

"어떤 자국이었는지 확인하면 문제가 해결될 것 같은데요."

"그 근거는?"

"직감이에요."

리리의 직감은 믿을 만했다. 하지만 확인하려고 해도 시체는 이미 땅속에 있었다.

"파내면 되잖아요."

아무렇지도 않게 말하는 리리에게 로젠은 쓴웃음을 지었다. 그럴 수가 없으니까 문제였다.

"아무리 그래도 무덤을 파헤칠 수는 없겠지."

"조금만요, 조금이면 되는데."

"조금이든 뭐든 무덤을 파헤치는 건 금기야. 그런 짓을 했다가는 마을에서 쫓겨날 수도 있어."

"으으, 아쉬워라."

"그 외에도 실마리가 될 만한 점이 있잖아? 왜 갈가드 씨는 보호 주술을 사용하지 않았는지 말이야."

마녀 소동으로 시끌벅적한데도 갈가드는 보호 주술을 사용하지 않겠다고 큰소리쳤다. 그리고 실제로 그가 생활하는 오두막에는 주술을 사용한 흔적이 없었다는 증언이 있었다.

사실 이 점에서 로젠은 한 가지 가능성에 다다랐다. 어디까지나 가능성 중 하나고 정황상 추론한 바에 지나지 않지만, 그래도 앞뒤는 맞는 것처럼 느껴졌다.

하지만 그 정도로 마을 사람들을 수긍시키기는 어려우리라.

그들은 앤이 마녀라고 확신했다. 주점에서 마녀위원회가 취했던 태도만 봐도 명백했다. 다른 마을 사람들은 어떤지 모르지만, 아마 별 차이 없으리라. 그런 그들이 로젠의 주장에 귀 기울여 줄 리 없었다.

문득 방에 침묵이 내려앉았다는 걸 깨달았다.

"리리?"

"……네에?"

리리가 어쩐지 길게 늘어지는 목소리로 대답했다.

바라보자 침대에 누운 채 눈이 게슴츠레해졌다. 촛대의 불빛이 약해서 얼굴이 겨우 보일 정도지만, 반쯤 잠들었다는 걸 알 수 있었다.

"졸려?"

"전혀요."

말과는 달리, 소녀의 눈꺼풀은 추라도 매단 것처럼 서서히 내려갔다.

'요 며칠, 계속 걸어 다녔으니까.'

덧붙여 어제는 큰비가 내렸고 오늘은 마녀 소동이다. 체력이 한계에 다다랐어도 이상하지 않았다.

"자도 돼."

"괜찮다니까요……. 무덤도 팔 수 있어요."

두 눈은 이제 완전히 감겼고, 조그만 어깨가 천천히 오르내렸다. 이윽고 규칙적인 숨소리가 들려왔다.

일어서서 소녀의 검은 머리를 살며시 만졌다.

"으응."

리리가 작은 몸을 한층 웅크렸다. 가녀린 어깨와 목, 가느다란 팔. 희미한 빛 속에서 흔들리는 그것들은 전부 모조품 같아서 조금만 힘을 쥐도 부서져 버릴 듯했다.

로젠은 잠든 리리의 얼굴을 잠시 바라보다가 리리의 허리 주머니에서 사탕을 하나 슬쩍해서 입에 넣었다.

마을 사람들을 설득하기는 힘들다.

하지만 그 외에도 방법은 있다.

뒤에서 문을 두드리는 건조한 소리가 들렸다. 식사 준비가 끝났다고 알리러 온 것이다. 곧 가겠다고 대답하고 일꾼을 보낸 후, 방을 돌아보았다.

"리리."

먹을 걸 못 먹어서 앙심을 품으면 무섭기에 일단 깨우기는 했다. 나중에 야단법석을 떨면 난감했다.

몇 번 흔들어 봤지만 소녀는 일어나지 않았다.

"뭔가 좀 얻어서 올게."

로젠은 변명하듯 속삭인 후 랜턴을 들고 방을 나섰다. 불빛 속에 어렴풋이 보이는 복도를 나아가며 그는 한숨을 내쉬었다.

"자, 이제부터 임무가 막중하군."

응접실에는 훌륭한 요리들이 준비돼 있었다.

숲속에 있는 마을답게 주로 야생 동물의 고기를 사용했다. 구운 사슴 고기에서는 정향의 향긋한 냄새가 풍겼고, 꿩고기 파이의 반지르르한 색감이 식욕을 돋우었다. 채소를 듬뿍 넣은 수프에서는 김이 피어올랐고, 노릇노릇하게 구운 빵은 식감부터 좋아 보였다. 그 외에도 샐러드나 소테, 찜 등으로 테이블이 가득해서 도저히 단둘이 다 먹을 수는 없을 것 같았다.

신께 기도를 올리고 포도주를 입에 댔다. 약간 탁하고 나무통 냄새도 강했지만, 후추 냄새가 콧구멍을 간지럽히는 것이 의외로 맛있었다.

란드셴은 자기 자신에 대해 수다스럽게 말을 늘어놓았다.

그의 말에 따르면 어릴 적부터 두뇌가 명석(본인이 그렇게 표현했다)해서 언젠가 장남을 제치고 차기 당주가 될 거라는 소문이 돌 정도였다고 한다.

하지만 뜻밖에도 그는 신세를 망치고 말았다. 원인은 병도,

술도, 여자도 아니었다. 학문이라는 유희에 푹 빠져 버린 것이다. 각지를 떠돌며 그 지방의 유명한 교수에게 배우는, 오로지 학문에 전념하는 생활. 란드셴은 10년이나 그런 생활을 했다.

그런 방탕한 아들에게 마침내 아버지도 두 손을 들었다. 그래서 하다못해 여기저기 돌아다니는 생활만이라도 그만두게 하려고 이곳의 영주로 봉했다는 것이다.

"그게 5년 전입니다. 나로서는 그야말로 바라던 바였죠. 어쨌거나 여기는 정치적 알력과는 무관한 곳이고, 연구 재료를 모으기에도 어려움이 없으니까요."

이곳에서는 양질의 광석을 캘 수 있었다. 란드셴은 약이나 가공품의 원료인 광석을 거래해, 안정된 수익을 올리고 있다고 했다. 또한 일정량의 광석을 상납하는 마을 사람에게는 세금도 낮춰 줬다. 돌만 바치면 세금이 가벼워지는 제도 덕분에 마을 사람들도 영주를 나쁘지 않게 평가하는 듯했다.

"물레방아도 실은 탈곡이나 무두질보다는, 돌을 분쇄하는 데 사용할 때가 많습니다."

란드셴은 상납받은 광석의 일부를 사용해 돌 연구에 몰두하고 있다고 했다. 그래서 많은 시간을 관저의 연구실에서 보내느라 좀처럼 밖에 나가는 일이 없다고 밝혔다.

"그래서 돌 영주라고 불립니다. 돌을 상납시키고 관저에 틀어박혀서 돌처럼 움직이지 않으니까요. 가문명도 '하나의 돌'

을 가리키는 '아인슈타인(einstein)'이니 딱 들어맞습니다."

란드센은 거기서 말을 끊고 생각났다는 듯 빵을 뜯었다. 만찬이 시작된 후로 란드센은 입만 움직일 뿐 요리에는 손을 대지 않았다. 곁에 대기하는 머리가 뾰족한 급사는 아무 말도 하지 않았다. 손님이 있을 때는 언제나 이런 것이리라.

화제가 로젠에게로 옮겨 갔다. 대학 법조계나 마녀재판에 대해 잇달아 질문이 날아들었다. 신학부터 법학, 점성학, 악마학까지, 란드센의 지식은 끝이 보이지 않아서 이따금 로젠이 대답하지 못하고 말문이 막히기도 했다.

이야기가 일단락되자 영주가 드디어 본론을 꺼냈다.

"그런데 아벨은 쓸모가 있습니까?"

"네, 여러모로요."

란드센이 큭큭 웃었다.

"뭐, 아쉽게도 마을 사정에는 어두운 편이지만, 사법관이니까 마을 사람들에게 다리 정도는 놔 줄 수 있겠죠."

"어쩐지 마을 사람들이 얕잡아 보는 것 같던데요."

"부임 첫날에 거창하게 사고를 쳤거든요."

새 사법관으로서 이 마을에 도착한 날, 아벨은 양봉용 꿀벌에게 쏘일 뻔해서 기겁하며 주저앉았다고 한다.

"거품을 물고 금방이라도 기절할 뻔했습니다. 그래서 겁쟁이라는 인식이 박힌 거죠."

“그렇군요.”

믿음직스럽지 못하다고 여길 만도 했다. 일반인이라면 몰라도 아벨은 이 마을의 사법관이니까. 마을 사람들이 보기에는 그런 겁쟁이에게 재판을 맡길 수 있겠느냐는 의구심이 들 것이다.

“뭐, 그 외에도 이유는 여러 가지지만 본인의 명예를 위해 덮어 두도록 하죠. 다만 업무 능력은 확실합니다. 예전에 일했던 도시에서도 사법관 노릇을 잘 해냈던 모양이고, 마녀재판 경험도 있습니다.”

“전임자인 마컴 부부가 돌아가시고 이틀 후에 부임했지요? 용케 그렇게나 빨리 부임할 수 있었군요.”

“마침 시기가 딱 맞아떨어졌거든요.”

아벨은 예전에 여기서 도보로 2주일쯤 걸리는 곳에 살았다.

석 달 전, 아벨은 말썽에 휘말려 사법관을 그만뒀다. 란드센이 그 이야기를 듣고 이 마을에서 일하지 않겠느냐고 권유했다. 아벨은 권유를 받아들여 이 마을로 향했다. 그사이에 마컴 부부가 사망하고, 그로부터 이틀 후에 아벨이 도착해서 이례적으로 빠르게 부임했던 것이다.

“그런데.” 수프를 한 입 먹고 영주가 말했다. “조사에 진전은 있었습니까?”

로젠은 오늘 하루의 결과를 간추려 이야기했다. 란드센이

메추라기 고기로 만든 소테에 포크를 꽂고 히죽 웃었다.

"아무래도 큰 진전은 없는 것 같은데요."

"그렇지도 않습니다."

"호오."

영주의 눈이 가늘어졌다.

"설마 무죄의 증거라도 찾았습니까?"

"논리적인 가능성을 제시할 수는 있을 듯합니다."

"그거 재미있군요."

로젠이 바로 설명하려고 하자 란드센이 손을 내밀어서 제지했다.

"그 전에 우선 악마와 마술이 무엇인지 전제를 공유하지 않겠습니까? 그렇지 않으면 아무리 훌륭한 의견도 탁상공론으로 전락해 버리니까요."

악마와 마녀, 마술에 대한 전승이나 설화는 그 수가 아주 많으며, 그 내용은 사람 또는 지역에 따라 크게 달라지는 것이 실정이었다. 논리를 쌓아 올리기 위해서는 토대가 되는 공통적인 전제가 필요하리라.

란드센은 로젠의 대답을 기다리지 않았다. 그는 읊조리듯 말을 이었다.

수없이 만연한 악마들은 만사에 인간보다 훨씬 뛰어난 지식을 갖추었고, 동물의 말을 이해하며 어두운 밤을 꿰뚫어 보는 눈을 가졌지만, 빛이 두루 비치는 이 세상에서는 그저 숨죽이고 웅크려 있을 뿐, 목소리를 내기는커녕 육체를 이루어 나타나지도 못한다. 다만 조심하라. 당신의 마음이 암흑에 물든 것을 눈치채자마자, 그들은 그 무시무시한 힘을 발휘한다. 당신과 가까운 자의 모습으로 변해서 나타나고, 교묘한 말로 타락에 이르는 길을 속삭인다. 금단의 열매를 먹으라고 유혹한다. 이에 저항하지 못한 자가 자신의 영혼과 맞바꿔 마녀가 되는 것이다. 멍하니 허공을 바라보는 자나 혼잣말이 많은 자에게 주의하라. 우리에게는 보이지도 들리지도 않지만, 악마와 파렴치하기 짝이 없는 이야기를 나누고 있을지도 모르니까.

로젠도 들어 본 적 있는 구절이었다. 분명 나폴리의 수도원장이 쓴 악마에 관한 비망록이었을 것이다. 평소엔 모습도 보이지 않고 목소리도 들리지 않지만, 마음속에 어둠을 품자마자 즉시 모습을 드러내 죄악의 길로 이끈다. 악마를 설명하기에 과하지도 모자라지도 않은 문장이었다.

굳이 덧붙이자면 신과 악마의 차이일까.

신은 종말의 날까지 꿰뚫어 보는 눈을 가지고 있지만, 악마에게 미래를 예지하는 힘은 없다. 대신에 동물을 부려서 악마들끼리 연대를 도모하고, 세상일에 관해 지식을 축적함으로써

116

정밀하게 예측할 수 있다고 일컬어진다.

이어서 마녀와 악마에 대해.

마녀란 악마와 계약한 인간의 총칭이다. 즉, 악마와 계약한 인간이라면 남녀 누구나 '마녀'라고 불린다. 기묘한 이야기이기는 하지만, 관습으로 뿌리내렸으니 어쩔 수 없다.

악마는 이 세상에 직접 힘을 행사할 수 없다. 세상에 나타난 후에도 비슷해서 완력은 거의 없고, 마녀와 음탕한 짓을 즐기는 것 외에는 기껏해야 물건을 숨기거나, 던지거나, 음식을 훔쳐 먹는 수준의 어린아이 장난질 수준의 행동밖에 못 한다.

그래서 그들은 마녀를 통해 세상에 개입하려 한다. 마녀에게 못된 지혜나 해악을 끼치는 마술을 알려 주고, 실천하게 함으로써 세상에 피해를 주는 것이다.

이처럼 마녀 자신에게 특별한 능력은 없다. 그저 악마로부터 다양한 지식을 배운 존재일 뿐이다. 동물과 대화하고 동물을 부릴 수 있다고 하지만, 그 또한 악마를 통해야 한다.

마지막으로 영주는 비망록 속 마술에 관한 내용도 이어서 암송했다.

마술이란 조응(照應)에 따라 이 세상을 설명하는 방법, 또는 세상에 작용하는 기술이다. 예를 들어 수성 아래 태어난 자는 선을 행하는 한편으로 부정에 종사하는 성질이 있다. 왜냐하면 수성에는 남녀 양성의 자질이 통합돼 있어서 이중성을 지니기 때문이다. 또는 두통이 날 때는 호두를 달여 마시면 좋다. 호두와 뇌는 모양이 닮았기 때문이다.

만물은 조응 관계에 있다.

조응은 영향이라고 바꿔 말해도 된다. 천상의 존재 외에 만물은 다른 것에 영향을 받는다. 예를 들어 별의 운행이 인간의 성질에, 여름철의 냉해가 가을의 수확량에 영향을 주듯이. 그리고 형상이나 성질이 비슷한 것은 같은 '영향력'을 내포하고 있으며, 그러한 관계를 적절히 이용하면 여러 효과를 발현시킬 수 있다.

이 마을의 보호 주술을 예로 들면 알기 쉬우리라.

포도주로 현관문에 원십자를 그린다. 원십자는 성 메니니누무스, 포도주는 예수 그리스도의 성스러운 피와 쌍을 이룬다. 따라서 그것들을 사용해 문에 성스러운 영향력을 부여할 수 있다. 그리하여 문은 사악함을 튕겨 내는 방벽이 되는 것이다.

마술도 마찬가지다.

예를 들어 살인 마술 중에는 죽이고 싶은 상대의 피를 개구리에게 먹인 후, 개구리를 끓는 물에 삶아 죽이는 방법이 있다.

상대의 피를 먹인 개구리는 당사자와 조응 관계를 이루므로 그 개구리를 잔혹한 방법으로 죽임으로써 상대에게 악영향을 미친다는 이치다.

"저는 이 정도로 인식하고 있는데 어떻습니까?"

란드센의 말에 로젠은 고개를 끄덕였다. 이의는 없었다. 애당초 로젠에게 마술의 정의는 큰 문제가 아니었다.

"한 가지 여쭤봐도 되겠습니까? 지금 말씀하신 것처럼 마술은 조응 관계에 따라 힘을 발휘합니다. 즉, 눈에는 보이지 않지요. 그러므로 의식을 실제로 목격하지 않는 한 마술 사용 여부를 밝혀내기는 어렵습니다. 그러니 '마술'을 끌어들이지 않아도 설명이 가능한 현상에 대해서는, 그쪽 설명을 우선하는 것이 어떻겠습니까?"

마녀재판에서 마술 사용 여부를 다퉈 봤자 의미가 없었다. 방금 말했듯이 사용했는지 사용하지 않았는지 확정하기가 원리적으로 거의 불가능했기 때문이다.

그렇다면 어떻게 할 것인가.

우선 마술을 끌어들이지 않아도 논리적으로 앞뒤가 맞는 설명이 가능함을 증명한다. 다음으로 그 설명에 부합하는 증거를 찾아내서 제출한다.

즉, 마술 사용 여부를 정면으로 논하는 것이 아니라, 별개의 가설을 제시하고 어느 쪽이 더 이치에 맞는 설명인지를 쟁점으로 삼는 것이다. 이렇게 하면 적어도 논쟁이 비생산적인 수

평선을 그리지는 않을 것이다.

하지만 이 방법에도 결점은 있었다. 피고인이 유죄라고 확신하는 상대에게는 통하지 않았다. 그럴 경우, 마술과 논리 중 어느 쪽을 우선시할지는 말할 필요도 없으리라.

그렇기에 상대의 속내를 파악할 필요가 있었다.

란드센이 작게 웃었다.

"그야말로 갖다 붙이기 나름이군요. 과연 마을 사람들이 수긍할지는 모르겠지만."

"하지만 판결하시는 건 란드센 경입니다."

그렇다, 마을 사람을 설득하기는 힘들었다.

하지만 눈앞에 있는 남자라면, 마녀재판 조사를 구경거리처럼 즐기는 이 남자라면 파고들 틈이 있지 않을까.

"나만 설득할 수 있으면 재판에서 이긴다고요?"

"압도적으로 불리한 이 상황이 뒤집히는 걸 보고 싶지 않으십니까?"

"정말로 무죄를 증명할 수 있다는 건가요?"

"이야기를 들어 보면 아실 겁니다."

란드센은 값어치를 매기듯 로젠을 가만히 바라보다가 손뼉을 한 번 쳤다.

"좋습니다. 아까 그 조건을 받아들이도록 하죠."

로젠은 살며시 숨을 내쉬었다. 솔직히 제안에 응할지 말지,

가능성을 반반 정도로 예상했다. 그 난관을 넘어선 지금, 드디어 논의의 무대가 마련됐다.

로젠은 배에 힘을 주고 영주를 똑바로 바라보았다.

"갈가드 씨의 죽음에는 수상한 점이 두 가지 있습니다. 첫 번째, 그는 왜 보호 주술을 사용하지 않았는가. 마을 사람들은 그 때문에 갈가드 씨가 죽은 걸로 받아들였습니다만, 애당초 그렇게 행동한 이유가 확실치 않아요. 확인하겠습니다. 갈가드 씨가 외지 사람이라 마을의 주술을 믿지 않았기에 보호 주술을 사용하지 않았을 가능성이 있습니까?"

영주가 생각에 잠긴 표정으로 대답했다.

"갈가드를 포함해 제 밑에서 일하는 관리들은 모두 제가 외부에서 데려온 사람뿐입니다. 그래서 말씀하신 대로 이 마을 특유의 주술도 코펠의 예언도, 그다지 믿지는 않아요. 당시 이 저택의 정문에도 원십자를 그리긴 했습니다만, 로마에서는 로마인처럼 살라는 말도 있지 않습니까. 영민들과 잘 지내려면 상대의 풍습을 무턱대고 부정하지 않는 게 중요하거든요."

하지만, 하고 란드센이 말을 이었다.

"갈가드는 다릅니다. 그는 좋게 말하면 조심성이 많고, 나쁘게 말하면 소심한 남자였어요. 그렇기에 경비대장으로서 전쟁터에서 살아남았다고 할 수도 있겠지만요. 따라서 만약 마녀가 있다고 친다면 만약에 대비해 자기 오두막에 원십자를 그렸어도 이상하지 않습니다. 믿든 말든 상관없어요.”

왜 보호 주술을 사용하지 않느냐고 란드센은 갈가드에게 물었던 모양이다. 하지만 제대로 된 대답은 돌아오지 않았다.

“그래서 지금도 이상한 겁니다. 갈가드가 왜 그렇게 행동했는지.”

그 말을 듣고 로젠은 자신의 추론이 옳다고 확신했다.

“제 생각은 이렇습니다. 겉으로는 센 척했지만 사실 갈가드 씨는 보호 주술을 사용했다고요. 소심하면서도 허영심이 강한 사람은 흔히 허세를 부리기 위해 큰소리를 치고는 하죠.”

“갈가드는 그렇게 그릇이 작은 남자가 아니라고 생각합니다만, 일단 말은 되는군요. 다만 그렇게 되면 다른 문제가 생기는데요?”

“왜 시체가 발견되었을 때 보호 주술은 사라지고 없었는가.”

“포도주로 그린 원십자가 저절로 사라질 리는 없잖습니까?”

“네. 그러니 밤중에 누군가가 지워 버렸다고 보는 편이 자연스럽겠죠.”

“그랬다가는 갈가드가 깨어나지 않을까요?”

“그렇습니다.”

소리도 내지 않고 포도주를 문에서 닦아 내기는 힘들고 시간도 걸렸다. 설령 갈가드가 푹 잠드는 체질이라 해도 들키지 않고 원십자를 지우기는 불가능하리라.

"그리고 들키면 틀림없이 제압당할 겁니다. 갈가드 씨는 전직 경비대장이니까요. 그렇다면, 이렇게 생각할 수밖에 없겠지요. 누군가 찾아갔을 시점에 갈가드 씨는 이미 죽은 뒤였다. 그 사실을 알고서 그 누군가가 보호 주술을 지웠다."

"가슴의 화상 자국은 어떻게 설명할 겁니까?"

"이 누군가가 지진 겁니다."

"'마술을 사용한 흔적'이 아니라고요?"

"애초에 갈가드 씨는 마술로 살해된 게 아닙니다. 이 누군가의 존재를 가정함으로써 그걸 증명할 수 있습니다."

로젠은 포도주로 입을 적셨다. 여기부터가 본론이다.

"아까 누군가가 보호 주술을 지웠다고 했었지요. 갈가드 씨는 그 전에 죽었다고도요. 즉, 갈가드 씨가 죽었을 때, 보호 주술은 제 역할을 하고 있었습니다. 따라서 마술로는 갈가드 씨를 죽일 수 없었습니다."

"그럴싸하군요."

란드센이 유쾌하게 목소리를 높였다. 로젠은 말을 이었다.

"마술로 죽인 게 아니니까 가슴에 생긴 화상 자국은 '마술을 사용한 흔적'이 아니라 다른 누군가가 남긴 것이다. 타당한 추론 아닙니까?"

"하지만 큰 문제가 남아 있습니다. 그 누군가는 왜 보호 주술을 지우고, 악마의 얼굴을 남긴 겁니까?"

“목적은 분명합니다. 앤 양을 마녀로 몰기 위해서예요.”

로젠은 말을 이었다.

“코펠 옹이 예언한 기간 안에 ‘징표’가 나타나면, 이미 의심받고 있는 앤 양을 더욱 궁지에 몰 수 있겠지요. 게다가 보호 주술을 사용하지 않은 집에서 사망자가 나오면, 더더욱 마녀의 짓이라는 인상을 줄 수 있을 테고요.”

이는 앤을 둘러싼 현재 상황을 보면 명백했다.

“그것들은 누군가의 위장 공작이었습니다. 현장인 관리인용 오두막에는 화덕도 있으니, 예를 들어 부젓가락같이 적당한 물건을 뜨겁게 달궈서 화상을 입히기는 어렵지 않았을 겁니다. 보호 주술도, 바로 옆에 강이 있으니 물을 퍼서 손쉽게 씻어 낼 수 있었을 겁니다.”

숨을 한 번 내쉰 후 로젠은 결론을 말했다.

“앤 양은 죄를 뒤집어쓴 겁니다.”

“‘프리마(Prima. 훌륭합니다)’! ”

박수가 울려 퍼졌다. 촛불이 흔들렸다.

“이야, 참으로 흥미로운 이야기군요. 마치 「고르기아스」에 등장하는 칼리클레스_{플라톤이 쓴「대화편」중「고르기아스」의 등장인물}라도 된 것 같은 기분이었습니다.”

감탄한 듯한 말투였지만 두 눈에는 웃음기가 전혀 없었다. 오히려 방심할 수 없는 빛이 서려 있었다.

"그런데 몇 가지 물어보고 싶군요. 우선 갈가드는 왜 죽은 겁니까? 그리고 그 누군가는 왜 밤에 갈가드를 찾아간 걸까요?"

"눈에 띄는 외상이 없었던 것으로 보건대 갈가드 씨는 자연사였을 겁니다. 누군가가 갈가드 씨를 찾아간 이유는 불분명하지만, 우연히 볼일이 있었을지도 모르지요."

"왜 앤의 짓으로 꾸미려 했을까요?"

"상상할 수밖에 없겠지만, 예를 들어 그 누군가는 주변에 마녀가 있을지도 모르는 상황을 견디기 힘들어서 한시라도 빨리 마녀가 붙잡히기를 바랐다. 그리고 갈가드 씨의 죽음은 그런 그 또는 그녀에게 절호의 기회로 느껴졌다. 이걸 마녀의 짓으로 위장하면 분명 금방이라도 마녀가 붙잡힐 것이다. 그렇게 생각한 게 아닐까요?"

"아니면 이렇게 생각할 수도 있지 않겠습니까?"

란드센이 몸을 내밀었다.

"그 누군가가 갈가드를 죽였다. 그리고 자기 몸을 지키기 위해 마녀 짓으로 위장하려 했다."

"하지만 시체에는 외상이 없었잖습니까?"

"독을 먹였을 가능성은 있겠죠."

"과연, 그쪽이 현실적이려나요."

란드센은 식탁보로 입을 닦고 로젠을 똑바로 바라봤다.

"그래서 저더러 어쩌라는 겁니까?"

이쪽의 속셈을 꿰뚫어 보는 듯한 눈빛이었다. 정면으로 그 눈빛을 받아 내며 로젠은 말했다.

"앤 양에 대한 고소를 기각해 주십시오."

촛대의 촛불이 살며시 흔들렸다. 기도라도 올리는 듯한 침묵이 흐른 후, 란드센은 고개를 저었다.

"그건 안 되겠는데요."

"어째서요?"

"두 가지입니다."

"……네?"

"당신의 추론에는 두 가지 결함이 있습니다."

란드센은 의자에 등을 기댄 채 깍지를 꼈다.

"첫 번째, 당신은 갈가드가 원십자를 그렸다는 전제하에 논의를 진행했어요. 하지만 그건 말이 안 됩니다. 마을의 다른 집과 마찬가지로 갈가드가 죽은 관리인용 오두막은 목조 건물이에요. 당연히 문도 나무로 만들었고요. 나무문에 포도주로 그린 원십자를 아무 흔적도 없이 씻어 낼 수 있겠습니까?"

로젠은 말문이 막혔다. 영주는 가차 없이 말을 이었다.

"두 번째. 당신은 갈가드가 죽기 전후에 이 마을에 없었습니다. 그러니 당시 마을 분위기가 어땠는지 이해하지 못하는 것도 무리는 아니죠. 당시 '앤은 마녀'라는 쪽으로 대세가 기울어진 상황이었습니다. 가슴의 화상 자국과는 무관하게, 뭔가 사건이 일어나면 앤의 소행일 거라고, 적어도 앤의 소행으로 받아들여질 거라고 누구나 확신했죠. 마을 사람들은 물론 나와 내 부하들까지 모두 다요. 게다가 방금 말했듯이 갈가드는 보호 주술을 사용하지 않았습니다. 자연사든 타살이든, 굳이 가슴에 악마의 얼굴을 남길 필요는 없는 겁니다."

로젠은 천장을 올려다보았다. 처음으로 사건의 전말을 들었을 때 이미 알고 있었다. 뭔가 사건이 일어나면 앤은 마녀로 간주될 운명이었다는 것을.

그래도 포기하지 못하고, 물고 늘어졌다.

"만약에 대비해서 그런 건지도 모릅니다."

"그러니까 그럴 필요가 없다니까요. 갈가드가 죽은 것이 이미 '징표'니까요. 뭣 때문에 굳이 악마의 얼굴로 보이도록 화상을 입히겠습니까? 그러려면 우선 불을 피워야 하잖아요? 번거롭게 그런 짓을 할 이유가 어디 있습니까?"

"그렇다면 화상 자국은 어째서 생긴 겁니까? 갈가드 씨가 보호 주술을 사용하지 않은 이유는요?"

"그것이야말로 앤의 소행이라는 증거 아닐까요?"

영주의 얼굴에 잔혹한 미소가 번졌다.

"보호 주술이 있어서 보통 마술로는 죽일 수 없다. 그래서 앤은 보호 주술을 뚫는 마술을 써서 갈가드를 죽였다. 그 마술 때문에 보호 주술은 흔적도 없이 사라졌고, 갈가드의 가슴에는

'마술을 사용한 흔적'인 악마의 얼굴이 남았다. 이렇게 생각하면 오히려 보호 주술을 사용한 흔적이 없다는 게 앤이 유죄라는 훌륭한 증거가 되지 않겠습니까?"

"란드센 경, 뭘 하고 싶으신 겁니까?"

로젠은 저도 모르게 따졌다. 누군가의 동기에 관해 현실성 있는 가설을 내놓는가 싶더니, 이번에는 화상 자국에 대한 논리를 싹둑 잘라 버렸다. 과연 이 남자는 앤을 돕고 싶은 걸까, 아니면 처형장에 보내고 싶은 걸까.

"그렇게 경계하지 마십시오. 나는 적어도 당신의 적은 아닙니다. 굳이 따지자면 당신이 이 상황을 어떻게 타개할지에 흥미가 있을 뿐이에요. 지금 앤은 열두 가지 과업이 주어진 헤라클레스나 10년에 걸쳐 항해한 오디세우스에 필적할 만큼 어려운 상황에 있습니다. 그걸 뒤집을 수 있다면, 그 순간을 보고 싶지 않겠습니까?"

그 눈동자에 정욕과도 비슷한 화염이 소용돌이쳤다. 어깨를 쭉 펴고 입꼬리를 한층 치켜올렸다. 촛불에 비친 그 모습은 그야말로 악마 같았다.

'아아, 이런 남자를 아는데.'

로젠의 대학교 스승이 바로 그랬다. 자유칠과_{문법, 수사학, 변증법, 산술, 기하학, 천문학, 음악}를 다루든 신학 논쟁을 벌이든, 학문적 진리보다 자신의 욕망을 우선하는 쾌락주의자. 그들은 진리를 추구하기 위해서가 아니라 무료함을 달래기 위해, 또는 출세하기 위해 논리를 가지고 놀았다.

불쾌하게도 그들은 대부분 설전에서 아주 강한 모습을 보여 줬다. 실제로 로젠의 스승도 말솜씨를 크게 발휘해 대학교 총장과 수도원장(제국 내에서 영주와 동등하거나 그 이상의 지위)을 겸임하기에 이르렀다.

"즉 강 건너 불구경이나 하겠다는 말씀이십니까?"

"허허, 이거 유감스러운걸요."

란드센이 과장되게 두 팔을 펼쳤다.

"난 공명정대한 태도로 임하고 있습니다. 마을 사람들이 주장하는 대로 무작정 앤을 처단하려 하지 않고, 심리에 이의를 제기하는 당신에게 협력도 하고 있어요. 비난받을 이유는 없을 텐데요."

그의 말대로였다. 하지만 란드센이 그렇게 행동하는 건 공명정대하기 위해서가 아니었다. 하물며 진실을 밝히기 위해서도 아니었다. 그는 단지 이 상황을 즐기고 있을 뿐이었다.

하지만 지금은 그 점을 따지고 들어 본들 아무 이익도 없었다. 로젠은 영주를 똑바로 바라봤다.

"그 공명정대한 태도를 끝까지 유지해 주시겠습니까?"

중요한 건 그가 지금의 태도를 유지해 주느냐 마느냐였다. 도중에 마음이 바뀌어서, 또는 지루해져서 얼른 재판을 끝내려고 하면 끝장이었다. 못을 박아 둬야 하리라.

"물론이죠!"

란드센은 짝, 하고 크게 손뼉을 치고 몸을 내밀었다.

"아까처럼 재미있는 이야기를 들려주는 한은요. 밤마다 이야기를 지어낸 셰에라자드처럼 말입니다."

"정말입니까?"

"조심스러운 것과 의심이 강한 건 별개인데요."

로젠이 아무 대꾸도 하지 않자 란드센은 한숨을 쉬었다.

"어쩔 수 없군요. 그럼 믿어 주시도록 참고가 될 만한 조언을 하나 해 드리죠. 그러니까…… 예를 들어 가톨릭교회입니다. 일찍이 교회는 절대적으로 옳다고 여겨져 왔습니다. 하지만 그 근간을 비텐베르크 대학교의 신학부 교수가 흔들어 버렸죠."

물론 그 이전부터 가톨릭교회에 대한 비판은 시대와 장소를 달리하며 되풀이됐다. 하지만 이렇게 큰 운동으로 발전한 건 처음이었다.

성경으로 돌아가라고 주장한 루터. 교회의 가르침이야말로 절대적이라고 거침없이 말하는 가톨릭. 같은 신을 받들면서도 양쪽은 섞이지 않았고, 마침내 제후들을 끌어들인 분쟁으로까지 발전했다.

"이를 통해 알 수 있는 점은 이 세상에 자명한 진리는 하나도 없다는 것입니다."

"하지만 화덕에 장작을 넣으면 타고, 달걀을 떨어뜨리면 깨집니다. 이것은 자명한 진리 아닙니까?"

란드센은 단번에 고개를 저었다.

"천지 조응. 지상의 것은 하늘로부터 끊임없이 영향을 받습니다. 예를 들어 같은 약이라도 별자리의 미세한 변화에 따라 효과가 늘거나 줄어들고, 달의 움직임에 따라 복용 시간도 조정해야 하죠. 약학의 상식이에요. 마찬가지로 날에 따라서는 장작에 불이 붙지 않을 수도 있고, 마술적인 힘이 발휘돼 달걀이 깨지지 않을 수도 있습니다."

"그런 식으로 나가면 아무것도 논의할 수가 없습니다."

"'에라레 후마눔 에스트(Errare humanum est. 잘못하는 것은 인간적이다)'. 인간은 불완전한 존재예요. 신이 아닌 존재가 모든 것을 꿰뚫어 볼 수는 없죠. 그러니까 애초에 논의는 성립할 리가 없는 겁니다."

"그래서 논리가 있는 거 아닙니까?"

"같은 이야기예요." 란드센이 단호하게 말했다. "완벽한 논리는 있을 수 없습니다. 인간이라는 존재가 완벽하지 않으니까요. 하지만 세상에는 논리며 논의가 넘쳐 나고, 언뜻 보기에 그것들은 성립하고 있는 듯 보입니다. 어째서일까요? 대체 무엇이 그것들을 성립시키는 걸까요?"

로젠이 아무 내납도 하지 못하자 란드센은 미소 지었다.

"불완전할지언정 논의의 전제를 자명하게 밝혀서 상대와 공유한다. 모든 것은 거기서 시작됩니다. 상대와 같은 무대에 오른다고 바꿔 말해도 좋겠죠. 그 과정 없이는 어떤 논의도 성립하지 않습니다."

예를 들어, 하고 란드센은 예시를 들었다.

사과가 네 개, 닭이 두 마리. 합쳐서 몇이냐고 물으면, 대부분 여섯이라고 답하리라. 하지만 이의를 제기하는 자가 있을지도 모른다. '사과'와 '닭'은 전혀 다른 범주인데 어째서 한데 묶어 정리하느냐고.

"이 주장은 소박하지만, 그만큼 반론은 어렵습니다. 간단히 말하자면 여섯이라고 대답하는 사람들은 '수'라는 개념이 '사물'로부터 독립해서 존재한다는 전제를 공유하는 겁니다. 한편 그 대답을 비판하는 사람들은 '수'가 '사물'과 관련돼서 존재한다고 생각하는 거고요."

수가 실제로 존재한다고 믿는 사람은 이렇게 설명하리라.

인간은 이름 붙임으로써 어떤 사물을 그 외의 사물과 구별한다. 즉 '여섯'이라는 말이 있는 이상, 여섯은 다른 사물과는 독립해서 존재한다는 뜻이다. 책을 펼쳐 보라. 거기에는 '사과', '닭'과는 관계없이 '여섯'이라는 숫자가 나열되어 있을 것이다.

한편 비판자는 이렇게 말하리라. 존재한다면 실체가 있어야 한다. 현실 세계에서 눈에 보여야 한다. 하지만 '여섯'이라는 숫자의 실체를 본 사람이 있는가. 아니다, 없다.

"이처럼 단순한 계산 하나만 봐도 전제가 자명하다고는 할 수 없습니다. 그렇기에 전제를 어디까지 공유하느냐가 논의에서는 중요한 겁니다."

아까 란드센이 악마와 마술에 대한 공통 인식을 확인한 것도, 같은 작업을 했다고 할 수 있었다.

"그 후에 서로 패를 내보이며 밀고 당기는 거죠. 논의란 결국 교섭입니다. 그리고 논리란 밀고 당기기 위한 도구 중 하나에 지나지 않아요."

예를 들어 상대가 이지적인 인간이라면 논리가 잘 통하리라. 하지만 잇속에 밝은 상대에게는 주판알을 튕기는 편이 효과적일 테고, 신앙이 두터운 자에게는 성인의 말씀을 인용함으로써 환심을 살 수 있을 것이다.

"고대 그리스의 변론가들은 그 점을 잘 알고 있었습니다. 그들이 생뚱맞은 역설을 들고나온 것도 그러한 역설을 믿었기 때문이 아니라, 상대의 전제를 무너뜨려 교섭을 유리하게 진행하려 했기 때문입니다."

"잠깐만요."

로젠은 말을 그칠 줄 모르는 영주를 저지했다.

"아주 흥미로운 이야기지만 저는 그 의견에 동의하지 않습니다. 인간은 진실을 확정하기 위해서 논리를 이용해 논의를 벌이는 겁니다."

"그렇게 생각한다면 말리지는 않겠습니다. 하지만……." 란드센이 히죽 웃었다. "그렇더라도 이것만은 말해 두겠습니다. 논의하고 싶다면 우선 자신과 상대를 잘 알아야 합니다. 예를 들어 당신은 이렇게 생각하겠죠. 마을 사람들을 설득하기는 불가능하다고. 하지만 공유할 수 있는 전제가 없다고 착각하고 있을 뿐입니다. 반대로 말해 공유할 수 있는 전제만 찾아낸다면 그들은 교섭하러 나와 줄 겁니다."

순간 허를 찔려 말문이 막혔지만 로젠은 즉시 마음속으로 부정했다.

마녀위원회 사람들과 나눈 대화가 머릿속에 되살아났다. 앤을 마녀로 간주하는 그들과 로젠 사이에는 깊은 골이 패어 있었다.

"그런 전제가 있을 것 같지는 않습니다만."

"과연 어떨까요."

의미심장한 말을 남기고 영주는 포도주를 마셨다. 이야기는 그것으로 끝났다.

앤(2)

소녀는 아름답게 성장했다.

열네 살이 되자 지금까지 앤을 피했던 마을 남자들이 잇달아 구혼했다. 태도가 손바닥 뒤집듯이 홱 바뀌었지만 이 또한 앤이 아름답다는 증거라고 할 수 있으리라.

하지만 앤은 고개를 끄덕이지 않았다. 마을 남자들에게 불신감을 품고 있었기 때문이다.

1년 전 일이 결정적인 원인을 제공했다.

그날 앤은 숲속에서 습격당했다.

평소처럼 들풀을 모으고 있을 때였다. 뒤에서 기척이 느껴져서 돌아봤을 때는 이미 늦었다. 정신을 차려 보니 땅바닥에 깔려 있었다. 부스스한 검은 머리에 각진 얼굴, 험상궂은 턱수염. 코는 찌그러진 듯 평평하고, 오른쪽 뺨에는 멍이 들어 있었다. 아는 마을 사람의 얼굴이었다.

처음에는 무슨 장난인 줄 알았다. 그다지 친한 사이는 아니지만, 길에서 마주치면 서로 인사했고 광석을 나눠 준 적도 여러 번이었다. 애초에 그는 기혼자였다. 앤은 그가 자신을 덮칠 리 없다고 생각했다.

하지만 그의 눈을 보고 이해했다. 그 눈동자는 정욕으로 끈적끈적하게 젖어 있었고, 벌린 입은 침에 젖어 번들번들 빛났다.

소리치려 했지만 입술로 막혔다. 역겨운 냄새가 코를 찔렀다. 손발을 바둥거리며 몸부림쳤지만 체격 차이가 심해서 남자는 꿈쩍도 하지 않았다.

하지만 저항은 결실을 거두었다. 앤의 다리가 급소를 때린 것이다. 남자는 눈을 부릅뜨고 폭 엎어졌다. 그 밑에서 기어 나오자마자 앤은 뒤도 돌아보지 않고 필사적으로 도망쳤다.

누구에게도 털어놓지 못했다. 말하면 더 험한 꼴을 당할지 모른단 생각에 앤은 벌벌 떨면서 잠 못 이루는 밤을 보냈다.

다음 날.

앤을 덮친 남자는 아무 일도 없었다는 듯 인사를 건넸다.

어째서 저렇게 태연한 걸까. 몹쓸 짓을 당할 뻔했던 것보다 그게 더 무서웠다.

그 후로 주위의 시선이 신경 쓰였다. 자신을 보는 남자들의 눈빛이 의미심장하게 느껴져서 견딜 수 없었다. 실제로 음흉한 속셈을 품고 시선을 보낸 자도 있었을 것이다. 그런 상황이니만큼 도저히 남자와 부부가 될 엄두가 나지 않았다.

앤이 자꾸 혼담을 거절해도 어머니는 타박하지 않았다. 대신에 약사 일에 필요한 지식과 지혜를 최대한 심어 주었다.

세상은 불, 바람, 물, 흙이라는 4대 원소로 이루어져 있다는 것. 사람의 몸을 구성하는 네 가지 체액은 4대 원소와 대응하며, 그 양에 따라 다양한 증상이 발생한다는 것. 약을 처방할 때는 반드시 별과 달의 운행에 주의를 기울여야 한다는 것 등등.

가장 인상에 남는 것은 '독과 약은 동전의 양면'이라는 말이었다.

격렬한 증상에는 약이 아니라 독성이 있는 것으로 대응한다. 또는 약도 축적되면 독이 된다. 독과 약은 결국 같은 것이며, 그때그때 상황에 따라 어느 쪽으로든 바뀌는 법이다.

"이 세상도 마찬가지란다."

그렇게 말하며 어머니는 앤의 머리를 쓰다듬었다.

이해하기가 조금 어려웠지만 어쩐지 심금을 휘젓는 말이었다. 몹시 중요한 이야기를 들은 기분이 들었다.

그리고 앤은 머지않아 그 말의 의미를 몸소 체험했다.

겨울인데도 아주 화창한 날이었다.

광장에 모인 사람들의 눈은 젖어 있었다. 노인도 젊은이도,

남자도 여자도. 모두가 앤을 응시하던 남자들과 똑같은 눈빛이었다.

앤은 치솟는 불길 앞에 우두커니 선 채 꼼짝도 하지 못했다.

마을을 위해 약을 조합하던 어머니는 너무도 쉽게 마을에 해를 끼치는 독으로 간주되고 말았다. 어머니가 만진 아기가 죽었다는 이유만으로. 아기가 죽은 후, 아이를 잃은 부모를 위로하려 불편한 다리를 이끌고 매일 안부를 살피러 그 집에 갔던 행동까지도 마녀라는 증거로 뒤바뀌었다.

"이 세상도 마찬가지란다."

갑자기 불길 너머에서 어머니가 고개를 들었다. 두 사람의 시선이 교차했다.

어머니가 뭔가 말하려고 입을 열었지만, 연기를 들이마셨는지 심하게 기침했다. 그리고 다시 고개를 푹 떨구었다.

누군가가 노래를 불렀다. 찬송가였다. 노랫소리가 점점 퍼져 나가 귀를 찢을 듯한 합창이 됐다.

앤의 눈에서 눈물은 떨어지지 않았다.

이상하게도 감정 변화가 없었다. 아무것도 없었다. 텅 비었다. 자신이 어떤 표정을 짓고 있는지도 알 수가 없었다.

활활 타오르는 불길. 한없이 부풀어 오르는 연기가 어머니를 감쌌다. 앤이 할 수 있는 것은 그저 그 광경을 바라보는 것뿐이었다.

Interlude

"마치 마술 같네요."

엘레나가 말했다. 많이 놀랐는지 두 눈이 동그래졌다. 품위 있는 빨간색 웃옷을 맵시 있게 차려입은 그 모습에서는 영애라는 호칭에 어울리는 우아함이 배어났다.

"그럼 분명 로젠은 마녀겠네."

리리가 말을 툭 던졌다. 소파에 편히 앉은 엘레나 옆에서 다리를 흔들며 여느 때처럼 건방진 시선을 로젠에게 던졌다. 이쪽도 똑같이 빨간색 웃옷 차림이지만, 차려입었다기보다는 감싸여 있다는 인상이었다.

제국 남부 바이에른령 바로 동쪽에 자리한 자유도시. 그 중심부에 무역관을 둔 디커 가문 사저의 응접실에서 로젠은 엘레나의 개인 수업을 마친 후 평소처럼 그녀와 잡담을 즐기고 있었다. 그 소리를 듣고 조금 전에 찾아온 엘레나의 의붓동생 리리가 자리의 주인공이 되려고 애쓰고 있었다.

로젠은 웃으면서 의자에 기댔다.

"내가 마녀라면 리리는 그야말로 악마겠지."

놀리는 듯한 말투에 리리가 뺨을 부풀리자, 엘레나가 참지 못하고 웃음을 터뜨렸다.

세 사람이 모였을 때 흔히 볼 수 있는 광경이었다. 대개 리리가 로젠에게 장난을 치고, 오히려 반격당해서 뾰로통해지고, 엘레나의 웃음소리가 분위기를 누그러뜨린다. 지금까지 몇 번이고 되풀이해 온 행복한 삼위일체.

"하지만." 엘레나가 거들고 나섰다. "로젠 선생님은 마술을 쓰셨으니까, 마녀라는 말을 들어도 어쩔 수 없지 않아요?"

맞다면서 리리가 몇 번이나 고개를 끄덕였다. 이런 점이 아직 어린아이이다. 로젠은 쓴웃음을 지으며 말했다.

"애당초 이건 마술이 아니야. 논리지."

잡담하는 김에 로젠은 두 사람에게 여러 가지 기초적인 논리를 가르쳐 왔다. 예를 들면 아킬레우스는 거북이를 따라잡을 수 있다는 것_{제논의 역설 중 하나}, 어떤 삼각형이라도 내각의 합은 모두 같다는 것. 또는 바늘 끝에는 100만의 천사가 깃들 수 있다는 것_{중세 스콜라 철학의 논쟁}, 다섯 개의 정다면체로 천구(天球)를 지탱할 수 있다는 것_{천문학자 케플러의 이론}. 그리고 조금 전에는 성 안셀무스의 논리를 인용해서 신의 존재를 증명했다. 그래서 아까 엘레나가 감탄한 것이다.

"따지자면." 로젠은 리리에게 슬쩍 눈길을 주었다. "우리 중에서 가장 마녀 같은 건 리리 아닐까?"

소녀가 눈을 깜빡거렸다.

"늘 심술궂은 말만 하는 데다 일꾼들한테 제멋대로 구는 모양이던데. 마녀가 아니고서야 그럴 리가 있나."

"난 마녀 아니에요. 로젠이야말로 마녀죠."

로젠의 말을 완전히 무시하고 리리가 끼어들었다. 그 모습이 우스웠는지 엘레나가 또 웃음을 터뜨렸다. 그 눈에 눈물이 살짝 맺혔다.

마구 쏟아지는 리리의 잔소리를 흘려들으며 로젠은 엘레나를 봤다.

물결치는 듯한 금발, 커다란 하늘색 눈, 도톰한 입술. 결코 이목구비가 단정하다고는 할 수 없지만 매력이 넘쳐서 누구나 호감을 품으리라. 그리고 낙낙한 옷 위로도 육감적이라는 것이 느껴지는 몸.

그 팔에 살며시 손을 댔다.

손가락이 달라붙을 것처럼 매끄러운 피부가 로젠이 만진 부분부터 벗겨져 나갔다. 그 아래에서 드러난 근육은 검게 타서 문드러졌고, 여기저기서 연기가 뿜어져 나왔다.

멍하니 바라보고 있으니 엘레나의 몸이 크게 휘었다. 마치 원피스를 벗듯이 머리끝부터 온몸의 피부가 주르르 미끄러져 떨어졌다.

새까맣게 타고 남은 잔해가 드러났다. 피부와 함께 눈알도 빠져나갔는지, 눈구멍에는 공허한 공간이 펼쳐져 있었다. 고기를 태운 냄새가 코를 확 찔렀다.

"로젠, 듣고 있어요?"

리리의 목소리였다. 머뭇머뭇 시선을 옆으로 옮겼다.

거기에도 새까맣게 탄 뭔가가 있었다. 리리와 체격이 비슷하고, 두 눈은 역시 새까만 구멍이었다. 그 아래쪽의 입으로 보이는 틈새에서 공기가 간헐적으로 새어 나왔다.

찢어질 듯한 비명이 울려 퍼졌다.

거친 호흡에 가슴속이 미친 듯이 날뛰었다. 손발 끝은 차갑고, 온몸은 땀에 흠뻑 젖었다.

밤이었다.

새까맣게 탄 잔상 두 개가 점차 형태를 잃고 무너지듯 녹아내렸다. 그 후에는 너무나도 막막한, 종잡을 곳 없는 어둠만이 펼쳐졌다.

숨을 고르려 하다가 목이 바싹 마른 것을 깨닫고 콜록거렸다. 희미하게 눈물이 배어 나왔다. 몸을 일으키려 했지만, 납덩이처럼 무거운 손발은 말을 듣지 않았다.

‘꿈인가.’

겨우 현실감을 되찾는 가운데 로젠은 한숨을 내쉬었다. 최근에는 꿈을 꾼 적이 없었는데. 혹시 몽마의 장난일까.

“엘레나…….”

로젠의 입에서 잠긴 목소리가 나왔다.

로젠은 작은 시골 마을을 다스리는 영주의 셋째 아들로 태어났다. 생활에 딱히 불편한 점은 없었지만 열다섯 살이 되자 집을 나왔다. 상속권은 기본적으로 장남에게만 인정되며, 둘째부터는 장남 밑으로 들어가서 봉직하든지 자기 능력으로 출세하든지 둘 중 하나를 선택하는 것이 관습이었다. 로젠은 후자의 길로 나아간 것이다.

자기 능력을 의심한 적은 없었으므로 앞날이 조금도 불안하지 않았다. 한마디로 말하면, 젊은이가 대부분 그렇듯 풋풋한 자신감이 넘쳐 났다.

에른스트 대학교에 입학한 로젠은 바로 두각을 나타냈다. 원래 뭔가를 꾸준히 성실하게 해 나가는 것이 특기였던 로젠에게 학문의 길은 어떤 의미에서 천직이었다. 이윽고 법학 박사 학위를 취득하자, 스승에게 재능을 인정받아 교수로서 강의를 맡았다. 동시에 재판의 참고 의견을 요청받는 빈도도 점점 높아졌다.

그렇듯 순조로운 나날을 구가하던 무렵, 엘레나의 개인 수업을 맡게 됐다.

교육열 높은 엘레나의 아버지가 의뢰한 것이 계기였다. 대학에서 강의도 해야 해서 거절했지만, 상인 특유의 끈질긴 태도에 결국 항복하고 1주일에 한 번이라는 조건으로 승낙했다.

막상 뚜껑을 열어 보니 로젠에게는 좋은 선택이었다고 할 수 있었다. 보수를 넉넉하게 받았고, 무엇보다 우수한 두 학생과 즐거운 시간을 보낼 수 있었으니까.

엘레나와 리리는 다섯 살 터울의 이복자매였다. 그래서일까 두 사람의 성격은 정반대였다. 언니는 얌전하고 동생은 천진난만했다. 언뜻 잘 안 맞을 것 같은 조합이었지만 두 사람은 돈독한 사이였다. 언니는 동생을 진심으로 사랑했고, 동생은 동생대로 그런 언니를 존경했다.

한편 두 사람에게는 공통점도 있었다. 둘이 막상막하로 영리했다.

많은 사람이 오가는 상업 도시에서 자란 두 사람은 일찍부터 3개 국어를 습득했다. 게다가 집에는 아버지가 돈을 아끼지 않고 사들인 서적이 산더미처럼 많았다. 그러한 환경적인 요소가 엘레나와 리리의 재능에 박차를 가했으리라. 실제로 엘레나는 로젠의 수업을 잘 따라왔고, 리리도 복잡한 이야기를 어렵지 않게 이해했다.

그런 두 사람과의 짧은 만남이 어느새 로젠의 생활에서 큰 비중을 차지하게 됐다. 적어도 대학교에서 나태하게 구는 학생을 꾸짖거나, 주민들 사이의 부질없는 다툼을 조정하는 것보다는 분명 유익한 시간이었다.

이윽고 로젠은 엘레나와 친밀한 관계가 됐다. 엘레나가 열일곱 살, 로젠이 스물일곱 살 때였다. 로젠은 수업이 없는 날에도 뻔질나게 엘레나의 방에 드나들었고, 두 사람은 허락된 얼마 안 되는 시간에 서로의 모든 것을 확인했다.

파멸은 갑자기 찾아왔다.

엘레나가 마녀로 고발당한 것이다. 그 육체로 남자들을 홀리고, 마술을 걸어 성불구자로 만들었다는 이유였다.

당연히 로젠은 누명을 썼다고 확신했다. 엘레나를 궁지에서 구하기 위해 그는 즉시 변호인으로 나섰다.

그건 로젠이 처음으로 경험하는 마녀재판이었다. 물론 대학교에는 마녀재판에 관련된 상담이 끊임없이 들어왔고, 로젠은 그 대부분에 서면으로 회답을 보냈다. 하지만 실제 현장에서 변론하는 건 처음이었다.

예비 심문에 참석한 로젠은 날카로운 말솜씨로 엘레나를 변호했다. 고발 내용과 증언에 숨겨진 모순점을 찔렀다. 증언자가 엘레나를 질투하고 있다는 사실을 밝혀내 증언의 신빙성에 의문을 제기했다. 더 나아가 엘레나의 평소 행실에 대해 긍정적으로 증언해 줄 사람들에게 협력을 요청했다.

하지만 사법관을 납득시킬 수는 없었다.

마녀재판뿐만 아니라 일반적으로 모든 재판에서는 증인의 숫자가 힘을 발휘했다. 피고인은 유죄가 틀림없다고 증언하는 사람이 많으면 유죄가 되고, 무죄라고 하는 사람이 많으면 그 반대가 되었다. 물증도 고려하기는 하지만, 대부분은 증인의 많고 적음에 따라 승패가 결정됐다.

그리고 엘레나가 유죄라고 주장하는 사람은 넘쳐 날 정도로 많았다.

나중에 들은 이야기인데, 디커 가문과 대립하는 도시의 유력자가 뒤에서 조종한 모양이었다. 이번 고발은 디커 가문을 짓뭉개기 위한 책략이었고, 책략을 성공시키기 위해 증인을 대량으로 준비한 것이다.

마침내 본 심문이 시작되자 로젠은 심문에서 제외됐다. 이 단계에서도 사법 당국에 압력이 있었던 것이리라. 그래도 한동안 로젠은 심문에 참석하기 위해 부지런히 애썼다.

하지만 어디에 호소해도 아무 소용이 없었다.

대학교 총장인 스승에게도 도움을 요청했지만 거절당했다.

"마녀재판의 피고인을 편든다고 무슨 이득이 있다는 건가?"

비웃음을 띤 채 그렇게 말한 스승의 얼굴은 아직도 기억에 깊이 새겨져 있다. 그 비웃음을 보고 로젠은 이해했다. 이 남자는 결코 존경할 만한 인물이 아니며, 마녀만도 못한 혐오스러운 존재라는 것을.

얼마 지나지 않아 그는 호소를 멈췄다. 마음이 꺾인 것이다. 대신에 독실한 가톨릭 신도였던 로젠은 그저 신이 기적을 일으켜 주길 빌었다. 이 무구한 자에게 부디 자비를 베풀어 달라고.

기도는 신에게 다다르지 않았다.

엘레나가 처형된 전후의 기억은 별로 없었다.

문득 정신을 차리자 로젠은 도시 외곽에 있는 절벽 위에 서 있었다.

고개를 쭉 빼서 내려다보았다. 나뭇가지와 잎사귀가 복잡하게 뒤얽혀 절벽 아래는 보이지 않는 어둠에 뒤덮여 있었다. 떨어지면 절대로 살아남지 못하리라. 자신도 모르게 입꼬리가 위로 올라갔다.

발을 내디디려던 순간, 누군가 옷소매를 잡아당겼다.

돌아보자 잘 아는 소녀가 서 있었다.

로젠을 잘 따랐던 갈색 피부에 검은 머리칼 소녀. 엘레나의 개인 수업에 늘 찾아와서 둘 사이를 놀려 댔던 엘레나의 의붓동생.

"리리……."

그녀가 어떤 처지에 빠졌는지는 이미 들었다.

선동된 도시 사람들이 디커 가문의 저택과 무역관을 불태웠

디는 것.

일가는 야반도주하다시피 달아나 뿔뿔이 흩어졌다는 것.

멍하니 서 있는 로젠에게 소녀가 손을 내밀었다.

손바닥에는 사탕이 하나 얹혀 있었다.

잠시 바라본 후 로젠은 사탕을 집어 입에 넣었다. 향긋한 냄새와 단맛, 그리고 약간의 쓴맛이 입안에 퍼졌다.

소녀는 아무 말도 하지 않았다.

로젠도 아무것도 묻지 않았다.

다음 날 대학교에 사표를 냈다. 어쨌든 도시를 떠나 마음을 정리하고 싶었다.

스승인 대학교 총장은 고개를 끄덕인 후, 얼마간의 노잣돈과 함께 여행의 편의를 도모해 줄 문서를 건넸다. 사표를 내지 않았어도 로젠은 해고당했으리라. 학교의 체면을 고려하면, 피고인 측 변호를 맡았던 로젠은 골칫덩이 그 자체니까.

그날 안에 로젠은 리리와 여행을 떠났다.

마녀재판, 그리고 연인을 잊기 위한 시간이 될 터였다. 하지만 그러한 바람은 이루어지지 않았다. 시간이 지나면 지날수록 생각은 그곳으로 되돌아갔다.

왜 도중에 포기했던 걸까.

뭔가 좀 더 해 볼 수 있지 않았을까.

파도처럼 밀려오는 후회가 자기 자신을 괴롭히는 나날이 이어졌다.

결국 그러한 심정은 신에 대한 분노로 바뀌었다.

왜 엘레나를 구해 주지 않았단 말인가.

왜 기도를 들어주지 않았단 말인가.

화풀이에 지나지 않는다는 건 스스로도 잘 알고 있었다. 하지만 그러지 않고서는 제정신을 유지할 수가 없었다.

어느 날, 로젠은 한 가지 생각에 이르렀다.

이 세상은 눈에 보이는 것이 전부다.

눈에 보이지 않는 것은 존재하지 않는다.

물론 신의 존재 자체를 부정할 수는 없다. 그것은 이 세상을 구성하는 기본적인 원리 원칙이니까. 하지만 부정할 수 없는 것과 마찬가지로, 그 존재를 증명하는 것 또한 불가능하다. 예전에 엘레나와 리리 앞에서 신의 존재를 증명했지만 결국은 탁상공론이다. 실제로 신이 존재한다는 사실을 모순 없이 증명한 것도 아니다. 애당초 눈에 보이지 않는 것을 어떻게 증명한단 말인가.

눈에 보이지 않는 것. 존재를 증명할 수 없는 것. 그런 것에 의지해서는 안 된다. 도리어 모든 일은 눈에 보이는 곳에서 시작해야 한다.

눈이 번쩍 뜨인 기분이었다.

로젠은 지금까지 관여해 온 마녀재판을 재검토했다. 전부 눈에 보이지 않는 마술을 전제로 하지 않아도 되는 것들뿐이었다. 굳이 마녀를 내세우지 않아도 충분히 설명 가능했고, 오히려 그 존재를 가정하지 않는 편이 논리적이기까지 했다.

그때, 엘레나를 구하기 위해서는 어떻게 했어야 하는 걸까. 그 해답을 찾은 거라고 그는 확신했다.

논해야 할 것은 마술 사용 여부가 아니었다.

마술을 전제로 하지 않아도 설명은 가능했다. 그리고 어느 쪽 주장이 더 설득력 있는지를 판단해야 했다.

이 방법이라면 무죄를 얻어 낼 수 있었을지도 몰랐다. 적어도 마술 사용 여부만을 쟁점으로 삼았을 때보다 사법관이나 증인들을 설득하기 훨씬 쉬웠을 것이다.

하지만 오늘, 최선을 다한 추론을 란드센이 단번에 박살 냈다. 그것도 정연한 논리로 완벽하게. 절로 한숨이 새어 나왔다.

과연 앤의 무죄를 증명할 수 있을까.

그것이 얼마나 힘든 계획인지를 로젠은 만찬 자리에서 절실히 느꼈다. 스쳐 지나가는 바람을 맨손으로 잡으려 하는 짓이나 마찬가지였다. 아무리 손을 내밀어도 바람은 손가락 사이로 빠져나간다.

좀 더 다른 방법을 고려할 필요가 있을지도 몰랐다. 현재 상황 자체를 뒤집을 무슨 방책을. 하지만 대체 어떻게 하면 좋을까. 빙글빙글 맴도는 생각은 희미한 촛불처럼 미덥지 못하게 흔들리다 구체적인 상을 하나도 맺지 못하고 사라졌다.

그래도.

"할 수밖에 없겠지."

감옥에 앉아 있던 앤의 모습이 로젠의 머릿속에 떠올랐다. 엘레나가 죽었을 당시와 비슷한 나이이리라.

물론 둘은 다른 사람이고, 앤은 엘레나를 대신할 수 없었다. 두 사람을 똑같이 느끼는 건 자신의 감상에 불과했고, 당사자들에게 무례하기 그지없는 짓이라는 걸 로젠도 알고 있었다.

그렇다 하더라도.

'이번에야말로.'

그녀의 무죄를 증명한다.

신에게 빌지 않고, 내 손으로 직접.

앤이 무죄를 호소한 순간부터 로젠은 굳게 다짐했다.

그가 문득 자조 섞인 미소를 지었다.

'리리 덕분이군.'

이번을 포함해, 두 사람은 여행하는 동안 여섯 번이나 마녀재판과 마주쳤다. 하지만 그때마다 로젠은 심문에 참여하기를 주저했다. 그 도시에서 있었던 일 때문에 움츠러든 것이다.

그런 로젠의 소매를 잡아당겨 재판으로 끌어낸 사람이 바로 리리였다. 도망치지 말고 재판에 참여하는 것이 엘레나에게 속죄하는 길이라는 듯이.

덕분에 지금 앤을 위해 싸울 수 있었다.

자신도 모르게 옆에서 자고 있을 소녀에게 손을 뻗었다. 엘레나에게 비극이 일어난 후로 로젠에게만 입을 여는 소녀에게.

"리리……?"

뻗은 손끝에는 차가워진 이불만 닿았을 뿐, 소녀의 온기는 전혀 전해지지 않았다.

한순간 리리가 어둠에 녹아 버린 게 아닌가 싶어 당황했지만, 즉시 고개를 저어 부정했다.

'또구나.'

짐작 가는 구석이 있었다. 로젠은 여행하는 동안 리리가 밤중에 종종 잠자리를 빠져나가는 것을 알고 있었다.

잠이 안 오는 걸까, 아니면 악몽에 시달리다 깨어난 걸까.

물어보려 한 적도 있었지만 결국 그만뒀다. 로젠도 가끔 악몽에 시달리다 깨어나곤 했기에 리리의 미소를 흐리게 할지도 모를 질문은 던지고 싶지 않았다.

수납함 위를 더듬자 딱딱한 것이 손에 닿았다. 랜턴이었다. 그 옆에 놓아 뒀던 식사는 말끔하게 비워져 있었다. 걱정할 필요는 없을 듯했다.

다시 자리에 누웠다. 작게 숨을 내쉰 순간, 고막이 미세한 떨림을 포착했다.

부우우우우우우우웅ㅡ

고요한 밤이기에 들린 희미한 소리. 땅울림같이, 또는 짐승의 울음소리같이 묵직하고 나지막한 진동.

어둠 속을 응시했다. 하지만 밤은 한없이 짙게 고여 있을 따름이었다. 모든 것을 삼키고 덮어서 숨길 듯이.

⊕

그래, 어둠이 모든 것을 삼켜 버리면 좋겠어. 구석구석까지 햇빛이 비치는 이 세상은 너무 답답하니까.

리리는 숨을 후, 내쉬고 다시 돌바닥을 걸어갔다.

어둠은 한없이 짙었다. 창문으로 들어오는 달빛이 제 역할을 전혀 하지 못해 창문 윤곽만 살짝 드러나는 데 그쳤다. 바닥도 천장도 어둠에 뒤덮였고, 리리의 모습도 분명 그 속에 녹아들었으리라.

리리는 살며시 위팔을 쓸었다. 땀이 맺힐 정도였던 낮과 달리, 피부를 스치는 밤기운은 싸늘했다.

눈앞에 펼쳐진 칠흑 같은 복도는 끝없이 이어질 것만 같았다. 하지만 물론 이 세상에 영원 따위는 없었다. 계속 걸으면 언젠가는 끝에 다다르리라. 분명 예상했던 것보다 꽤 빨리.

사람의 일생처럼.

어느새 그녀는 벽에 맞닥뜨렸다.

‘이것 봐, 벌써 막다른 길이잖아.’

천천히 몸을 돌렸다.

‘이만 돌아갈까. 로젠이 걱정하고 있을지도 모르니까.’

눈이 가느다래서 한층 무뚝뚝해 보이는 얼굴을 떠올리며 피식 웃었다.

눈에 보이는 것이 전부라고 그는 말했다.

마술이든, 악마든, 신이든 눈에 보이지 않는 건 믿을 필요 없다고.

‘그럼 지금의 나는 어떨까.’

꿰뚫어 볼 수 없는 어둠에 섞여 들었으니 이제 나는 존재하지 않는 걸까.

‘그럴지도 모르지.’

쨍쨍 내리쬐는 햇볕 아래서도 로젠은 자신을 제대로 봐 주지 않으니까.

로젠은 리리가 말을 하지 않게 된 이유가 엘레나의 죽음 때문이라고 생각했다. 재판에 참여하라고 그를 부추기는 것도 속죄시키기 위함이라고.

완전히 잘못 짚었다.

사실 엘레나가 화형을 당했을 때 그녀는 눈물을 흘리지 않았다. 무역관과 저택이 방화를 당했을 때도 마찬가지였다. 울부짖지도, 분노에 치를 떨지도 않았다. 그저 그 광경을 바라볼 뿐이었다.

후, 하고 한숨을 쉬었다.

'가엾은 로젠.'

현실을 직시하지 못하는 가엾은 사람.

진짜 이유는 로젠도 알고 있을 것이다. 알면서도 그걸 외면하고 있었다. 자신의 과오를 부인하고, 리리와 정면으로 마주하길 거부하며 도망치는 중이었다.

'촌극이지.'

리리와 마주하려 하지 않는 로젠. 그리고 그걸 허용하는 리리. 두 사람의 관계는 그야말로 촌극이었다.

'아니, 그뿐만이 아니지.'

마녀재판도.

로젠과 함께하는 여행도.

어쩌면 이 세상 전부 다.

"이 세상은 전부 다 촌극이야."

그렇게 중얼거리는 그녀에게 대답은 돌아오지 않았다. 어둠은 그저 침묵했고, 들려오는 것이라곤 귀를 찌를 듯한 정적뿐이었다.

로젠(4)

이틀째 아침.

옅은 잿빛의 아침 안개에 감싸인 능선 위로 햇살이 희미하게 번졌다. 여기저기서 닭이 목청을 높여 하루가 시작됐음을 알렸다.

마을은 이미 깨어난 뒤였다. 식사를 준비하느라 집마다 연기가 피어올랐고, 농기구나 굴착용 도구를 든 남자들이 일할 곳으로 흩어졌다.

그런 마을 한구석에 사람이 여섯 명 모여 있었다. 한 민가 앞에 뭉쳐서 한곳을 바라보고 있었다.

거기에는 기묘한 오브제가 있었다.

문 옆, 목재로 짠 외벽 앞에 재가 봉긋하게 쌓여 있었다. 그것도 완벽한 동그라미가 아니라 왼쪽이 일그러진 반원 형태로.

오른쪽은 동그라미 형태를 유지하고 있으니 결코 바람에 무너진 것은 아니었다. 재에 숯 조각이나 타다 남은 짚이 섞여 있으므로 화로나 화덕에서 가져온 것이리라고 짐작됐다.

"이게 뭡니까?"

아벨이 의아해하는 목소리로 물었다. 조금 전까지만 해도 졸음이 가득했던 눈을 크게 떴다. 리리도 그 옆에서 신기하다는 듯 재를 들여다보았다.

"'재 숨기기'입니다."

베날두스가 대답했다.

"죄가 드러나지 않게 하기 위한 주술이죠."

자신이 죄를 저지른 현장에 재를 쌓아 두는 것만으로 발동하는 주술이라고 한다.

전해져 내려오는 이야기에 따르면 성 메니니누무스의 시신을 태우고 남은 재에는 정화의 힘이 있어 온갖 부정을 씻어 냈다고 한다. 그러한 일화가 세월이 흐르면서 변형돼 '재 숨기기' 주술이 된 듯했다.

효과는 꽤 뛰어나서 온갖 죄를 정화해 숨길 수 있다고 했다.

"다만 결점이 있는데, 누명을 쓰는 걸 막을 수는 없습니다. 그건 인간의 잘못된 판단 때문에 일어나는 일이니까요."

"이게, 나머지 아홉 채에도?"

로젠의 물음에 덴 부인이 고개를 끄덕였다. 조금 전에 덴 부인이 영주 관저에 이 변고를 알리러 왔다. 어제까지는 어느 집에도 이상한 점이 없었는데, 오늘 아침에 보니 집 열 채에 이 주술이 사용됐다고 한다.

"왜 이런 모양이죠? 어중간하지 않습니까?"

아벨이 물었다. 재가 정화를 상징한다면, 반원에는 어떤 의미가 있는 걸까.

"그게 이상한 점인데요." 베날두스가 고개를 기울였다. "동그라미 모양으로 쌓는 게 원래 방식입니다. 이래서는 주술이 발동하지 않아요."

"앤의 짓이 틀림없어요."

덴 부인이 말했다. 그 옆에서 지팡이를 짚은 모그가 고개를 끄덕였다.

"이렇게 영문 모를 짓을 마녀 말고 누가 한다는 건가요? 그 창녀가 자기 죄를 숨기려 한 거예요."

"……하지만 앤은 구금돼 있는데요."

아벨이 조심스레 반론했다.

마녀는 마술을 썼다. 하지만 아무 때나 마음대로 사용할 수 있는 것은 아니었다.

마술을 사용할 때는 의식이 필요했다. 마법진이나 만드라고라 뿌리 등 여러 도구를 사용하지만, 정해진 순서에 따라 도구들을 조작한다는 점에서는 주술과 다를 바 없었다.

그래서 아무것도 없는 방에 갇히면 마녀는 금세 무력해졌다. 마녀로 여겨지는 자는 보통 높은 곳에 구금했는데, 도주를 물리적으로 방지하는 것 이상으로 외부에서 물건을 들여오지 못하도록 하기 위해서였다.

"그래서 뭐요? 달리 이런 짓을 할 사람이 있다는 건가요?"

부인이 따졌지만 목소리에서 조금 전까지의 앙칼진 기세는 느껴지지 않았다. 덴 부인도 머리로는 알고 있는 것이리라.

로젠은 일동을 둘러보고 말했다.

"일단 주술의 목적을 조사하기로 합시다."

그걸 알아내면 앞으로 어떻게 대응해야 할지도 정할 수 있으리라.

덴 부인의 안내를 받아 나머지 아홉 채를 돌아다녔다.

피해를 당한 집들의 위치는 아무 법칙도 없이 제각각이었다. 전부 만듦새가 비슷해서 피해가 없었던 집과 구별도 되지 않았다. 하지만 공통점은 금방 발견됐다. 거주자들에게 짚이는 점을 물었더니, 다들 예비 심문에서 앤에게 물건을 도둑맞았다고 주장했다는 걸 털어놨다.

멀게는 반년 전, 가깝게는 2주일 전. 저장해 둔 육포나 빵이 줄어든 적이 있었던 모양이다. 착각했겠거니 싶어 대부분 신경 쓰지 않았지만, 이번 마녀 소동을 계기로 "그러고 보니." 하고 웅성거리며 잇따라 피해를 호소했다. 그 외에 공통점은 발견되지 않았으니, 주술은 마을 사람들이 절도 피해를 호소한 일과 관련이 있다고 봐도 무방할 듯했다.

로젠은 생각에 잠겼다.

분명한 점이 하나 있었다. 이것은 앤의 소행이 아니었다.

앤이 구금돼 있다는 사실만 봐도 그렇거니와, 이것이 앤의 소행이라고 하면 명백히 이상한 점이 있었다. 사람들의 증언을 통해 그 점이 뚜렷해진 셈이었다.

도둑은 따로 있었다. 그리고 그 또는 그녀는 그 사실을 숨기기 위해 '재 숨기기' 주술을 사용했다. 상황을 보건대 그렇게 받아들여야 제일 자연스러우리라.

그렇다면 이번에는 두 가지 의문이 생겼다.

첫 번째, 왜 재는 반원형으로 쌓여 있었는가.

베날두스의 설명에 따르면 그래서는 은폐 효과가 없었다. 그런데 범인은 어째서 반원형으로 쌓은 걸까.

두 번째, 왜 범인은 이제 와서 절도 행각을 숨기려 했는가.

앤이 구금된 상황에서 '재 숨기기' 주술을 사용하면 범인이 따로 있다고 자백하는 셈이나 마찬가지였다. 내버려두면 틀림없이 앤에게 죄를 뒤집어씌울 수 있었을 텐데, 왜 그걸 망치는 짓을 한 걸까.

"할아버지."

어린아이 목소리가 귀에 들어와 의식이 현실로 되돌아왔다.

언제부터 있었는지 한 소년이 모그를 올려다보고 있었다. 본 기억이 났다. 이 마을에 도착했을 때 닭을 쫓아다니던 아이 중 하나였다.

"엄마가 불러요."

"알았다."

문득 소년과 눈이 마주쳤다.

로젠은 깜짝 놀랐다. 격렬한 증오가 소년의 눈동자에 깃들어 있었기 때문이다.

불러 세우려 했지만 소년은 재빨리 발걸음을 돌렸다. 얼떨떨하고 머쓱한 기분으로 두 사람을 배웅하는 로젠에게 덴 부인이 얼굴을 쑥 내밀었다.

"빨리 그 음탕한 창녀의 자백을 받아 내세요. 훌륭한 대학교의 학사님이시니 그 정도는 식은 죽 먹기겠죠? 잘 부탁드려요."

그런 말을 남기고 덴 부인도 냉큼 돌아갔다. 아직 마음을 추스르지 못했는데, 이번에는 베날두스가 목소리를 높였다.

"아, 그러고 보니 열 채의 집에는 공통점이 하나 더 있군요."

무심코 신부를 보자 그는 난처하다는 듯 머리를 긁적였다.

"음, 이번 일과는 상관없겠지만요. '재 숨기기' 주술이 사용된 집에는 전부 아이가 있습니다."

"그나저나 묘한 주술이네요. 처음 들었습니다."

"그리게나 말이야."

아벨의 말에 로젠은 고개를 끄덕였다. 주술에 관해 어느 정도 지식이 있는 로젠도 '재 숨기기'라는 주술은 처음 들어 봤다. 리리도 마찬가지인지 고개를 끄덕끄덕했다.

하지만 어쩔 수 없는 일이었다. 주술은 그 지방의 풍습이나 전승을 반영해 독자적으로 발전하는 법이었다. 은폐 주술 하나만 봐도 알려진 방법이 수없이 많았다. 그걸 모조리 파악하기는 그 누구도 불가능했다.

"이 마을에서는 다들 당연히 아는 건데요."

자인이 끼어들었다.

마컴 부부의 집을 조사한 후(아쉽게도 눈에 띄는 성과는 얻지 못했다), 갈가드의 오두막을 조사하러 가려 하자, 베날두스가 자인을 길잡이로 붙여 주었다. 길은 아벨도 안다기에 필요 없다고 거절했지만, 왠지 자인 본인이 의욕을 보이는 통에 결국 같이 가기로 했다.

"아, 저기입니다."

자인이 앞쪽을 가리켰다. 오두막이 한 채 보였다.

거기는 마을 외곽으로, 영주 관저나 다른 집들과는 거리가 꽤 멀었다. 그래서 예상보다 더 시간이 걸렸다.

발걸음을 재촉하던 자인이 돌부리에 걸려 넘어졌다. 도중에 같은 광경을 여러 번 봤다. 아무래도 너무 부주의하지만, 본인은 헤실헤실 웃기만 할 뿐 전혀 신경 쓰는 기색이 아니었다.

해가 완전히 솟아올라 햇빛이 사정없이 주변을 비췄다. 오두막 바로 옆에 강이 흐르는 덕분에 다소나마 시원해서 다행이었다.

강가에 물레방앗간이 보였다. 그 옆에 있는 건물이 빵 굽는 화덕과 공동 목욕탕이리라. 갈가드가 죽은 뒤로는 란드센의 일꾼들이 교대로 관리하고 있다고 했다.

일어선 자인이 오두막으로 뛰어가다가 또 부주의하게 입구 벽에 부딪쳤다. 웅크려 앉은 작은 남자에게 로젠이 손을 내밀었지만, 자인은 도움을 무시하고 일어서더니 부딪친 왼쪽 눈을 문지르며 벽에 몸을 기댔다.

"여기에 가만히 있겠습니다."

오면서 몇 번이나 넘어진 탓에, 자인은 온몸이 상처투성이였다. 확실히 가만히 있는 편이 나을 듯했다. 일단 안내해 줘서 고맙다고 인사한 후, 로젠은 오두막을 가만히 바라봤다.

전체적인 만듦새는 마을의 다른 집들과 다를 바 없었다. 갈가드는 여기에 기거했으니 당연한 일이었다.

"역시 '재 숨기기' 주술은 없군."

아까 봤었던 반원 형태의 재는 눈에 띄지 않았다.

문을 당겨서 열었다. 빛이 비쳐 들자 둥실둥실 떠다니는 먼지가 반짝였다.

밖에서 보고 짐작한 것과 크기가 똑같은 방이었다. 널빤지가 서로 잘 맞물리지 않는지 벽 여기저기 생긴 작은 틈새로 빛줄기가 들어왔다.

널빤지 바닥에 온통 퍼진 거무튀튀한 얼룩이 제일 먼저 시선을 끌었다. 포도주가 쏟아진 자국이리라. 가장자리까지 자연스럽게 퍼졌고, 문지른 흔적은 보이지 않았다. 입구나 벽면까지 다다른 부분도 있었으며, 틈새를 통해 밖으로 흘러 나간 자국도 눈에 띄었다.

시선을 들자 같은 색 얼룩이 번진 항아리가 안쪽 벽 앞에 있었다. 로젠의 무릎 정도 높이로, 덮개를 열자 안쪽도 시커멓게 물들어 있었다. 아무리 봐도 이게 쓰러져 있던 포도주 항아리인 듯했다.

얼룩이 바닥에 온통 퍼진 것으로 보건대, 포도주는 이 항아리에 가득 담겨 있었을 것이다. 란드센 말에 따르면 갈가드는 술을 좋아해서 보수를 대부분 포도주로 받았다. 그리고 포도주는 빨리 변질되므로, 매주 영주 관저의 술통에서 옮겨 담아 소중히 마셨다고 했다.

안쪽 벽 앞에서 실내를 다시 둘러봤다.

중앙에 나무 탁자. 오른편에는 작은 화덕이 설치돼 있었다. 집주인의 꼼꼼한 성격을 드러내듯 화덕 주위에는 항아리와 단지가 정연하게 줄지어 있었다. 다만 식기나 조리 도구가 보이지 않는 것이 신기하다면 신기했다.

왼편에는 짚을 깐 침상이 있었고, 그 곁에는 궤짝이 하나 놓여 있었다. 궤짝 속을 들여다보자 꼼꼼하게 갠 의류와 천 조각으로 가득했다.

"……이건 뭐지?"

침상 한복판에 원십자가 깊숙이 꽂혀 있었다.

조각한 나무를 조합해서 만든 원십자는 로젠의 무릎 정도 높이였다. 십자의 각 끄트머리가 뾰족해서 함부로 건드리면 다칠 수도 있을 것 같았다.

아벨에게 물어보려고 몸을 돌린 순간 로젠은 깜짝 놀랐다. 아벨이 새파랗게 질린 얼굴로 입구에 우뚝 서 있었기 때문이다. 호흡도 거칠고 어깨를 격하게 들먹거렸다. 그 두 눈에 깃든 감정은 분명 두려움이었다.

"왜 그러나?"

방을 빙 둘러보았지만 공포를 불러일으킬 만한 물건은 어디에도 보이지 않았다.

"죄, 죄송합니다!"

그렇게 말하자마자 아벨은 오두막을 뛰쳐나가 외벽을 등지고 주저앉았다.

"괜찮나?"

불렀지만 반응 없이, 그저 일행의 시선을 피하듯 고개를 푹 숙였다. 이윽고 호흡이 차분해지자 아벨은 가느다란 목소리를 짜냈다.

"현기증이 좀 나서요."

거짓말이 분명했다. 아까의 모습은 정말로 심상치 않았다. 아벨은 분명 뭔가를 본 것이다. 얼굴이 새파랗게 질릴 만큼 무서운 뭔가를. 뭘 봤는지 물었지만 청년은 아무 대답도 없이 눈을 질끈 감았다. 그 곁에 리리가 걱정스런 얼굴로 쪼그려 앉았다. 자인은 안절부절못하는 표정으로 상황을 살필 뿐이었다.

로젠은 몸을 돌렸다.

아벨은 뭔가 숨기고 있었다. 그건 확실했다. 하지만 눈을 질끈 감고 외면하는 것으로 보건대, 이야기할 생각은 없는 듯했다. 지금은 그냥 내버려둘 수밖에 없으리라.

오두막에 들어가 다시 현장을 관찰했다. 하지만 흡족한 성과는 얻지 못했다.

문은 아주 평범한 물건으로, 당연히 자물쇠도 달려 있지 않았다. 문 안쪽을 면밀히 살펴봤지만 란드센 말대로 아무 흔적도 찾을 수 없었다. 원십자가 그려져 있지 않았던 것만큼은 확실한 듯했다.

로젠이 어제 구성한 논리는 이로써 완전히 무너지고 말았다. 해결한 줄 알았던 수수께끼가 되살아났다.

'왜 갈가드 씨는 보호 주술을 사용하지 않았을까?'

로젠은 천천히 고개를 저었다.

원점으로 돌아갔다는 허무감만 쌓였다.

오두막을 나서자 아까보다 강한 햇살이 내리쬤다. 아벨은 어떤가 살펴보니 벽에 기대어 서 있었다. 혈색은 아직 원래 상태로 돌아오지 않았지만, 아무래도 일시적 공황 상태에서는 벗어난 듯했다.

일단 오두막 상태에 대해 물어보자 넘어진 항아리를 벽 앞으로 치운 것 말고는 시체 발견 당시와 똑같다고 했다.

식기는 원래부터 오두막에 없었던 듯했다.

"갈가드는 오래전에 아내와 딸을 잃고 홀아비로 지냈던 모양입니다. 식재료가 있어도 상해서 버린다면서 식사는 마컴 부부 집이나 마을 주점에서 했던 것 같아요."

듣자니 오두막에서는 물이나 포도주만 마셨다는 것 같았다.

로젠은 오두막을 돌아봤다. 갈가드라는 남자에 대해 조금 알 것 같았다.

문 너머로 보이는 깨끗이 정돈된 방. 포도주만 마시면서도 집주인은 정리 정돈을 게을리하지 않았다. 처자식을 잃었다는 상실감을 품고서도 하루하루 성실하게 살았던 것이리라.

아벨이 설명을 이었다.

"마컴 부부가 죽은 후에는 마을 주점을 주로 이용했고, 시체

로 발견되기 전날도 마을 사람들 몇 명과 함께 저녁을 먹었다
고 합니다."

"즉, 그 사람들이 갈가드 씨를 마지막으로 봤다는 거로군."

"아니요, 다른 사람입니다."

저녁 식사 후 관리인용 오두막으로 돌아가는 갈가드의 모습
을 마을 사람 한 명이 목격했다.

"캐 온 광석을 물레방앗간으로 옮기다가 봤다는데, 딱히 이
상한 낌새는 없었던 듯합니다."

주목할 만한 정보가 더는 없었기에 시체가 발견된 상황에
관해 확인했다.

"시체는 반라였지?"

"네. 한겨울 빼고는 바지만 입고 자는 게 습관이었답니다."

"포도주 항아리는 왜 넘어졌을까? 자네 생각은 어때?"

"영주님이 말씀하셨잖습니까. 마컴 부부와 마찬가지로 죽는
순간 괴로워했기 때문이겠죠. 그래서 몸부림치다가 넘어뜨린
거예요."

마을 사람들의 증언에 따르면, 갈가드는 낮에는 탁자 옆에
항아리를 뒀지만, 자기 전에는 반드시 항아리를 집 밖에 내놨
다. 그는 잠버릇이 고약해서 침상에서 자주 굴러떨어지곤 했는
데, 부딪쳐서 포도주가 쏟아지지 않도록 하기 위해서였다.

"자려고 윗옷을 벗고 항아리를 밖으로 내놓으려던 참에 죽

었다. 요컨대 그런 거겠죠."

침상에 꽂혀 있던 원십자에 대해서는 자인이 알려 줬다.

"정화의 주술입니다. 갈가드 나리는 마술로 살해당했으니까, 그 장소를 정화하기 위해 코펠 영감님이 세운 거죠."

"마컴 부부의 집에는 없었는데."

"아아, 1주일이 지나면 뽑아서 태워 버리거든요. 그걸로 정화 의식이 끝납니다."

"저는 그런 이야기 못 들었는데요."

아벨이 따졌다. 자인은 실실 웃으며 대답했다.

"이 마을에서는 젖먹이도 아니까요. 굳이 말할 필요 없다고 생각한 거 아닐까요."

그러고 나서 윗옷을 걷어 올렸다.

"이것도 모르시죠?"

해지긴 했지만 원십자가 꿰매져 있었다. 이 마을에서는 일용품에 원십자를 넣는 관습이 있다는 설명이었다.

"이렇게 함으로써 항상 성 메니니누무스의 가호를 받을 수 있는 거죠."

그 말을 듣고 오두막 안을 다시 살펴보니 분명 항아리나 상자에 원십자가 작게 새겨져 있었다.

"아, 거기 있는 건 전부 갈가드 나리가 오기 전부터 그랬던 겁니다. 외지 사람인 나리가 굳이 원십자를 새길 리 없죠."

어리벙벙한 표정을 짓는 아벨 옆에서 로젠은 등줄기에 서늘한 한기를 느꼈다.

수호성인에게 열렬한 신앙을 바치는 도시나 마을은 많았다. 하지만 모든 일용품에 성인의 상징을 넣다니 아무래도 너무 지나쳤다. 그 정도면 신앙이 아니라 광신이리라.

"그런 것보다, 잠깐 괜찮겠습니까?" 자인이 목소리를 낮췄다. "실은 제가 예전에 묘지에서 앤을 여러 번 봤거든요."

심상치 않은 말이 나와서 로젠은 깜짝 놀라 작은 남자를 바라봤다. 리리도 눈을 깜빡거렸다.

"저는 묘지기인데요……. 뭐, 아침저녁으로 정해진 시간에 순찰 가는 것뿐이긴 한데, 그때 몇 번이나요."

공동묘지는 강 건너편에 있는데, 마을 사람도 매장할 때 말고는 좀처럼 들르지 않는다고 했다.

"그런데 무덤이 훼손된 적이 한 번 있었어요. 현장을 발견한 건 앤을 본 다음 날 아침이었습니다."

훼손된 건 그 며칠 전에 노쇠해서 죽은 남자의 무덤이었다. 연고자는 없었고, 생전에는 영주 관저에서 일꾼으로 일했었다.

"들개 짓 아닐까?"

당연한 의문이었다. 마을에서 떨어진 곳에 있는 묘지에서는 들개가 무덤을 파헤치는 일이 자주 발생했다. 딱히 호들갑을 떨 정도는 아닌 듯했다.

"그게 말이죠, 분명 여기저기 들개에게 물린 자국이 있긴 했
는데, 그 외에 머리카락과 손톱도 일부가 사라졌거든요."

로젠은 숨을 삼켰다.

자인의 증언이 옳다면 들개 짓으로 치부할 수는 없었다. 야
생 동물은 머리카락을 뽑거나 손톱을 벗겨 내는 섬세한 작업
을 할 수 없으니까. 누군가가 무덤을 파헤치고 그런 작업을 했
던 것이다. 물린 자국이 남은 건 작업 후에 방치된 시체에 들개
들이 몰려든 결과이리라.

"앤의 짓이 틀림없습니다. 분명 주술을 쓰거나 마녀의 묘약
을 만들기 위해 재료를 수집한 거예요."

인체의 일부를 주술의 재료로 사용하는 건 드문 일이 아니
었다. 특히 죽은 후에도 자란다는 손톱과 머리카락은 생명의
상징으로 여겨져, 최고의 약재로 취급됐다.

"그건 언제였나?"

"분명 앤의 어머니가 재판을 받기 조금 전이었습니다."

"마을 사람들도 이 이야기를 알고 있나?"

"아니요, 그게 아무한테도 말을……."

자인이 풀죽은 표정으로 고개를 숙였다. 시체는 얼른 다시
묻었고, 지금까지 아무에게도 말하지 않았다는 듯했다.

"저는 묘지기잖습니까? 무덤이 훼손됐다고 하면 혼날 것 같
아서요. 안 그래도 늘 혼나는데, 또 야단맞을 빌미를 잡히기는

싫었어요. 게다가 정황상 마을 사람들 짓은 아닌 것 같았거든
요."

자인이 더듬더듬 설명했다.

마을에 드나들려면 로젠 일행도 지나온 도개교를 건너는 것
외에 다른 방법은 없었다. 강이 넓고 깊은 데다 흐름도 빨라서
헤엄쳐 건너기는 불가능했다. 앞쪽은 강, 뒤쪽은 절벽에 둘러
싸인 이 마을은 다리 하나로 외부와 연결된 외딴섬 같은 곳이
라 할 수 있었다.

"그리고 다리는 해가 지기 전에 올립니다."

즉, 밤중에 묘지에 가려면 다리를 내려야 했다. 하지만 다리
를 내리려면 여러 사람의 힘이 필요하고 큰 소리도 났다. 따라
서 마을 사람들 몰래 다리를 내리기는 불가능하다고 했다.

"전날 저녁에 순찰했을 때는 아무 이상도 없었습니다. 그리
고 제가 마을로 돌아가자마자 다리를 올렸죠. 다음 날은 다리
를 내리자마자 묘지를 순찰하러 갔으니까 마을 사람이 무덤을
훼손하기는 불가능합니다."

자인이 말을 이었다. 강 건너편 어딘가에 숨어 있다가 한밤
중에 무덤을 파헤친 후, 아침에 다리를 내리면 몰래 마을로 돌
아오는 방법도 있기는 했다. 하지만 그 방법을 사용하면 들개
에게 습격당할 우려가 있었다. 실제로 시체에는 물린 자국이
많았다. 들개의 습격을 받지 않고 무사히 무덤을 파헤치기는

쉽지 않을 것이다.

그래서 자인은 목숨 아까운 줄 모르는 외지인의 소행이라고 결론 내렸고, 아무도 모르게 시체를 다시 묻었다.

"아직 앤의 어머니가 고발당하기 전이라, 마녀의 소행일 거라고는 꿈에도 생각을 못 했어요. 하지만 이제는 이야기가 다르죠. 분명 앤이 빗자루나 산양을 타고 하늘을 날아간 겁니다. 마녀는 동물을 조종할 수 있으니까 들개한테 습격당할 걱정도 없겠죠."

"아아, 역시나! 앤은 마녀입니다!"

신나게 동의하는 아벨을 본체만체하며, 로젠은 석연치 않은 기분을 곱씹었다.

앤은 마녀가 아니라고 주장하는 로젠의 입장에서 판단컨대, 무덤이 훼손된 일은 아까 자인이 말했다시피 외지인의 짓으로 보는 편이 타당할 듯했다. 주술 재료 또는 해부용으로 시체를 파내는 일당은 분명 존재하니까. 다만 이런 산간 마을까지 굳이 무덤을 파헤치러 올까. 그것이 의문이었다.

"……왜 이제야 말한 건가?"

"마녀가 저지른 짓을 눈감아 주면 같은 죄잖습니까. 그래서……."

일반적으로 마녀를 도운 자도 마녀처럼 악마의 하수인으로 간주됐다. 자인이 마녀에게 도움을 줬다고 할 수 있는지, 애당초 마녀가 무덤을 훼손한 게 맞는지도 모르겠지만, 그에게는 사활이 걸린 문제였으리라.

로젠은 한숨을 쉰 후 부드러운 어조로 말했다.

"말해 줘서 고맙네, 자인. 한 가지 약속해 줄 수 있겠나?"

"뭐, 뭐를요?"

"이 일은 마을 사람들한테 알리지 말게."

자인이 화들짝 놀라서 눈을 부릅떴다. 아벨도 의아해하는 표정이었다.

한 가지는 확실했다. 이 일이 마을 사람들 귀에 들어가면 틀림없이 앤의 소행으로 여기리라. 그러면 앤을 처형하라는 압력이 한층 거세질 것이 뻔했다.

"사람들에게 이 일을 알리면 무덤이 훼손됐다는 사실을 숨겼다는 것도 들통나겠지? 그럼 호되게 혼날 것 아닌가."

"그, 그야 들키지 않고 넘어갈 수 있다면 감사하긴 합니다만……."

"이렇게 마을 외곽까지 따라온 것도, 은밀히 털어놓고 싶었기 때문이겠지?"

자인이 의심 어린 눈빛을 로젠에게 던졌다. 조건이 너무 좋아서 오히려 신중해진 것이리라.

로젠은 아무 말 없이 대답을 기다렸다.

이윽고 자인이 고개를 한 번 끄덕했다.

<h1 style="text-align:center">앤(3)</h1>

어머니가 죽은 후, 몇 차례 말썽을 빚은 끝에 앤은 교회에 맡겨졌다.

앤은 교회에서 그저 하루하루를 보냈다.

아침에 일어나 물을 길어 오고, 교회를 청소하고, 빨래하고, 식사를 준비했다. 미사 준비를 돕고, 베날두스가 시키는 잡일도 했다.

교회에 거두어진 후로 앤은 밖을 돌아다니지 않았다. 기껏해야 교회 앞 우물에 물을 길으러 나가는 정도였다.

게다가 밤에는 방문 밖에서 빗장이 채워졌다. 마을 회의에서 그러기로 했다. 마녀 혐의가 풀릴 때까지는 자유를 제약해야 한다면서.

매일 많은 사람이 교회를 찾아왔다. 하지만 앤에게 말을 붙이는 사람은 없었다. 못 볼 걸 봤다는 듯 피하거나 노골적으로 무시하거나 둘 중 하나였다. 다만 베날두스만은 태도를 바꾸지 않았다. 앤의 눈을 보며 평온한 목소리로 말을 걸었다.

앤은 때때로 희한하다는 생각이 들었다. 왜 자신은 여기서 이러고 있는 걸까. 어머니가 없는 세상에서, 왜 자신만 살아남아 이러고 있는 걸까. 하지만 그 의문에 대답해 주는 사람은 없었고, 스스로 답을 찾아낼 기력도 없었다.

어느 날 해 질 녘, 갈가드가 교회로 뛰어들었다. 베날두스에게 사법관 부부의 죽음을 알리러 온 것이다. 앤은 마침 저녁 식사로 먹을 렌즈콩을 끓이는 중이었다.

어머니에게 유죄를 선고한 사법관이 죽었다. 하지만 그 소식을 들어도 감정에는 아무런 변화도 없었다. 꼴좋다고 기뻐하지도, 당연한 응보라고 통쾌해하지도 않았다. 가슴속은 여전히 텅 빈 상태였다.

그다음 날 저녁 식사 때 코펠 영감이 무슨 예언을 했는지 베날두스가 가르쳐 줬다.

앤은 깨달았다.

'분명 어머니와 같은 꼴을 당하겠지.'

당장 마을을 떠나기로 마음먹었다.

누명을 쓴 것도 모자라 처형당하다니 말도 안 된다. 그렇게 되기 전에 마을에서 도망치자.

하지만 약간 망설여지기도 했다.

왜 자신이 떠나야 하는가. 마녀가 아닌 보통 사람이 어째서 도망쳐야 하는가.

그렇다, 난 마녀가 아니다.

그렇다면 '징표'는 나타날 리가 없지 않겠는가.

다음 날 아침, 우물에 물을 길으러 갔다가 분위기가 이상하다는 걸 눈치챘다. 자신에게 쏟아지는 시선에 적의가 가득했다. 조금이라도 틈을 보이면 덤벼들어 때릴 것 같은. 그것도 모자라 죽여 버릴 것 같은 분위기였다.

지금까지 차가운 시선을 숱하게 받아 왔지만, 이렇게까지 노골적인 적의에 노출된 적은 처음이었다. 앤은 움츠러드는 다리를 간신히 움직여서 우물로 향했다. 떨리는 손으로 물통에 물을 담고 몸을 돌렸다.

바로 눈앞에 있는 교회로 돌아가는 길이 너무나 길게 느껴졌다. 찌르는 듯한 시선. 혀 차는 소리. 수군거리는 소리. 그것들은 가차 없이 앤을 괴롭히고 마음을 갉아먹었다.

스스로를 타이르듯 앤은 중얼거렸다.

"빨리 일을 끝내야 해."

교회 청소, 사제의 방 정리, 그다음은 식사 준비. 그리고 그다음은…… 또 해야 할 일이 뭐였더라.

어느덧 앤은 울고 있었다. 어머니가 불타 죽은 후에도 끝내

흘리지 않았던 눈물이 뺨을 타고 흘러내렸다.

왜 눈물이 나는지는 모르겠지만, 끊임없이 계속 눈물이 솟아올랐다.

그로부터 사흘 후, 갈가드의 시체가 발견됐다.

신속하게 고발이 이루어져 앤은 체포됐다.

리리(3)

"이제 확실해졌네요. 앤은 역시 마녀입니다."

불만 가득한 어조로 아벨이 말을 툭 내뱉었다. 코펠의 이야기를 듣기 위해 관리인용 오두막에서 돌아가는 길이었다.

리리는 슬며시 청년을 살폈다.

이미 안색은 원래대로 돌아왔다. 몸 상태도 문제없는 듯했고, 오히려 너무 수다스러울 정도로 말이 많았다. 주위에 걱정을 끼치지 않으려고 허세를 부리는 걸까, 아니면 숨기는 일이 있어서 말수가 많아진 걸까.

분명 후자일 것이다.

처음 만났을 때부터 아벨이 뭔가 숨기고 있다는 건 눈치챘다. 아까 관리인용 오두막에서 흐트러진 모습을 보인 것도 그 비밀과 관계가 있으리라.

로젠을 봤다. 그도 눈치챘을 테지만 지금은 캐물을 생각이 없는 듯했다. 속사정을 물어도 아벨의 입이 열리지 않을 걸 알아차리고 일단은 내버려두는 것일 테다.

그때 로젠이 걸음을 멈췄다.

"저건 뭐지?"

그쪽을 보니 연기 한 줄기가 하늘로 피어오르고 있었다. 마을 중앙 광장인 듯했다.

"아, 마침 잘됐네요."

자인이 말했다.

"분명 코펠 영감님이 왔을 겁니다."

교회 앞 광장에 높이 쌓은 짚과 장작 한복판에, 나무로 만든 거대한 원십자가 세워져 있었다. 바람이 잔잔한데도 짚과 장작에 붙은 불이 크게 타올라 검은 연기를 모락모락 토해 냈다.

열 명쯤 되는 마을 사람이 불길을 멀찍이 둘러싸고 있었다. 덴 부인과 모그도 보였다. 자세히 보니 대부분 마녀위원회 사람이었다. 그들은 모두 한 노인을 바라보고 있었다.

주름이 자글자글한 얼굴에, 길게 기른 흰 수염. 하얗게 늘어진 눈썹에 움푹 들어간 눈. 리리보다 약간 큰 몸은 헐렁한 겉옷으로 감쌌다.

뒤에서 뚜둑, 하고 메마른 소리가 났다. 베날두스였다. 여전히 부드러운 미소를 머금은 얼굴이었다.

"교회 앞에서 주술을 사용하다니 참 난감하네요."

"저 노인이 코펠 옹?"

"네. 오늘 아침에 '재 숨기기' 주술이 발견된 일로 몇몇이 상담하러 갔습니다."

"신부님에게는 안 오는군요."

"아쉽지만 그것도 신의 뜻이겠죠."

마을 사람들이 지켜보는 가운데, 코펠이 불 앞에서 뭔가 중얼중얼 외웠다. 아무래도 시편에서 인용한 문구인 듯했다.

그러다 갑자기 목소리가 달라졌다. 귀에 쏙 들어오는 엄숙한 목소리가 광장에 울려 퍼졌다.

한 쌍의 잠, 평온할지어다

거인의 가슴에, 내리꽂힌 한 자루의 검

끓어오른 핏물이, 비 되어 쏟아지면

한여름 태양에 말라, 먼지가 되리라

지나온 곳은 동방, 현자의 눈

반달이 처마에 걸리고, 답을 구하니

밤마다 무덤에서 울려 퍼지는, 원한의 목소리

모두 함께 레기온Legion. 고대 로마군의 가장 큰 편제 단위, 포로의 치욕에

정화의 불길이여, 손안에 승리를

아베 마리아, 아베 마리아

부활의 날은, 곧 다가오리

운율을 맞추지 않은 것으로 보건대 아무래도 자유시인 듯했다. 시를 다 읊은 후 코펠은 소맷자락에 손을 넣어 큼지막한 대롱을 꺼냈다. 코펠은 대롱을 입에 대고 숨을 크게 불어넣었다.

불길이 확 커졌다. 불똥이 튀고, 지푸라기와 재가 날아올랐다. 노인은 불길 주위를 천천히 돌면서 계속 바람을 보냈다. 매캐한 연기가 주변 사람들에게로 흘러갔지만, 다들 연기를 피하기는커녕 오히려 덮어쓰려고 하는 것처럼 보였다.

노인이 한 바퀴 돌고 나자, 흩날린 재와 지푸라기로 불길 주변에 일그러진 원이 만들어졌다. 코펠은 주변 사람들에게 시선을 주며 고개를 한 번 끄덕였다. 그것이 끝났다는 신호인지 검댕이 묻어 얼굴이 까매진 마을 사람들이 불에 다가가 준비해 둔 물통을 들어 물을 끼얹었다. 말을 꺼내는 사람은 아무도 없었다.

"코펠 옹이시죠?"

로젠이 말을 붙이자, 노인은 일행을 둘러보고 고개를 끄덕였다.

"자네 이야기는 촌장한테 들었네. 내게 이야기를 듣고 싶은 거겠지? 서서 이야기하기도 뭐하니, 내 집으로 가지 않겠나."

코펠의 거처는 마을 안쪽에 우뚝 솟은 벼랑을 조금 올라간 곳에 있었다. 제법 경사가 급했지만 익숙해서 그런지, 노인은 흐트러짐 없는 모습으로 걸음을 옮겼다. 조금이라도 늑장을 부리면 바로 뒤처질 것 같아서 리리는 몇 번이나 발걸음을 재촉해야 했다.

자인과는 광장에서 헤어졌다. 이미 관리인용 오두막은 안내를 마쳤고, 평지에서도 자주 넘어지던 그가 이런 비탈을 오르기는 힘들 것이다.

잠시 후 도착한 길 끝, 살짝 트인 평평한 공터에 집이 한 채 있었다. 신탁사라기에 색다른 집에 살지 않을까 상상했는데, 다른 집들과 다를 바 없는 목조 건물이었다. 다만 벼랑에 만들어진 새 둥지를 연상시키는 그 집은 전망이 좋아서 마을 전체가 한눈에 들어왔다.

집 안은 잡다한 물건들로 넘쳐 났다. 전부 다 주술 도구일 게 분명한 동물의 뿔과 뼈, 들풀, 말린 벌레가 든 병, 형형색색의 광석, 여러 개의 저울, 약절구, 별자리 그림, 단도 등등이 벽 앞 선반이나 작은 탁자에 아무렇게나 놓여 있었다. 자세히 보니 그런 물건들 하나하나에 원십자가 작게 새겨져 있었다.

화로 옆에는 안쪽으로 통하는 문이 있었다. 침실인 것 같았다. 이 방에는 서적류가 보이지 않으니까 저기에 보관해 뒀는지도 몰랐다.

방 중앙에 깔린 너덜너덜한 돗자리 한가운데는 풀이 여러 더미 쌓여 있었다. 코펠은 풀 더미를 피해서 편히 앉았다. 세 사람도 그 맞은편에 앉았다.

"다시 인사하지. 반갑군. 잘 오셨네."

그렇게 말하고 코펠은 호탕하게 웃었다. 오래된 나무껍질 같은 피부에 주름을 잔뜩 잡으며 웃는 그 얼굴은 언뜻 보기에 인자한 노인 그 자체였지만, 눈에서는 날카로운 빛이 뿜어져 나와서 마음을 놓을 수 없었다.

"그런데 뭘 듣고 싶은 건가?"

"아까 그건 뭐였습니까?"

"아아, 그건 그냥 주술일세."

마을 사람들에게 상담을 받고 정화 주술을 시행했다며 코펠이 설명했다. 방법은 간단했다. 성 메니니누무스의 상징인 원 십자를 불태워 연기와 재를 흩뿌리면 주변이 정화된다고 했다. 과연 확실히 아까 봤던 광경 그대로였다.

"'재 숨기기' 주술을 사용한 흔적이 갑자기 나타나서 다들 불안감에 빠졌지. 부디 정화해 달라고 부탁하더군."

"갈가드 씨 오두막의 원십자도."

"마을 사람들 부탁으로 내가 한 걸세."

이어서 로젠은 오늘 아침 발견된 '재 숨기기' 주술에 대한 견해를 요청했다.

"나도 모르겠네."

코펠은 그렇게 대답한 후, 돗자리 위의 풀을 집어 코에 갖다 대고 풀 냄새를 즐기듯 숨을 크게 들이마셨다.

"베날두스 신부님 말씀으로는, 반원을 그려서는 '재 숨기기' 주술의 효과를 얻을 수 없다고 하던데요."

로젠의 말에 코펠은 고개를 크게 끄덕였다.

"아아, 그 말이 맞네. 주술은, 그리고 마술 의식도 빠짐없이 완결시키는 게 중요해. 절차를 틀리면 전부 헛수고로 끝나지. 절차를 따지지 않고 힘을 발휘하는 건 오직 신의 기적밖에 없다네."

코펠의 설명이 이어졌다.

이 세상 모든 일은 조응 관계에 있다. 그리고 그러한 관계를 이용해 영향력을 행사하는 기술이 마술이다. 그렇기에 다른 부분에서 쓸데없는 영향력이 섞여 들지 않도록 절차를 엄밀하게 지켜야 한다.

집을 짓는 것과 똑같다고 할 수 있다. 기둥을 세우기 전에 지붕을 얹을 수 없듯이, 정해진 절차를 따르지 않으면, 아무리 시간을 들여도 마술은 완성되지 않는다.

"그렇군요. 이해했습니다. 그렇다면 반원 모양으로 만든 이유는 뭘지 짐작이 가십니까?"

"짐작 가는 점이 없지는 않지."

코펠은 씩 웃고 나서 시를 줄줄 읊조렸다. 광장에서 들었던 그 시다.

"성 메니니누무스의 전승은 이미 들었겠지? 그 위대한 성인이 위기에 빠진 성모 마리아를 구했을 때 남긴 시가 바로 이 시라네. 마을 사람이라면 누구나 읊을 수 있어."

"그게 어쨌는데요?"

"모르겠나? 여기에 분명히 반원, 즉 반달이 나오지 않는가."

아, 하고 로젠이 목소리를 높였다.

분명 시에 '반달'이 등장했다. '처마에 걸리고'라는 시구도 생각하기에 따라서는 집 앞에 재가 쌓여 있던 모습과 겹쳤다.

"그 시와 관계가 있다고요?"

"글쎄, 그럴 가능성도 있다는 거지."

잠깐 생각에 잠긴 후, 로젠은 다음 질문으로 넘어갔다.

"마을 사람들은 양이 벌인 일이라고 하던데, 어떻게 생각하십니까?"

"그 아이는 구금된 상태니까 아니겠지."

로젠이 이맛살을 찌푸렸다.

"그걸 마을 사람들에게 설명하지는 않으시고요?"

"다들 그 정도는 알아. 지금은 마음의 정리가 안 돼서 그러는 것뿐이겠지."

"당신이 설명하면 다소는 진정하지 않겠습니까?"

“설명해서 뭣 하겠나. 마녀 말고 도둑까지 있다고 하면 혼란만 더 심해질 거야. 무엇보다 도둑이 있다고 해도, 그 아이가 마녀라는 사실은 변함없네. 그리고 마녀는 도둑과 비교도 안 될 만큼 중죄인이야. 도둑을 잡아내려고 애쓸 시간이 있다면 마녀 심문에 할애하는 편이 훨씬 유익하지 않겠나?”

아벨이 고개를 끄덕끄덕했다. 그에게 차가운 눈빛을 던지며 로젠은 질문을 바꿨다.

“그 마녀에 대해 여쭙고 싶은데요. 당신이 ‘징표’가 나타날 거라고 예언하셨죠.”

“그렇다네. 그리고 실제로 갈가드가 죽고 말았지.”

“그런데 ‘징표’는 뭘 가리키는 겁니까? 갈가드 씨의 죽음? 아니면 가슴에 남은 화상 자국?”

“모르겠군. 하지만 어느 쪽이든 마찬가지 아니겠나?”

“예언한 건 당신이잖습니까.”

“잘 듣게, 젊은이.” 타이르는 듯한 말투였다. “예언은 천상에서 내려 주시는 말씀을 받아서 하는 것일세. 그건 나 자신의 말이 아니야.”

코펠이 돗자리 위의 풀을 움켜쥐었다.

“여기 있는 풀은 천상으로 통하는 길을 열어 주는, 이를테면 영약이지. 예언할 때 나는 그날그날에 맞춰 이 풀들의 냄새를 들이마시고 명상한다네. 그러면 나 자신이 텅 비고 천상에서 말씀을 내려 주시지. 나는 그저 그 말씀을 전할 뿐일세. 나머지는 들은 자가 해석하기에 달렸지."

"그렇다면 갈가드 씨의 죽음 말고 다른 뭔가가 '징표'일 가능성도 있지 않겠습니까?"

"예언을 내리자마자 갈가드는 죽었네. 그것이 '징표'가 아니고 뭐겠나?"

"당신의 예언에는 진실이 담겨 있습니까?"

그 말에 리리는 무심코 로젠의 얼굴을 쳐다봤다. 지금까지와는 다르게 도발하는 듯한 어감이었기 때문이다.

동요하는 기색 하나 없이 코펠이 대답했다.

"물론이지. 천상에서 내려 주신 말씀이니까."

"천상에서 내려 주신 말씀이라고요?"

"의심스럽나?"

"어쩌면 천상의 목소리가 아니라 악마의 속삭임일지도 모릅니다."

뒤늦게나마 리리는 이해했다. 로젠은 지금 정보를 모으려는 것이 아니다. '징표'가 나타날 것이라는 예언을 철회시키려는 속셈이다.

앤이 마녀로 간주된 건 코펠의 예언이 있었기 때문이다. 물론 예언이 없었어도 고발당했을 가능성이 높지만, 예언이 큰 계기로 작용한 것만큼은 틀림없다. 예언을 철회시킬 수 있다면, 상황이 다소는 호전될지도 몰랐다.

실제로 예언의 신빙성에는 물음표가 붙었다. 그가 영약이라고 부르는 이 풀들은 분명 일종의 마약이리라. 예언은 마약을 흡입하고 들은 환청일 가능성이 높았다.

코펠이 코웃음을 쳤다.

"말씀을 내려 주시는 분은 성 메니니누무스시네."

코펠의 두 눈에 황홀한 빛이 서렸다.

"성 메니니누무스께서 강림하시는 거야. 명상하는 내 눈앞에 말이지. 후광이 빛나는 그 모습은 참으로 고귀해서 뵙기만 해도 눈물이 멈추질 않아. 자네도 체험하면 알 걸세. 그분의 말씀에 어찌 잘못이 있겠는가."

코펠은 걸걸한 목소리로 말을 술술 이었다.

성 메니니누무스는 치유의 힘이 있는 위대한 성인이다. 지금까지 마을 사람뿐만 아니라, 그 소문을 듣고 찾아온 병자나 부상자를 수없이 구했다. 성 메니니누무스 조각상에 기도를 올리고 이 마을의 물로 거듭 목욕함으로써, 모두 치유의 은혜를 받았다.

노인의 이야기를 들으며 리리는 이해했다.

어째서 이 마을 사람들은 성 메니니누무스를 절대적으로 믿고 따르는가.

그 신앙이 오랜 세월 동안 강화됐기 때문이다.

처음에는 아주 소박한 수호성인 신앙이었으리라. 그런데 소문을 듣고 마을을 찾은 병자 중 일부가 치유되자 분위기가 바뀌었다.

치유된 사람 중 몇 명이 수호성인의 은혜를 받았는지는 확실치 않았다. 자연 치유된 사례도 많았을 것이다. 어쨌거나 이 마을에서는 병자나 부상자를 홀대하지 않았다. 그 환경이 당연히 병증과 상처에 좋은 영향을 주었으리라. 날마다 목욕한 것도 마찬가지로 도움이 되었을 테다.

반대로 전혀 은혜를 받지 못한 사람도 적지 않았을 것이다. 아무리 기도해도 낫지 않는 병은 낫지 않는다. 그건 어쩔 수 없는 일이다.

하지만 사람은 자신이 보고 싶은 것만 봤다.

치유된 사례는 기적이라고 믿고, 아무 효과도 없었던 사례는 예외로 치부하거나 수호성인을 믿는 마음이 부족했다 등의 이유를 대서 제외했다. 그리하여 성 메니니누무스의 위광은 점점 커졌다.

"이 마을에서는 젖먹이도 아니까요."

관리인용 오두막에서 자인이 한 말은 어떤 의미에서 진실이었다.

이 마을에서는 누구나 어린 시절부터 원십자에 둘러싸여 지냈고, 수호성인의 은혜에 대해 귀에 딱지가 앉을 만큼 많이 들었으리라. 그렇게 해서 수호성인이 얼마나 절대적 존재인지 무의식에 새겨졌다. 그건 어떤 의미에서 장기간에 걸쳐 실시되는 세뇌라고 할 수 있겠다.

이리하여 신앙은 강화되고, 성 메니니누무스는 마을 사람들 머리 위에 군림하게 됐다. 마치 신과 같이.

체념한 것과 비슷한 기분으로 리리는 고개를 살짝 저었다.

'신을 믿어 봤자, 좋은 일은 하나도 없는데.'

로젠이 헛기침을 했다.

"그 수호성인이 지키는 이 마을에 어   서 마녀가 나타난 겁니까?"

노인의 눈썹이 꿈틀 올라갔다.

"수호성인이 지켜 주지 않은 겁니까?"

"무슨 말이 하고 싶은 건가?"

"당신 앞에 나타나는 존재는 정말로 이 마을의 수호성인이었습니까? 악마 또한 성인의 모습을 빌려서 사람 앞에 나타나기도 합니다."

"허튼소리를."

혐오스럽다는 듯 인상을 찡그리며 코펠이 말을 내뱉었다.

"그딴 소리를 하는 건 겪어 보지 않았기 때문일세. 지고, 지복, 법열, 그 어떤 말로 꾸며도 그 체험을 표현하기엔 모자라지. 그건 틀림없이 성 메니니누무스의 힘에서 비롯된 체험일세."

"증명하실 수 있습니까?"

코펠은 바쁘게 풀을 긁어모으더니 단숨에 코에 갖다 댔다. 노인의 눈이 홱 뒤집히고, 실내에 거친 숨소리가 울려 퍼졌다.

그러다가 갑자기 코펠이 일어섰다. 놀란 일행을 거들떠보지도 않고 벽 앞 선반에서 몇 가지 물건을 골라내더니, 그중 하나를 아무렇게나 세 사람 앞에 내던졌다.

짚을 엮어서 만든 원십자였다. 솜씨가 형편없어서 어기저기 해진 곳이 보였다.

다시 돗자리에 앉은 코펠이 느닷없이 오른팔을 쳐들었다. 손에는 흑요석을 깎아서 만든 날카로운 단도를 쥐고 있었다.

"헉."

한심한 목소리가 들리고 이어 허둥대는 발소리가 울렸다. 아벨이었다. 리리와 로젠이 반응했을 때 그의 모습은 이미 보이지 않았고, 밖으로 활짝 열린 문이 흔들리고 있을 뿐이었다.

"소문보다 더한 겁쟁이로군."

껄껄대는 웃음소리와 함께 풀 더미에 단도가 꽂혔다. 풀의 일부가 싹둑 잘리자 달콤한 향기가 희미하게 퍼졌다. 코펠은 그중 한 다발을 움켜쥐고 끝부분을 코에 갖다 댔다.

그 순간 코펠은 어깨를 떨며 눈을 뒤집었다. 마치 발작을 일으키는 것처럼 당장이라도 그 자리에서 뒹굴 듯이 점점 더 심하게 몸을 떨었다. 잠시 후 입을 크게 벌리고 침을 튀기며 굵은 목소리로 말했다.

눈이 가려진 어리석은 자는 이윽고

자신의 잘못을 깨달으리라

가거라 가거라 악마여 속히 떠나거라

울부짖고 소리쳐도 때는 이미 늦으리

갑자기 떨림이 뚝 멎었다. 손은 축 늘어지고 입은 반쯤 벌린 상태였다. 하지만 눈은 원래대로 돌아와서 두 사람에게 초점이 분명치 않은 시선을 보냈다.

코펠의 입에서 으르렁거리는 듯한 목소리가 새어 나왔다.

"이만 가게. 더는 할 말이 없네."

마을로 돌아오자 외팔이 일꾼 튀크스가 기다리고 있었다. 그의 주인이 부른다고 했다.

"이야, 마을에서 재미있는 일이 있었다면서요?"

영주 관저에 도착하자마자 기다리고 있던 란드센이 즐거운 듯 손을 흔들었다. 오늘은 파란색 코트에 헐렁한 바지 차림이었다.

"실은 이쪽에서도 흥미로운 걸 하나 발견했거든요."

그것은 관저 옆쪽에 있었다. 외벽 한구석에 작은 삼각형 모양으로 쌓은 돌무더기 한가운데 가느다란 나뭇가지를 세워 놓았다. 아까 추태를 보인 걸 만회라도 하겠다는 듯 아벨이 입을 열었다.

"'사람 내치기' 주술이네요."

사라지길 바라는 상대가 있는 집에 이 오브제를 놓아두는, 누구나 다 아는 아주 간단한 주술이었다.

로젠 일행이 마을로 니기고 얼마 지나지 않아 일꾼 중 한 녕이 발견한 모양이었다. 언제 설치된 건지는 분명하지 않지만, 적어도 어제 낮에는 없었다고 이야기했다.

분명 목표물은 앤이리라. 심문에 좀처럼 진전이 없자 화가 나서, 또는 마녀가 같은 마을에 있다는 상황을 견딜 수 없어서 등등, 동기는 얼마든지 추측할 수 있었다.

"후후, 이거 아무래도 빨리 해결해야 할 것 같군요." 란드센이 말했다.

"어, 그게 무슨 말씀이십니까?"

아벨이 고개를 갸우뚱하자 영주가 설명했다.

마녀재판은 일찍이 교황청에서 적극적으로 추진했다. 그러다 시대가 흐르면서 마녀라는 존재가 널리 자리 잡자 민중도 주체적으로 관여하게 됐다.

누군가 마녀로 고발되면 마녀위원회를 설치하고, 증언 수집이나 재판 비용에 대해 합의했다. 더 나아가 다른 마녀가 없는

지 독자적으로 조사하기도 했다. 너무 지나치게 행동할 때도 많아서 영주가 그들의 폭주를 나무라기도 했다.

하지만 그런다고 그들이 자제하는 경우는 거의 없었다. 오히려 말귀를 못 알아먹는 영주에게 화가 나서 폭동이 발생하기도 했다.

"사람들은 빠르게 결론을 내고 싶어 하는 법이죠. 지금이야 '사람 내치기' 주술 정도로 끝났지만, 언제 폭동으로 발전할지 모른다, 뭐 그런 이야기입니다."

그렇게 말을 끝내고 영주는 무척이나 즐거운 듯 하얀 이를 드러냈다.

점심을 먹고 방으로 돌아오자마자 리리는 아무 말도 없이 침대에 풀썩 누웠다. "으으." 평소 같지 않은 목소리가 새어 나왔다. 수납함에 걸터앉은 로젠도 몹시 지친 듯했다.

무리도 아니었다. 이리저리 상황을 살피던 어제와 달리, 오늘은 너무 많은 일이 있었다. 넘쳐 나는 정보를 머리가 따라가지 못했다.

하지만 우는소리를 할 여유는 없었다. 두 사람은 지금까지 얻은 정보를 돌이켜 봤다.

우선 어젯밤, 집 열 채에 '재 숨기기' 주술이 사용됐다. 아무래도 도둑질을 숨기기 위해서 그런 것으로 추정됐다. 다만 어째선지 재를 반원 모양으로 쌓아서 본래의 효과를 발휘할 수 없는 상태였다.

비슷한 시간대에 영주 관저에 '사람 내치기' 주술이 사용됐다. 이 주술의 목표물은 분명 앤이리라. 두 가지 주술을 동일 인물이 사용했는지는 아직 확실치 않았다.

이어서 갈가드가 급사한 현장인 관리인용 오두막을 조사한 결과.

오두막 문에는 보호 주술을 사용한 흔적이 없었다. 이로써 갈가드가 실제로 보호 주술을 사용하지 않았다는 사실이 확정됐다.

마지막으로 자인의 증언.

그가 묘지에서 앤을 목격한 날 밤, 마을 공동묘지에서 무덤 하나가 훼손됐다. 손톱과 머리카락이 일부 사라졌으니 사람의 짓인 건 분명하다. 하지만 마을과 묘지를 연결하는 유일한 통로인 도개교를 둘러싼 정황상, 마을 사람이 그러기는 불가능했다. 그렇다면 누가 무덤을 훼손한 걸까.

이 일은 자인이 지어낸 이야기가 아닐까 의심스럽기도 했다. 평소 행실이 불량한 만큼 로젠 일행을 골탕 먹이려고 그랬을지도 모른다. 하지만 그럴 가능성은 없을 것이라고 두 사람은 결론을 내렸다.

자인은 '혼나는 게 싫어서 그동안 숨기고 있었다'고 말했다.

그런데 자신에게 불리한 요소를 지어낸 이야기에 굳이 포함할 필요가 있겠는가? 그저 골탕 먹이고 싶었다면, 더 단순한 이야기를 만들 수도 있었을 것이다.

리리는 한숨을 쉬었다.

"정보가 너무 많네요."

반나절 사이에 이러한 정보가 다 모였다니, 도저히 믿기지 않았다.

"그러게나 말이다."

로젠도 진이 빠진 얼굴로 고개를 끄덕였다.

"한꺼번에 모든 걸 해결하려 들면 혼란스러울 뿐이야. 우선 쓸모 있을 것 같은 정보를 골라내자꾸나."

그렇게 말하고 로젠이 주목한 정보는 '재 숨기기'였다.

"정황상 '재 숨기기' 주술을 사용한 건 도둑이야. 그자를 붙잡으면 도둑질에 관해서는 앤 양이 무고하다는 걸 밝힐 수 있겠지."

"그런다고 앤 씨에게 도움이 될까요?"

앤은 '마술을 사용해 갈가드를 살해한 혐의'로 고발당했다. 부차적인 부분에서 아무리 무죄를 얻어 낸들 고발당한 사항에 대해 논박하지 못한다면 아무 의미도 없지 않을까.

"무슨 뜻인지는 알아. 하지만 설령 사소한 부분이더라도 무죄를 얻어 낸다면 재판의 향방에 다소는 영향을 주지 않을까.

게다가 생각의 실마리가 될 만한 점도 있어.”

로젠은 의문점을 두 가지 들었다.

재를 왜 반원 모양으로 쌓았는가.

그리고 범인은 왜 위험을 무릅쓰면서까지 ‘재 숨기기’ 주술을 사용했을까.

“두 번째 의문에 대해서는 나름대로 해석할 수 있지.”

바로 성 메니니누무스를 압도적으로 신뢰했기 때문이다.

이 마을에서 성 메니니누무스는 절대적인 신앙의 대상이다. 일용품에 원십자를 넣고, 불안한 일이 생기면 원십자를 태운 재로 정화 의식을 치렀다. 그런 일에 누구도 의문을 품지 않고, 오히려 기꺼이 가호를 받으려 했다.

그래서 설령 자신의 존재가 드러나더라도 수호성인의 가호에 매달리면 괜찮을 거란 생각으로 도둑은 ‘재 숨기기’ 주술을 사용했던 것이다.

앞뒤는 맞았다. 하지만 거기까지였다. 그러한 전제 아래 둘이 이것저것 검토해 봤지만, 별다른 진전은 없었고 시간만 허무하게 흘러갔다.

“제 생각에는요.” 리리는 몸을 일으켰다. “역시 갈가드 씨의 무덤을 조사해야 하지 않을까요? 아무래도 가슴에 남은 화상 자국이 신경 쓰여요.”

앤은 마녀가 아니라는 것이 두 사람의 전제였다.

그렇다면 당연히 갈가드의 가슴에 남은 화상 자국이 문제가
되었다.

우연히 남은 게 아니라면, 누군가가 남긴 셈이었다.

그렇다면 그 또는 그녀는 왜 그런 짓을 했던 걸까.

갈가드를 죽인 후, 마녀의 소행으로 위장하려 했다. 그것이
가장 자연스럽게 도출되는 답 아닐까.

만약 그렇다면 갈가드에게는 타살의 흔적이 있었을 것이다.
'마술을 사용한 흔적'이 아니라, 실제로 손을 쓴 흔적이. 란드
센을 비롯한 사람들은 외상이 없었다고 했지만, 얼마나 자세히
조사했을지는 알 수 없었다. 머리카락에 가려진 부분을 때리거
나, 목뼈를 부러뜨리거나, 또는 독살하거나. 흔적이 눈에 띄지
않도록 죽이는 방법은 얼마든지 있었다.

아무튼 그 흔적만 찾아낸다면 마녀의 소행이 아니라는 사실
이 증명되리라.

리리가 그 가설을 꺼내자 로젠은 고개를 저었다. 그 가설은
이미 란드센에게 논파됐다고 했다.

"하, 하지만 뭔가 다른 단서가 발견될지도 모르잖아요."

"나도 많이 생각해 봤어. 그래서 알지. 가령 타살의 흔적이
남아 있더라도, 아쉽지만 앤 양의 무죄가 증명되지는 않아."

"어째서요?"

"타살의 흔적이 있다는 건 어디까지나 갈가드 씨를 마술로

죽이지 않았다는 의미일 뿐이야. 그러니 이렇게 말하면 그만이겠지. 앤 양이 마술을 쓰지 않고 직접 갈가드 씨를 죽였다고. 마녀는 마술을 쓸 수 있지만, 그렇다고 꼭 마술을 사용해 사람을 죽여야 한다는 법은 없으니까."

리리는 천장을 올려다보았다.

아무래도 자기가 생각했던 것보다 훨씬 꽉 막힌 상황인 듯했다. 어떻게 하면 좋을지 머리를 굴려 봤지만 그렇게 쉽게 대안이 떠오를 리 없었다.

"분명 괜찮을 거예요!"

어제 앤에게 건넨 말이 떠올랐다. 그때는 진심으로 그렇게 생각했다. 분명 그녀를 도울 수 있으리라고. 하지만 너무 낙관적이었던 모양이다. 일을 너무 만만하게 봤던 자기 자신에게 화가 났다.

어느덧 리리는 로젠에게 울분을 토해 내고 있었다.

"그럼 아무리 발버둥 쳐도 무죄 증명은 불가능하잖아요."

스스로도 놀랄 만큼 가시 돋친 말투였다.

"앤 씨를 돕는다는 건 꿈처럼 허황된 일이라는 말 아닌가요?"

"미안하구나."

리리와는 대조적으로 로젠의 목소리는 차분했다.

"나도 어떻게든 하고 싶단다. 하지만 안타깝게도 지금으로서는 갈피를 잡을 수가 없구나. 돕고 싶은데 도울 수가 없어. 정말 답답해.”

그 말에 리리는 정신을 차렸다. 자신이 어린아이같이 투정을 부리고 있다는 걸 깨닫고, 부끄러워서 고개를 숙였다.

어색한 침묵이 흘렀다. 로젠은 아까까지와는 달리 한 마디도 말을 꺼내지 않았다. 견딜 수 없어서 리리는 나지막하게 중얼거렸다.

“그…… 미안해요. 괜히 화풀이를 했네요. 로젠이 잘못한 것도 아닌데.”

대답은 없었다. 대신에 덜커덕, 하고 거친 소리가 방에 울려 퍼졌다. 수납함에 앉아 있던 로젠이 벌떡 일어섰다.

“왜, 왜 그래요?”

리리가 눈을 동그랗게 뜨고 물었지만 전혀 귀에 들어오지 않는 듯했다. 로젠은 중얼중얼 혼잣말하며 방을 돌아다니다가 갑자기 위를 올려다봤다.

“‘페티테, 에트 다비투르 보비스(Petite, et dabitur vobis. 구하라, 그리하면 너희에게 주실 것이요)’인가.”

리리는 침대에서 뛰어내렸다.

“뭔가 알아냈군요!”

기대를 담은 시선 끝에서 로젠은 힘 있게 고개를 끄덕였다.

베날두스

언제 처음으로 관절에서 소리가 났는지는 기억나지 않았다. 어쩌면 어머니 배 속에 있을 때부터 메마른 소리가 났을지도 몰랐다.

천지를 분간할 무렵부터 베날두스는 관절 소리와 함께했다.

아버지는 직공 조합의 조합장이었다. 살림에 다소나마 여유가 있었기에, 베날두스는 때때로 저명한 의사나 주술사에게 치료받을 수 있었다.

하지만 결과는 좋지 않았다. 무슨 치료를 해도 증상은 개선되지 않았다. 이제는 신에게 매달릴 수밖에 없다고 생각했는지 아버지는 베날두스를 수도원으로 보냈다.

안타깝게도 거기서도 개선될 조짐은 보이지 않았다. 다행히 악화되지도 않았다. 수도원에 들어가서 그런 건지 그저 병세가 멈춘 건지는 모르겠지만, 베날두스는 남들 몰래 안도의 한숨을 내쉬었다.

10년 후, 그는 같은 도시에 있는 작은 교회의 신부가 됐다. 미사 내내 관절에서 소리를 내는 그의 모습에 신도들은 웃음을 참거나 싸늘한 시선을 보냈다.

어느 날, 베날두스는 처음으로 장례식에 입회했다.

불안이 끊이지 않았다. 툭하면 관절에서 소리가 나는 사람이 엄숙한 장례식에 있어도 되는 걸까. 고인의 영면을 방해하는 건 아닐까. 그런 걱정이 머릿속을 맴돌아서 장례식을 치르는 집에 도착하기까지 세 번이나 길을 잘못 들었다.

베날두스가 도착하자 이미 입관은 끝난 뒤였다. 기본적으로 입관은 가족이 할 일이라 신부가 입회하는 경우는 드물었다. 숨 돌릴 틈도 없이 수많은 유족이 지켜보는 관 앞에서 베날두스는 성서를 펼쳤다.

신기하게도 성서를 낭독하는 동안, 관절에서는 아무 소리도 나지 않았다. 그다지 몸을 움직일 필요가 없었기 때문인지도 모른다. 어느새 그는 자기 할 일에 집중했다.

조금만 더 하면 기도문을 마칠 수 있겠다 싶었을 때, 사건이 일어났다.

뚜둑.

오열하는 소리와 흐느끼는 소리가 들리는 가운데, 관절에서 소리가 났다.

말문이 턱 막혔다. 하지만 여기서 기도를 멈출 수는 없다. 입을 열었다. 뚜둑. 또 관절에서 소리가 났다.

그 후로도 입을 열 때마다 관절 소리가 방해했다. 초조해하면 할수록 관절 소리가 높게 울려서 마치 작은 고적대라도 찾아온 것 같았다.

주위에서 숨죽여 웃는 소리가 들렸다. 지금까지의 엄숙한 분위기가 싹 바뀌어서 장례식은 우스꽝스럽기만 한 희극으로 변했다.

부끄러워서 어쩔 줄 모르던 베날두스는 깨달았다.

할 일을 다하고자 아무리 노력해도 관절 소리 한 번에 전부 물거품이 되다니, 나는 관절 소리보다 가볍고 얄팍한 존재다.

아니, 나 혼자만 그런 것이 아니다. 모든 인간에게 해당하는 일이다. 그렇다, 위대한 신에 비하면 인간은 관절 소리 한 번만큼의 가치도 없다.

그렇듯 얄팍한 인간이 살아가기 위해서는 그저 신에게 맹종하는 수밖에 없다. 마치 집이 강풍으로부터 지켜 주듯, 불면 날아갈 것처럼 작은 존재는 위대한 존재의 품속에서 겨우 안도의 한숨을 내쉴 수 있는 것이다.

그로부터 얼마 후, 베날두스는 이 마을에 부임했다.

걸음을 옮길 때마다 관절에서 소리가 나는데도 마을 사람들은 베날두스를 따뜻하게 받아들여 주었다. 백안시하지도, 비웃지도 않고 한식구로 대해 주었다. 성 메니니누무스의 전승 덕분이리라.

원래는 마을 사람들에게 고마워해야 할 것이다.

하지만 베날두스의 마음은 티끌만큼도 흔들리지 않았다.

위대한 신의 품속에 있는 자에게, 타인이 은혜나 다정함을 베푸는 건 사소한 일에 지나지 않는다. 그런다고 마음이 움직이는 게 이상하다고 생각했다.

그 순간 그는 깨달았다.

자신이 드디어 올바른 신앙에 도달했다는 것을.

로젠(5)

밤하늘에 걸린 달은 예쁜 반달이었다.

교회 앞 광장은 사람들로 가득했다.

중앙에 있는 전나무 아래에 간이 제단을 설치했고, 화톳불을 여러 군데 피워 놓았다. 불빛이 붉게 비치는 어둠 속에서 사람들은 숨죽인 채 제단을 바라보고 있었다. 전부 얼굴이 붉게 물들어서 마치 피로 화장한 것 같았다.

제단 앞에 란드센이 서 있었다. 붉은 바탕에 금색 자수가 들어간 엄숙한 복장으로 몸을 감싸고, 불쾌한 얼굴로 사람들을 둘러봤다. 로젠과 리리는 그 곁에 대기했고, 그 뒤에서는 아벨이 안절부절못하는 표정으로 손가락을 꼼지락거리고 있었다.

란드센이 손에 든 지팡이를 천천히 치켜들어 광장 중앙으로 던졌다. 덜그럭, 하고 건조한 소리가 들렸다.

재판을 시작한다는 신호였다.

"재판장은 나, 그리고 검찰관은 로젠이 맡는다."

화톳불이 흔들리자 마을 사람들의 눈이 번쩍번쩍 빛났다. 괴이한 분위기 속에서 영주의 낮은 목소리가 울려 퍼졌다.

"피고인 앤은 '마술로 갈가드를 살해했다'는 혐의로 고발당했지만, 그 밖에도 도둑질을 저지르고 해악을 끼치는 마술을 사용했다는 혐의를 받고 있다. 이번에는 그중 하나인 도둑질에 대해 심리하겠다."

사람들이 웅성거렸다. 무슨 일이지? 왜 도둑질에 대해 심리할 필요가 있는 거지? 아니, 애초에 피고인은 어디 있지? 재판받아야 할 앤이 없지 않은가. 화톳불에 비친 사람들의 그림자가 바쁘게 흔들렸다.

"정숙."

란드센이 버럭 소리쳤다. 로젠은 정적이 내린 광장으로 나섰다.

"어째서 도둑질에 대해 심리하느냐 하면, 실은 앤 양이 아니라 다른 사람이 도둑질했다는 사실이 판명됐기 때문입니다."

사람들이 더 크게 웅성거렸다. 무슨 말도 안 되는 소리냐며 어처구니없어하는 남자. 당혹스러워하는 표정으로 주위를 둘러보는 여자. 뜻밖의 전개에 환성을 올리는 아이들. 로젠은 손짓으로 사람들을 조용히 시키고 말을 이었다.

"물론 마녀는 벌 받아야 합니다. 하지만 누명을 쓰고 심판을 받아서는 안 되겠지요."

"그건 그렇죠." 란드센이 언짢아하는 목소리로 끼어들었다. "그런데 정말로 누명을 썼습니까?"

재판을 열기에 앞서 앞서 로젠은 란드센에게 추론한 내용을 전부 전달했다. 이제부터 뭘 하려는지도.

처음에 란드센은 로젠의 의견에 완강히 반대했다. 하지만 결국은 로젠의 뚝심에 밀리는 형태로 재판을 열기로 했다. 불쾌해 보이는 건 그 때문이었다. 그래도 재판장으로서 할 몫을 다하려는 것으로 보아 역시 도량이 있다고 해야 할 것이다.

"물론입니다."

힘 있게 고개를 끄덕이고 로젠은 논고를 시작했다.

"오늘 아침에 작은 소동이 있었습니다. 지금까지 도둑질을 당한 민가의 처마 밑에 '재 숨기기' 주술이 사용된 것입니다. 그런데 기묘하게도 어째선지 재는 반원 모양으로 쌓여 있었습니다."

다들 고개를 끄덕이는 것을 보니, 모르는 사람은 없는 듯했다. 마녀위원회가 돌아다니면서 알렸으리라.

"왜 반원 모양으로 쌓여 있었는가. 이 점은 나중에 다룰 테니 지금은 제쳐 두겠습니다. 그런데 애당초 '재 숨기기' 주술을 사용한 목적은 뭘까요? 제 생각은 이렇습니다. 도둑질한 죄를 은폐하기 위해서였다고. 그리고 재가 반원 모양이 된 건 범인도 의도치 않은 바였다고."

로젠은 사람들의 얼굴을 둘러봤다. 이의는 나오지 않았다.

"그렇다면 재를 쌓은 건 누구일까요. 앤 양의 소행이라고 하시는 분도 계십니다만, 앞서 말씀드린 대로 그건 아닙니다."

덴 부인이 몸을 움찔했다. 덴 부인은 로젠의 정면, 사람들 제일 앞쪽에 자리를 잡았다.

"'재 숨기기' 주술이 사용된 밤에 앤 양은 영주님의 관저에 구금돼 있었습니다. 제아무리 마녀라 한들 도구도 없이 마술을 사용할 수는 없는 법이지요."

그것이 마술의 원칙이라는 것쯤은 마을 사람들도 당연히 알 것이다. 이번에는 덴 부인도 반론에 나서지 않았다.

란드센이 질문을 던졌다.

"동물을 부린 것 아닐까요? 살쾡이나 쥐에게 집마다 돌아다니며 재를 쌓으라고 명령했다. 하지만 짐승은 짐승인지라 안타깝게도 주어진 명령을 착각해서 반원 모양으로 재를 쌓았다. 이것으로 전부 설명이 된다고 생각합니다만."

마녀는 악마를 통해 동물과 대화하고, 동물을 부릴 수 있다고 여겨진다.

"그럴 가능성이 전혀 없는 건 아닙니다만, 큰 문제가 있습니다. 바로 동기입니다. 만약 앤 양의 짓이었다면 왜 도둑질한 죄를 은폐하려 했을까요?"

청중의 얼굴에 의아해하는 표정이 떠올랐다. 란드센이 그들을 대변해서 대답했다.

"죄인이 죄를 숨기려 하는 게, 그렇게 이상합니까?"

"일반적으로 따지자면 타당한 판단이겠지요. 하지만 이번 일은 그렇지가 않습니다. 왜냐하면 앤 양은 '마술을 사용해 갈가드 씨를 살해했다'는 혐의로 고발당했기 때문입니다. 만약 자신의 죄를 숨기려 한다면, 도둑질한 죄보다는 일단 갈가드 씨를 살해한 죄를 숨기려 해야 이치에 맞지 않을까요?"

도둑질한 죄를 감춘다 해도 '갈가드를 살해했다'는 혐의를 벗지 않는 한, 앤은 화형을 면치 못했다.

"그런데 '재 숨기기' 주술이 사용된 곳은 도둑이 들었던 집뿐이고, 갈가드 씨가 시체로 발견된 관리인용 오두막에는 재가 쌓여 있지 않았습니다."

앤 입장에서는 제일 먼저 '재 숨기기' 주술을 사용해야 할 곳일 텐데도.

"여기서 도출되는 결론은 하나입니다. '재 숨기기' 주술을 사용한 사람은 앤 양이 아니고, 도둑은 따로 있다."

로젠은 거기서 말을 끊고 광장을 천천히 둘러봤다. 마을 사람들은 하나같이 여우에게 홀린 듯한 표정이었다.

"과연, 일리가 있군요." 란드센이 말했다. "하지만 구체적인 증거가 부족합니다. 앤이 도둑이 아니라는 증거는 없습니까?"

"그런 증거는 없습니다. 다만 도둑을 지목함으로써 제 주장을 뒷받침할 수 있지 않을까 싶습니다만."

이번에는 아무도 웅성거리지 않았다. 대신에 서로 안색을 슬쩍 살폈다.

'좋은 징조야.'

가슴이 약간 두근거리는 걸 느끼며 로젠은 냉정하게 말을 이으려고 애썼다.

"자, 여기서 주목할 점이 하나 있습니다. 임시로 이 도둑을 '그'라고 부르도록 하지요. 그는 왜 이제 와서 '재 숨기기' 주술을 사용한 걸까요? 그는 지금까지 '재 숨기기'를 하지 않았습니다. 들킬 리 없다고 대수롭지 않게 생각했겠지요. 그런데 갑자기 '재를 쌓는다'는 행동에 나섰습니다. 도대체 뭐 때문에 그는 마음을 바꾼 걸까요?"

숨을 한 번 고른 후 로젠은 답을 꺼냈다.

"'재 숨기기' 소동을 전후해서 마을에서 달라진 점은 하나뿐입니다. 마녀재판에 관여해 온 인물, 바로 제가 마을을 찾아온 거지요. 그래서 그는 마음을 바꾼 겁니다."

몇 명이 의아하다는 듯 고개를 갸웃거렸다.

"보아하니 눈치채신 분들도 계시는 것 같군요. 그렇습니다. 방금 제 말에는 이상한 점이 있어요. 제가 마을에 왔다 해도 본래는 마음을 바꿀 리가 없습니다."

순서에 따라 설명했다.

이 마을에 발을 들여놓았을 때, 촌장 모그는 로젠에게 이렇게 말했다.

"이럴 때 고명하신 학사님이 찾아오시다니, 정말 행운이로 군요!"

"그 마녀도 이걸로 끝장입니다."

"부디 마녀를 심판해 주시기 바랍니다."

로젠에게 큰 기대를 품었다는 것이 느껴졌다. 분명 마녀재판 하면 일반적으로 떠오르는, 마녀를 철저히 몰아붙이고, 피가 마를 때까지 고문하는 모습을 로젠에게 투영해서 본 것이리라. 더 나아가 마녀위원회 사람들도 모그에게 이야기를 듣고 같은 인상을 받았을 것이다. 그들의 반응을 보면 짐작이 갔다. 그리고 그 인상은 마녀위원회 사람들을 통해 다른 사람들에게 전해졌을 테고, 당연히 '재 숨기기' 주술을 사용한 범인도 알고 있었을 것이다.

그렇다면 범인은 이렇게 생각했을 것이다.

내버려둬도 앤은 마녀로 판정될 테고, 그러면 자신의 죄도 전부 앤에게 뒤집어씌울 수 있다. 그러니까 자기는 아무것도 하지 않고 기다리기만 하면 된다.

"그러나 도둑인 그는 가만히 있지 않았습니다. 오히려 자신의 죄를 은폐하려고까지 했지요. 마치 저를 경계하는 것처럼. 왜일까요? 답은 하나입니다.”

말을 끊고 다시금 생각을 정리했다.

왜 범인은 자신의 죄를 은폐하려 했을까.

로젠이 앤을 무죄로 여긴다는 걸 알고 있었기 때문이다.

앤이 무죄라는 전제로 조사를 진행하면 혐의가 뒤집힐지도 모른다. 그러면 도둑질도 필히 재조사할 수밖에 없으리라.

그래서 그는 ‘재 숨기기’ 주술을 사용하기로 결심했다. 만에 하나 앤이 무죄가 되더라도, 자신의 죄가 밝혀지지 않도록.

숨을 내쉰 후 로젠은 모호하게 말을 흐렸다.

“범인은 저를 진심으로 신뢰할 수 없었던 겁니다.”

지금은 앤의 무죄를 믿는다고 공언할 단계가 아니었다. 그랬다가는 분명 반발이 일어날 테고, 이 논고를 이어 나갈 수도 없으리라.

“그럼 그는 대체 누구일까요?”

‘재 숨기기’ 주술이 사용되기에 앞서 로젠의 속내를 알고 있었던 사람은 누구인가.

차례대로 한 명씩 이름을 열거했다.

란드센은 물론이고 아벨도 알고 있었다. 베날두스도 로젠과 대화하다가 눈치챘었다.

그리고 그곳엔 자인도 있었다. 교회에서 베날두스와 이야기

를 나눌 때, 그는 한 지붕 아래서 물을 긷거나 청소를 하는 등
봉사활동을 하고 있었다. 엿들었어도 이상하지 않았다.

이 네 명이 최소한으로 추린 용의자였다.

그들이 별생각 없이 다른 사람에게 말했을 가능성은 있으리
라. 또는 영주 관저의 일꾼이 우연히 들었을 가능성도. 하지만
그렇게 따지고 들면 한도 끝도 없었다. 무엇보다 이 네 명 중에
범인이 있다고 로젠은 확신했다. 왜냐하면……

"이 네 명 중에 재를 반원 모양으로밖에 쌓을 수 없었던 사
람이 한 명 있습니다."

로젠은 청중이 모인 재판정 한구석에 있는 작은 남자에게
시선을 던졌다.

"자인, 앞으로 나오십시오."

자인이 어깨를 움찔했다. 눈에 띄게 당황한 표정이었다. 자
인이 쭈뼛쭈뼛하며 광장 중앙으로 나오자 로젠은 나뭇가지를
하나 건넸다.

"저길 보십시오."

로젠이 가리킨 곳에는 교회가 있었다. 여러 곳에서 비치는
화톳불 불빛에 붉게 물든 모습이 어둠 속에 드러났다.

"저 교회를 땅에 그리십시오."

자인은 나뭇가지에 시선을 고정한 채 어쩔 줄 모르는 표정
으로 우두커니 서 있었다. 숨결이 거칠었다. 불빛에 비친 그 얼

굴은 이제 병자로 착각할 만큼 안색이 창백했다.

"왜 그러십니까? 빨리 그리십시오."

로젠은 덤덤한 목소리로 재촉했다. 각오를 굳힌 듯 자인이 몸을 굽혔다. 정적 속에서 모래를 긁는 소리가 유난히 크게 들렸다. 이윽고 소리가 멈췄을 때, 제일 앞줄에 있던 사람들이 술렁거렸다.

자인은 멋지게 교회를 그렸다.

오른쪽 절반만 완벽하게.

오른쪽에서 뻗은 선은 가운데에서 뚝 끊겼고, 그 너머에는 공백만 허무하게 펼쳐졌다. 우뚝 서 있을 첨탑도 포함해, 마치 교회의 왼쪽 절반이 칠흑 같은 밤에 삼켜진 것 같았다.

"어허, 정말로 이런 일이 있다니!"

술렁임이 점차 퍼져 나가는 가운데 란드센이 비로소 유쾌한 목소리로 말했다. 한편 로젠은 자신의 추론이 증명돼서 안도의 한숨을 내쉬었다.

'재 숨기기' 주술을 왜 반원 모양으로 마무리했는가.

번뜩임은 갑자기 찾아왔다.

"돕고 싶은데 도울 수가 없어."

자신의 입에서 나온 그 말이 머릿속에 한순간 머무르는가 싶더니, 다음 순간 계시를 하나 내려 주었다.

하고 싶은데 할 수가 없다.

어쩌면 도둑은 반원을 만들고 싶었던 게 아니라, 동그라미를 만들려고 했는데 반원이 돼 버린 것 아닐까. 그에게는 왼쪽에 재를 쌓을 수 없는, 무슨 사정이 있었던 게 아닐까.

그때 생각이 났다. 비탈에서 굴러떨어진 후로 자인의 행동거지에 변화가 생겼다는 것을.

광석 캐는 일을 하는 둥 마는 둥 한다.

수염과 머리를 대충 다듬고 다니는 등 몸단장이 이전보다 형편없어졌다.

짐을 나르라고 하면 절반쯤 끝내고 훌쩍 사라진다.

무덤을 파라고 하면 시신이 들어가지 않을 만큼 구덩이를 엉성하게 판다.

일부러 그러는 것처럼 툭하면 다른 사람과 부딪친다.

그리고 최근 며칠의 모습.

교회에서 로젠과 처음 마주쳤을 때, 자인은 왼쪽 어깨를 부딪쳤다.

갈가드가 생활했던 관리인용 오두막으로 가는 길에 이상하리만치 많이 넘어졌다.

그리고 오두막 벽에 왼쪽 눈을 부딪쳤다.

사람들은 자인이 산비탈에서 굴러떨어지는 바람에 성격이 변해 버렸다고 여겼다. 하지만 그래서는 길에서 유난히 자주 넘어지는 현상을 설명할 수 없었다. 성격이 변했다 한들, 그래서 잘 넘어진다는 건 말이 안 됐다.

시야에서 왼쪽 세상이 사라진 것 아닐까. 그게 로젠이 찾아낸 해답이었다.

그렇게 받아들이면 전부 다 설명됐다.

왼쪽이 보이지 않으니 옷 입기도 힘들 테고, 부탁받은 일도 어중간하게 마무리할 수밖에 없으리라. 왼쪽에 장애물이 있다는 걸 알아차리지 못해 자꾸 부딪치거나 넘어지고, 일부러 그러는 거라고 사정을 모르는 사람들에게 구박받는 처지에 빠졌으리라.

그리고 재를 동그랗게 쌓으려고 해도 반원 모양에서 멈추리라. 방금 교회를 절반밖에 그리지 못했던 것처럼.

로젠은 자인을 똑바로 바라보았다.

"도둑은 자인, 자네야."

"저, 저는 아무것도……."

당황해서 시선을 이리저리 돌리는 작은 남자를 커다란 사람들이 둘러쌌다.

란드셴이 영주 관저에서 데려온 남자들이었다. 신체에 결손이 있는 그들 또한 일꾼인데, 형벌 집행, 고문, 세금 징수나 다른 마을과의 타협 등 주로 험한 일을 맡았다.

"자인." 란드셴이 날카로운 목소리로 말했다. "안타깝지만 검찰관의 논리에 구멍은 없다. 그리고 증거가 땅바닥에 똑똑히 그려져 있지."

자인은 사람들 중 한 명을 바라보며 비통하게 소리쳤다.

"신부님, 도와주십시오!"

베날두스는 미소 지었다.

"모든 것은 신의 뜻대로."

이어서 란드센이 선언했다.

"관습에 따라 도둑질한 벌로 채찍질 100회에 처한다."

자인이 털썩 무릎을 꿇었다. 얼굴은 공포로 일그러졌다. 금방이라도 혼절할 것 같은 그 모습을 보고 로젠은 시선을 돌릴 뻔했지만 이를 악물고 참았다.

'눈을 돌려서는 안 돼.'

재판에 앞서 로젠은 란드센에게 예비 심문과 본 심문을 건너뛰고 형벌을 집행하자는 제안을 했다. 전부 자신이 떠올린 계획을 실행하기 위해서였다. 어떤 의미에서는 자인을 희생시켰다고 볼 수도 있었다.

그러니 눈을 돌려서는 안 되었다.

자인과 눈이 마주쳤다.

그 눈에서 증오와 원한이 뒤섞여 흔들렸다.

채찍이 100번째로 공기를 날카롭게 가른 후 형벌 집행이 끝났다.

자인은 목소리를 내지 않았다. 이제 비명을 지를 기력도 남지 않은 것이다. 그저 땅에 엎드려 이따금 끙끙거릴 뿐이었다.

자인은 채찍질을 당하다가 다섯 번 정신을 잃었다. 그때마다 물을 끼얹어서 온몸이 흠뻑 젖었다. 피부가 찢어진 등에는 꿈틀거리는 듯한 채찍 자국이 수없이 새겨졌다. 끈적하게 배어 나오는 피가 불빛에 반사돼 마치 그의 몸이 녹아내리고 있는 것처럼 보였다.

일꾼들이 광장에서 작은 남자를 옮겨 내자 긴장된 분위기가 약간 풀렸다. 숨을 내쉬는 사람, 정신 사납게 시선을 이리저리 돌리는 사람. 거기에 구경거리를 즐긴 후의 만족감은 없었다. 다들 눈앞에서 벌어진 처참한 형벌을 보고 마음이 어지러워진 듯했다.

"자."

로젠이 말을 꺼내자 마을 사람들이 일제히 시선을 모았다.

"이야기는 아직 끝나지 않았습니다."

침을 한 번 삼켰다. 앞으로 어떻게 일을 진행할지 다시금 확인하고 마음을 굳혔다. 여기까지는 서론에 지나지 않았다. 지금부터가 제일 중요한 대목이었다.

"도둑질한 건 앤 양이 아니라 자인이었습니다."

앤이라는 부분을 강조했다.

"앤 양은 누명을 썼습니다. 하지만 많은 분이 앤 양을 도둑으로 단정했지요."

다시 팽팽하게 긴장된 분위기가 흘렀지만 로젠은 아랑곳없이 말을 이었다.

"이번과 마찬가지로 만약 앤 양에게 씌워진 갖가지 혐의가 누명이라면, 매우 중대한 사태라 하지 않을 수 없습니다. 그럴 경우, 거짓으로 고발이나 증언을 한 셈이기 때문입니다. 그렇다면……."

그다음은 말할 필요도 없었다. 죄목은 다르지만, 아까 자인처럼 벌을 받는다. 마을 사람들의 안색이 싹 달라졌다.

"물론 여러분을 거짓말쟁이 취급할 생각은 없습니다. 하지만 여러분의 증언을 좀 더 세밀하게 조사해야 하지 않겠습니까? 정말로 앤 양이 갈가드 씨를 죽였을까요? 그리고 앤 양은 정말로 마녀일까요? 앤 양이 누명을 썼다는 사실이 드러난 이상, 거기서부터 다시 생각해 볼 필요가 있습니다."

성난 고함 소리가 날아들지 않을까 싶었지만 의외로 조용했다. 처참하게 채찍질당하는 장면이 뇌리에 새겨진 것이리라.

로젠은 짝, 하고 세게 손뼉을 쳤다. 큰 소리에 덴 부인이 어깨를 움찔했다.

"어쩌면 마녀는 처음부터 없었던 건지도 모릅니다."

조용히 일동을 둘러봤다. 아무도 입을 열지 않았다.

"앤 양을 고발한 것이 옳은 일이었는지 잘 생각해 보십시오.

그리고 만약 조금이라도 확신이 흔들린다면.”

고발을 취하해 주십시오. 로젠의 목소리는 정적 속에 부드럽게, 하지만 확실하게 스며들었다.

“여러분이 올바른 판단을 내리시길 바라겠습니다.”

재판은 장례식 같은 분위기 속에서 끝났다. 어둠 속으로 사라지는 마을 사람들의 등은 어쩐지 구부정하여, 마치 남의 눈을 피하는 도둑처럼 보였다.

로젠은 겨우 어깨에서 힘을 뺐다. 여기까지는 그의 의도대로 일이 진행됐다.

누명을 하나 입증함으로써 그 밖의 혐의도 마찬가지일 가능성을 암시한다. 더 나아가 거짓으로 고발하면 벌을 받는다고 겁준다. 그러고 나서 제시한다. ‘마녀는 처음부터 없었던 것 아니냐’고.

사람들은 망설이리라. 앤은 마녀일 것이다. 하지만 눈앞의 남자는 누명을 썼을지도 모른다고 말한다. 이 남자라면 앤에게 무죄를 안겨 줄지도 모른다. 그렇게 되면 거짓으로 고발했다는 죄목으로 자신이 벌을 받는다.

고발은 하고 싶지만 벌 받기는 싫다.

하고 싶은데 할 수 없다.

망설인 끝에 그들은 선택해야만 할 것이다. 끝까지 고발을 유지할지, 취하할지를. 로젠은 그 지점에 도박을 건 것이다.

하지만 이것은 양날의 검이었다. 로젠이 앤의 편이라는 사실이 마을 사람들에게 알려졌다. 앞으로는 그들에게 일절 협력을 기대할 수 없을 테고, 마을에서 추방될 가능성도 있으리라.

그렇더라도 시도해 보는 수밖에 없었다.

논리적인 설득이 통하지 않는 상대가 고발을 취하하도록 할 수 있을지도 모르는데, 그런 천재일우의 기회를 놓칠 수는 없었다.

곁에서 리리가 작게 중얼거렸다.

"정말로 잘한 일일까요?"

"모르겠어." 로젠은 눈앞의 어둠을 노려봤다. "하지만 '알레야 약타 에스트(Alea iacta est. 주사위는 던져졌다)'."

리리(4)

사흘째 아침은 찜찜한 기분으로 눈을 떴다.

로젠을 힐끗 바라보았다. 아까부터 수납함에 앉아 가만히 생각에 잠겨 있었다. 이따금 새어 나오는 혼잣말을 듣건대, 본인도 아직 망설임에서 벗어나지 못했다는 걸 알 수 있었다.

오늘 아침부터 두 사람은 방에서 한 발짝도 나가지 않았다.

영주 관저라면 모를까, 밖을 돌아다녀서 마을 사람들을 자극하고 싶지 않았다. 모습을 드러내면 고발을 취하하라는 압력은 줄 수 있겠지만, 너무 몰아붙이면 오히려 한번 맞붙어 보자는 식으로 세게 나올 우려가 있었다. 지금은 그저 기다리는 수밖에 없었다.

로젠에게 방해가 되지 않도록 리리는 조용히 방을 나섰다. 목적지로 가는 도중에 일꾼 몇 명과 마주쳤다. 창문으로 비쳐

드는 아침 햇살 속에서도 다들 변함없이 유령처럼 혈색 없는 얼굴이었다.

목적지는 첨탑이었다. 어제는 증언을 수집하고 재판을 준비하느라 찾아갈 수 없었으므로, 오늘이야말로 얼굴을 내밀고 싶었다.

갑작스러운 방문에 앤은 당황한 듯했다.

"어……."

"아, 그러고 보니 이름을 말하지 않았네요. 리리예요."

자신과 로젠이 누구인지 설명하고, 현재 상황에 대해서도 솔직히 전달했다. 마을 사람들에게 선택지를 들이미는 방법으로 고소를 취하시키려 한다고.

앤은 말귀를 잘 알아들었다. 머리가 잘 돌아가는지 로젠이 '재 숨기기' 주술에 관해서 펼친 논리도 한 번 듣고 이해했다.

자인이 도둑이었다는 말에 앤은 눈살을 찌푸렸다.

"그 사람이 도둑질을? 하지만 그런 짓을 할 사람이 아닌 것 같은데요."

"복수였던 모양이에요."

그 후 결국 자인은 자백했다.

그의 얼굴에 들었던 멍. 넘어져서 생긴 것도 있지만, 아이들이 던진 돌에 맞아서 생긴 것도 있었다. 평소 자인은 일도 제대로 못 하거니와 사람들과 부딪쳐서 미움을 샀다. 그런 낙오자를 아이들이 내버려둘 리 없다. 아이들은 자인을 닭처럼 쫓아다니며 돌팔매질했다.

도와주는 사람은 없었다. 아무도 입 밖에 내서 말하지는 않았지만, 다들 자인을 마을의 짐짝이나 골칫거리로 여겼다. 눈에 띄는 결함 없이 겉모습은 건강해 보였던 것도 큰 이유였으리라. 만약 성 메니니누무스의 전승과 코펠의 말이 없었다면, 진작에 마을에서 쫓겨났을 것이다.

그런 대접을 받으면서도 자인에게 마을을 떠난다는 선택지는 없었다. 이 마을 외에 영문 모를 증상에 시달리는 골칫거리를 받아 줄 곳은 또 없으니까.

이러지도 저러지도 못하는 상황에서 자인은 작은 복수에 나섰다. 자신에게 돌을 던진 아이들의 집에서 식량을 훔친 것이다. 그렇게 함으로써 그는 갈기갈기 찢긴 자존심을 조금이나마 회복시켰다.

"복수라고요?"

앤의 얼굴에 자조 섞인 웃음이 맺혔다.

"그 심정을 이해하지 못하는 건 아니에요. 저도 어머니를 살해한 마을 사람들을 원망하거든요. 다들 그걸 아니까 저를 붙잡은 거겠죠."

리리는 격자 사이로 손을 뻗어 앤의 손을 잡았다.

"분명 괜찮을 거예요."

잠시 더 이야기를 나눈 후 첨탑에서 내려갔다. 창밖을 보자 오늘도 폭력적인 햇살이 세상을 빛과 그림자로 뚜렷하게 나누었다.

그때 정문으로 나가는 몇 사람의 모습이 눈에 들어왔다. 이제는 눈에 익은 마녀위원회 사람들이었다. 모두 하나같이 싸늘하기 그지없는 눈이었다.

'아아.'

리리는 깨달았다.

도박의 승패가 결정됐다는 걸.

"마을을 떠나 줬으면 합니다."

란드센이 말했다.

응접실. 어제까지 화려하게 꾸며 놓았던 게 맞나 싶을 만큼, 지금은 텅 빈 공간만 펼쳐져 있었다. 벽을 따라 놓아둔 받침대는 철거됐고 바닥에 꽃잎도 보이지 않았다. 높다란 천장은 그저 썰렁한 느낌이었고, 벽에 그려진 동물들도 어딘가 쌀쌀맞아 보였다.

의자에 앉은 영주는 탁자 너머에 우두커니 서 있는 두 사람을 참으로 시시하다는 듯한 표정으로 바라보았다.

"마을 사람들이 호소하더군요. 당신이 마녀를 돕는 타락한 학사라고."

무심코 한숨이 새어 나왔다. 마을 사람들은 고발을 유지하는 쪽으로 방향타를 틀었다. 그리고 그러기 위해 방해꾼을 내쫓으려 했다.

"괜찮겠죠?"

란드센이 사무적으로 확인했다. 이 일에 대해 완전히 흥미를 잃은 것처럼 보였다.

눈을 감은 채 한 마디도 하지 않던 로젠이 그 말을 듣고서야 눈을 떴다.

"아직 조사가 끝나지 않았습니다."

"이쪽에서 알아서 하도록 하겠습니다. 아, 물론 대학교에서 답변이 온 뒤에요."

"마을 사람들의 주장이 옳다고 생각하십니까?"

로젠이 물고 늘어지자 영주는 차가운 눈빛을 던졌다.

"당신 스스로 선택한 결과 아닙니까. 원하는 결과를 얻지 못했다고 해서 떼쓰는 게, 올바른 태도라고 생각합니까?"

즉시 반박이 돌아와서 로젠은 입술을 깨물었다.

란드센의 말대로 자신들의 행동이 초래한 결과였다. 책임져야 할 것은 도박에 나선 리리와 로젠이리라.

"옳으신 말씀입니다. 하지만……."

"엄청난 착각을 하고 있군요."

란드센은 자세를 바꾸더니 로젠을 똑바로 바라봤다.

"당신은 아직도 본인이 앤을 구할 수 있다고 생각합니다. 하지만 그건 완전히 오산이에요. 도박의 승패가 어찌 됐든, 어젯밤 재판이 끝난 시점에 당신이 앤을 구할 길은 완전히 끊어졌습니다."

"……그게 무슨 말씀이십니까?"

"새처럼 전체를 조감할 필요가 있었다는 겁니다."

잘 알아듣도록 타이르는 듯한 목소리였다.

"당신의 계획대로 일이 진행돼서 고소가 취하됐다고 칩시다. 그 후에 앤은 완전히 무죄 방면될까요?"

로젠이 눈썹을 꿈틀 치켜세웠다.

"물론 그렇게 되지는 않습니다. 오히려 사람들은 앤을 더더욱 눈엣가시 취급하겠죠. 마녀가 학사를 구워삶아서 무죄를 얻어 냈다면서요. 그리고 즉시 다른 일로 꼬투리를 잡아서 소송할 겁니다."

"그 전에 마을을 떠나면……."

"어디로 가겠습니까? 마녀로 의심받은 인간인데요? 도망칠 곳은 없습니다. 가는 곳마다 같은 꼴을 당하기 십상이겠죠."

"다른 곳에 사는 사람들은 앤에 대해서 모릅니다."

"무슨 말을 하는 겁니까? 심문 무효 신청서를 접수하기 위해 관저의 일꾼을 기 대학교로 보내지 않았습니까. 그는 분명 가는 도중에 앤에 대해 이런저런 이야기를 떠벌렸을 겁니다.

'파마 볼라트(Fama volat. 소문에는 날개가 있다)'라는 말도 있잖습니까. 앤에 관한 소문은 진작에 퍼졌을 거예요."

로젠의 어깨가 약간 떨렸다.

"신청서를 보낸 시점에 당신에게 주어진 선택지는 딱 하나로 줄어들었습니다. 앤이 무죄임을 마을 사람들에게 납득시킨다. 앤을 구할 방법은 그것밖에 없었던 거예요. 후후, 그야말로 헤라클레스의 과업에 필적하는 대위업이 아니겠습니까?"

란드센은 보란 듯이 숨을 길게 내쉬었다.

"당신에게 기대했었는데 말입니다. 누구에게 물어봐도 유죄라고 대답할 이번 재판에 이의를 제기하는 건 경지를 넘어선 천재거나 광인, 아니면 악마 정도겠죠. 어쨌거나 상식이 있는 사람은 그런 발언을 할 수가 없어요. 그래서 분명 재미있는 광경을 보여 줄 거라 기대했었는데요. 그런 것조차 알아차리지 못하다니, 후후. 아무래도 당신을 너무 과대평가한 모양입니다."

"……대체 어떻게 했어야 한단 말씀이십니까?"

"조언했을 텐데요? 자신을 알고 상대를 알라고. 전제를 공유하면 마을 사람들도 교섭에 응할 거라고요."

"그래서 교섭하려 했습니다!"

로젠이 언성을 높였다.

"고발을 유지할 것인가, 취하할 것인가. 둘 중 하나를 선택하도록 마을 사람들에게……."

"교섭? 그건 협박이죠. 자인이 채찍질당하는 모습을 보여 주고, 다음은 네 차례라고 협박한 겁니다. 하지만 그건 잘못된 한 수였어요. 공격하면 반격에 나서는 건 당연한 이치입니다. 이번 결과는 모두 당신이 자초한 일이라고요."

"그 정도로 잘 알고 계시면서…… 란드센 경은 어째서 제 제안을 받아들이신 겁니까?"

"강압적으로 밀어붙인 게 누구시더라?"

란드센이 손뼉을 쳤다.

"자, 이제 됐겠죠?"

"하루만 더 시간을 주십시오."

"뭐라고요?"

"오늘 하루만 더 마을에 머물게 해 주십시오."

란드센은 진귀한 동물이라도 관찰하듯 로젠을 응시하더니 턱을 쓸었다.

"지금 이런 상황에서도 무죄를 얻어 낼 수 있다는 겁니까?"

"지금 이런 상황이기 때문입니다."

로젠이 탁자에 손을 짚고 몸을 내밀었다.

"이렇듯 궁지에 몰린 상황에서 앤 양의 무죄를 완벽하게 증명하는 모습을 보고 싶지 않으십니까?"

리리가 보기에도 일종의 허세라는 걸 알 수 있었다. 마을 사람들의 협력을 기대할 수 없는 상황에서 하루 사이에 상황을 뒤집는다니, 무심코 헛웃음이 새어 나올 만큼 터무니없이 어려운 일이었다.

하지만.

리리는 로젠의 얼굴을 살짝 살폈다. 일종의 결의가 서린 표정이었다.

로젠은 해낼 작정이었다. 엘레나의 재판 때처럼 도중에 내던지지 않고 끝까지 항거할 생각이었다.

"글쎄요, 아무래도 못 해낼 것 같은데요."

"할 수 있는 일을 해 봤자 재미없잖습니까?"

영주가 한숨을 푹 내쉬었다.

"뭐, 알겠습니다. 오늘 하룻밤만 더 머무르도록 하시죠. 기한은 내일 정오. 그때까지 앤의 무죄를 증명해 보십시오."

영주의 입에 비아냥대는 듯한 미소가 맺혔다.

"이번에야말로 기대하고 있겠습니다."

말없이 몸을 돌려 버리는 로젠의 뒷모습을 리리는 가만히 쳐다보았다.

<h1 style="text-align:center">로젠(6)</h1>

즉시 방으로 돌아가 채비했다. 이제 물불 가릴 상황이 아니었다. 어쨌거나 행동에 나서는 수밖에 없었다.

하지만 그 전에.

"리리."

소녀에게 말을 건넸다. 딱딱한 목소리가 나왔는지 리리가 의아해하는 얼굴로 쳐다봤다.

"미안하구나."

리리가 눈을 깜박깜박했다.

"뒷일은 나한테 맡겨 다오."

이번 마녀재판에 임하면서 로젠은 리리에게 그렇게 말했다. 경솔한 행동은 삼가고 얌전히 있어 달라고.

리리는 로젠을 믿겠다고 말했다.

그 결과가 이거였다.

사태를 호전시키지 못했고 오히려 이러지도 저러지도 못할 처지에 빠지고 말았다. 여전히 앤을 구할 방법은 보이지 않았고 내일은 마을에서 쫓겨날 신세가 됐다.

리리의 신뢰를 배신하는 꼴이었다. 씁쓸한 감정이 왈칵 치밀었다. 무슨 말을 어떻게 해도 공허하게 들리겠지만, 하다못해 사과의 마음만은 전하고 싶었다.

리리가 고개를 휙 돌리더니 오른발로 바닥을 살짝 굴렀다.

"로젠은 사과만 하네요."

이번에는 로젠이 눈을 깜박일 차례였다. 다시 리리와 눈이 마주쳤다. 리리가 씩 웃었다.

"이번에야말로 잘 부탁해요."

로젠은 소녀의 검은 눈동자를 잠시 응시하다가 고개를 작게 끄덕였다.

"미안……. 고마워."

"알았으면 됐어요."

그렇게 말하며 리리가 로젠의 배를 쿡 찔렀다.

이래서야 누가 어른인지 모르겠군. 저절로 쓴웃음이 나왔다. 하지만 덕분에 마음을 가다듬을 수 있었다.

채비를 마치고 아벨의 방으로 향했다.

문 앞에 서자 안에서 중얼중얼 혼잣말하는 목소리가 새어 나왔다.

리리와 얼굴을 마주 본 로젠이 이어 문을 두드리자 목소리가 뚝 멎었다. 잠시 후 나온 청년의 얼굴에는 초조함이 깊이 새겨져 있었다.

일단 현재 상황을 간단하게 설명했다.

"그래서 급히 조사할 필요가 있어. 도와줬으면 하는데."

로젠이 부탁하자 아벨은 단호하게 고개를 저었다.

"죄송합니다. 거절하겠습니다."

"왜?"

"더 이상 마을 사람들에게 싸늘한 시선을 받고 싶지 않으니까요."

"믿음직스럽지 못하다는 평가를 받는다면 결과를 내서 갚아 주면 돼."

"말은 그렇게 하지만, 실은 당신도 날 무시하고 있잖습니까."

어두운 눈동자였다. 문에 기댄 아벨은 고개를 숙인 채 더듬더듬 말을 꺼냈다.

"여기 오기 전에 마녀라고 누명을 쓴 적이 있습니다."

마녀임을 자백한 여자가 "이자도 마녀야." 하고 지목했다고 한다. 아벨은 순식간에 구금당했다.

다행히도 친구들이 무고함을 호소해 줘서 석방됐지만 그 후가 비참했다. 주변에서 그를 멀리하기 시작한 것이다.

“일은 그만둘 수밖에 없었습니다. 마녀로 의심받은 인간에게 사법관이라는 중책을 맡길 수는 없다더군요.”

시간이 흐르자 편들어 줬던 친구들도 하나둘씩 떠나갔다.

“갈 곳을 잃은 저를 거둬 준 분이 영주님이십니다. 그분은 다 알면서도 저를 고용해 주셨어요. 여기 말고는 그런 곳이 없었습니다.”

아벨이 고개를 들었다.

“저에 대해서는 마을 사람들도 소문으로 들어서 알고 있었습니다. 소문이 퍼지는 동안 말이 보태졌는지 ‘마녀에게 속아 넘어간 어리석은 남자’라고요. 그 때문에 처음부터 다들 저를 얼간이 취급했습니다.”

“그 외에도 이유는 여러 가지지만 본인의 명예를 위해 덮어 두도록 하죠.”

란드센의 말이 떠올랐다. 분명 이걸 가리킨 것이리라.

“하지만 그건 그것대로 다행이었습니다. 만약 마녀라고 의심받았다는 사실이 알려졌다면 마을에서 쫓겨났을 테니까요.”

아벨의 입에서 한숨이 새어 나왔다.

“그래서 더는 도와드릴 수 없습니다. 마녀를 옹호하는 당신과 함께 있다가는, 또다시 마녀로 의심받을지도 모르니까요.”

아벨이 문손잡이를 잡았다.

“앞으로는 알아서 하십시오.”

냉정하게 문이 닫혔다. 이제 그의 협력은 기대할 수 없을 듯했다. 하지만 빈손으로 물러날 수도 없는 노릇이었다.

로젠은 문에 대고 물었다.

"한 가지만 말해 주게. 관리인용 오두막에서 뭘 봤나? 왜 그렇게 동요한 거야?"

대답은 기대하지 않았지만, 잠시 후 잠긴 목소리가 들렸다.

"전부 마녀 탓입니다. 그 여자가 나한테…… 저주를 걸었어요."

그것이 아벨의 마지막 말이었다.

"나눠서 하죠."

리리가 제안했다. 이제 시간이 별로 없었기에 역할을 분담하는 편이 확실히 효율적이었다. 하지만…….

"……무덤을 파헤칠 생각은 아니겠지?"

"정말이지 저를 어떻게 생각하는 거예요? 앤 씨한테 이야기 들으러 갈 거예요."

갈가드가 죽기 전후의 일을, 앤의 시점에서 말해 달라고 할 생각이라고 했다.

"뭔가 새로운 사실을 알아낼 수 있을지도 모르죠."

실은 오늘 아침에도 앤을 만나서 이야기하고 왔다고 했다. 리리가 자기 말고 다른 사람과 대화를 나누었다는 사실에 놀랐지만, 무슨 심정인지는 이해가 갔다. 앤에게 힘이 되어 주고 싶은 건 로젠뿐 아니라 리리도 마찬가지였다.

그리고 지금은 뭐든 좋으니 정보가 필요했다.

"알았어, 맡길게. 나는 마녀위원회 사람들을 만나 보마."

추방을 철회해 달라고 간청하고 설득을 시도할 작정이었다.

영주 관저를 한 발짝 나서자 어제까지와는 분위기가 다르다는 것을 알 수 있었다. 팽팽하게 긴장된 공기가 느껴졌다. 지나가는 마을 사람들은 로젠을 무시하거나, 혹은 찌를 듯이 날카로운 시선을 던졌다.

걸음을 옮기다가 한 가지 더 알아차렸다. 집들의 처마 밑에 재가 둥글게 쌓여 있었다. 순간, 자인 같은 자가 또 나타난 건가 싶었지만, 즉시 그 의도를 눈치챘다.

어젯밤 재판 때 거짓으로 증언하거나 고발하면 벌을 받는다고 로젠이 엄포를 놓자, 마을 사람들은 이렇게 생각했으리라. 자신은 거짓으로 증언하지 않았으며, 그렇기에 고발한 것도 옳다고 생각한다. 하지만 착각하거나 오해해서 증언한 것도 죄에 해당할지 모른다. 그러니 만약을 위해 '재 숨기기' 주술을 사용해 두자고.

이 또한 성 메니니누무스에 대한 절대적인 신뢰가 엿보이는 광경이었다. 이 정도면 맹신이라고 해도 과언이 아니었다. 믿는다고 해도 이 정도일 줄은 몰랐다. 가볍게 현기증을 느끼면서, 로젠은 길을 서둘렀다.

의외로 마녀위원회는 로젠의 요구에 응했다.

모그와 덴 부인이 면담하기 위해 주점으로 왔다. 란드센이 결정한 내용에 대해서는 이미 전해 들었다고 한다.

세 사람은 탁자를 사이에 두고 마주 앉았다.

"당신을 믿은 우리가 바보였지."

그것이 모그의 첫마디였다.

"믿음직스럽지 못한 그 풋내기, 실례, 아벨을 대신해서 순식간에 재판을 끝내 줄 거라 기대했는데."

"설마 마녀에게 홀랑 속아 넘어갈 줄이야." 덴 부인이 몸을 흔들었다. "그 애송이랑 다를 바가 없잖아. 당신, 정말로 대학교 교수였던 거 맞아?"

거침없는 힐난. 말투도 어제까지와는 완전히 달랐다. 로젠은 배에 힘을 주고 대답했다.

"정말로 법학부 교수였고, 마녀재판에도 많이 참여했습니다. 그러니 부탁드립니다. 제게 끝까지 일을 맡겨 주십시오."

부인이 코웃음 쳤다.

"일이라니, 마녀가 도망치는 걸 도와주려고?"

"아닙니다. 재판을 끝까지 진행하는 겁니다."

"어차피 앤한테 유혹당한 거겠지. 그딴 인간이 무슨 재판을 하겠답시고 설치는 거야?"

말문이 막힌 로젠에게 덴 부인이 마구 쏘아붙였다.

"그년의 포로가 된 거잖아? 더러워라. 재판을 끝까지 진행하겠다? 그 창녀와 헤어지기 싫어서 그러는 거겠지? 그냥 솔직히 털어놓고 우리 마을에서 썩 꺼져."

"……생트집은 그만 잡으십시오."

"그런 게 아니라면." 촌장이 조롱하듯 말했다. "왜 마녀 편을 드는 거지?"

덴 부인이 로젠보다 먼저 대답했다.

"그야 뭐, 앤의 달콤한 말에 넘어간 거겠죠. 분명 지금까지도 재판에서 똑같은 짓을 했겠지? 마녀의 유혹에 넘어가서 밀통했을 거야. 당신 머릿속은 여자로 가득 찬 거라고."

로젠의 가슴속에 시커먼 감정이 울컥 솟구쳤다.

지금 그 말은 로젠이 가슴속에 그어 둔 선을 완전히 넘었다. 그건 로젠을 모욕하는 걸 넘어서 엘레나를 비방하는 짓이었다.

저도 모르게 말이 튀어나왔다.

"여자로 머릿속이 가득 찬 건 당신 아닙니까, 덴 부인? 왜 앤 양을 마녀라고 고발했습니까?"

"갑자기 무슨 뜬금없는 소리야!" 부인이 쇳소리를 내질렀다. "마녀는 세상을 위협하는 가장 큰 적이야! 그러니까 고발한 거지. 당연한 거 아니야?"

로젠은 몸을 내밀었다. 더 이상 스스로를 제어할 수 없었다.

“정말로 그뿐입니까? 혹시 앤 양을 질투했던 건 아니고요?”

덴 부인과 만난 후로 이따금 느끼던 바였다.

앤을 가리킬 때 덴 부인은 마녀라는 말을 거의 쓰지 않았다. 대신에 ‘음탕한 년’, ‘창녀’라고 부르며 음란하고 헤픈 년이라고 욕했다. 마치 그게 사실이라는 것처럼.

“혹시 당신 남편이 앤 양에게 추파를 던졌던 것 아닙니까. 당신은 그 광경을 보고 질투에 타오른 거고요. 사법관 부부가 죽었을 때, 코펠 옹에게 상담하러 간 건 당신이었죠? 이렇게 생각한 거 아닙니까. 이렇게 해서 만약 앤이 마녀로 처벌받으면 남편도 정신을 차릴 거라고.”

“무슨 말 같지도 않은 소리야!”

얼굴이 시뻘겋게 달아오른 덴 부인이 악귀 같은 표정으로 외쳤다.

“그런 사악한 생각은 해 본 적도 없어!”

“성 메니니누무스께 맹세할 수 있습니까?”

부인이 뭍에 올라온 물고기처럼 입을 뻐끔거렸다. 얼굴에서 핏기가 순식간에 사라지고 호흡이 얕아졌다.

더 몰아붙이려는데 나지막한 목소리가 끼어들었다.

“그쯤 하시지.”

모그였다. 몸집은 부인의 절반도 안 되지만 자세를 가다듬은 그 모습에서는 한 마을의 촌장다운 위엄이 느껴졌다.

“성 메니니누무스의 이름을 내세워 남을 핍박하려 하다니 어처구니가 없군. 불경함에도 정도가 있어.”

그 눈동자는 분노에 타오르고 있었다.

‘아차.’

로젠은 깨달았다. 자신이 또 실수했다는 것을. 화가 나서 이성을 잃고 교섭을 망쳐 버렸다.

모그가 지팡이 끝부분을 로젠에게 들이댔다.

“오늘 밤은 도개교를 내려 두도록 하지. 꼭 내일 정오까지 기다릴 것 없이 결심이 서면 언제든 나가도 상관없어.”

주점을 나선 로젠은 정처 없이 걸음을 옮겼다.

뭔가 해야 한다 싶어 마음이 조급했지만 생각은 좀처럼 정리되지 않았다.

주위의 시선은 여전했다. 오물을 보듯 싸늘한 눈. 하지만 그조차도 지금은 신경 쓰이지 않았다. 어떻게 하면 좋을까. 뭔가 방법이 없을까. 하지만 발버둥 치면 칠수록 답은 점점 멀어져 갈 뿐이었다.

목이 바싹 말랐다. 이글이글 작열하는 태양이 하늘 높이 떠 있다는 사실을 로젠은 그제야 알아차렸다. 온몸은 이미 땀투성이였다.

어쨌든 휴식을 취해야 했다.

발이 자연스럽게 교회로 향했다.

비틀거리며 문으로 들어섰다. 서늘한 공기가 몸을 감쌌다.

교회 안에 사람은 없었다. 긴 의자 하나에 몸을 기대고 눈을 감았다. 나무 의자는 생각보다 시원해서 몸에 고인 열기가 발산되는 걸 알 수 있었다.

시간이 얼마나 지났을까.

가볍게 뚜둑, 하는 소리와 함께, 머리 위에 그림자가 드리워졌다.

눈을 뜨니 앞에 베날두스가 서 있었다. 평소처럼 미소 띤 얼굴이었다.

"괜찮으십니까?"

그렇게 묻기에 몸을 일으켰다. 아무래도 깜빡 잠들었었는지 마디마디가 쑤셨지만, 덕분에 머리는 상당히 개운했다.

"아아, 그대로 계셔도 됩니다."

신부는 일어서려는 로젠을 제지하고 눈을 돌렸다. 그쪽에 시선을 주자, 조금 떨어진 곳에 소년이 한 명 서 있었다.

"저 아이가 당신에게 할 이야기가 있답니다."

신부가 소년에게 손짓했지만, 경계하는 건지 좀처럼 다가오지 않았다.

"괜찮습니다. 교회 입구에 빗장을 질러 두었으니 여기서 나눈 대화가 새어 나갈 걱정은 없어요."

그 말에 소년은 드디어 로젠 앞에 섰다.

나이는 열 살 전후일까. 키는 리리와 비슷했다. 햇볕에 그은 피부와 짧은 밤색 머리. 동글동글한 눈엔 귀염성이 있었다.

어디선가 본 기억이 났다.

'재 숨기기' 주술에 대해 조사할 때 모그를 부르러 온 소년이었다. 그때는 증오에 찬 눈으로 로젠을 노려봤지만 지금은 순한 모습이었다.

소년은 테그라고 이름을 밝혔다. 모그의 손자라고 했다. 테그는 잠시 망설이다 입을 열었다.

"누나는…… 앤 누나는 살 수 있나요?"

놀라는 로젠에게 테그는 더듬더듬 설명했다.

앤 모녀가 약사로 일했던 시절, 다쳤을 때 부모 몰래 상담하러 가는 아이들이 제법 있었다고 했다.

목적은 치료가 아니라 앤을 만나는 것이었다. 앤은 말수가 적었지만 절대로 퉁명스럽지는 않았고, 치료해 줘서 고맙다고 하면 미소를 지어 주었다. 그 미소에 반해서 앤을 따르는 아이들이 많았다.

테그도 그중 하나였다.

벌에 쏘여 팔이 부었을 때 앤이 다정하게 돌봐 줬었고, 별다른 대화를 나누지는 않았지만 그 일은 테그에게 특별한 추억으로 남았다.

그로부터 반년 후에 앤의 어머니가 처형됐고, 딸인 앤에게도 마녀 혐의가 씌워졌다. 다른 아이들이 태도를 바꾸는 가운데 테그만은 앤이 무고하다고 믿었다.

"우리 할아버지도 그럴 리 없다고 하셨어요."

그리고 일부 마을 남자들도 회의적이었다고 했다. 코펠이 예언한 내용으로 보건대 어머니가 마녀인 건 틀림없겠지만, 딸까지 마녀로 모는 건 너무 지나친 짓이라고.

"……누나는 인기가 많았거든요."

결국 란드센과 모그가 중재에 나서서 처분은 보류됐다.

그 후로 앤과 마을 사람들의 교류는 단절됐다. 앤을 의심하는 사람들은 굳이 접촉하려 하지 않았고, 앤이 무고하다고 주장했던 사람들 역시 괜히 의심받지 않기 위해 다가가지 않았다. 앤도 주변과 접촉을 피하듯 교회에서 거의 나오지 않았다.

그리고 이번 소동이 벌어졌다.

"전에 무고하다고 편들었던 사람들이 전부 마녀라고 목청을 높였어요. 게다가 그 사람들은 다른 사람들보다 누나를 더 심하게 욕하고…… 우리 할아버지까지도요."

테그가 분한 듯 입술을 깨물었다.

사람들이 태도를 바꾼 이유를 로젠은 알 것 같았다.

앤이 마녀일 가능성이 짙어지자 그들은 초조해졌으리라. 어쨌거나 그들은 앤을 한 번 옹호했다. 더 옹호하려 했다가는 마녀와 한패로 몰릴 수 있었다.

그래서 목청 높여 앤을 비난할 수밖에 없었다. 자기는 마녀의 편이 아니라고 주위에 알리기 위해. 그리고 비난하는 동안 그것이야말로 진실이라고 믿게 된 것이리라.

"이제는 누나 이야기만 꺼내도 혼내요. 마녀 이야기는 입에 담지도 말라면서요. 하지만……."

테그가 말끝을 흐리자 로젠은 부드럽게 말을 이어받았다.

"하지만 넌 여전히 앤 양이 무고하다고 믿어."

테그는 금방이라도 울음을 터뜨릴 듯한 표정으로 고개를 끄덕였다.

"왜 그걸 나한테?"

"학사님은 누나 편이잖아요? 어제 재판 보고 알았어요."

로젠은 문득 생각이 나서 말했다.

"혹시 '사람 내치기' 주술을 사용한 것도, 교회에서 돌아가는 길에 돌을 던진 것도 너였니?"

"죄송해요."

테그가 고개를 푹 숙였다.

마녀재판에 정통한 학사가 마을에 왔다는 이야기를 듣고, 테그는 지금까지 마녀재판에 관여했으니 그 사람은 분명 앤 누나의 적이리라고 생각했다. 그래서 마을에서 쫓아내려고 돌을 던지고 '사람 내치기' 주술을 사용한 것이었다.

"아니, 사과할 필요 없단다. 훌륭한 행동이었어."

같은 편이 아무도 없는데도 그는 혼자서 싸웠다. 앤을 구하기 위해.

물론 돌을 던지든 주술을 사용하든 앤의 혐의를 벗길 수는 없었다. 그래도 테그는 가만히 있을 수 없었던 것이다.

얼떨떨한 듯 눈을 깜빠거리는 소년에게 부드럽게 물었다.

"뭔가 앤 양에게 도움이 될 만한 단서가 없을까?"

"음, 착하고, 예쁘고, 매일 기도하고……."

소년의 얼굴이 붉어졌다. 로젠의 표정이 풀렸고 동시에 어깨에서도 힘이 빠졌다.

"앤 양 이야기가 아니어도 괜찮아. 예를 들어 갈가드 씨나 마컴 부부에 관해서 뭔가 참고할 만한 점이 없을까?"

"아!"

소년이 눈을 반짝였다.

"갈가드 아저씨는 누나가 무죄라고 계속 말했어요."

"계속?"

"네! 심부름으로 갈가드 아저씨한테 자주 돌을 갖다줬는데, 돌아가시기 전날까지 '앤은 마녀가 아니야' 하고 말했는걸요. 그런 갈가드 아저씨를 누나가 죽일 리 없어요!"

당장이라도 펄쩍펄쩍 뛸 것 같은 소년을 보고 로젠은 당혹스러운 기분을 감출 수 없었다.

죽기 직전까지 갈가드는 앤이 무죄라고 믿었다. 옹호하던 사람들까지 태도를 바꿔, 마을 전체가 앤을 마녀로 단정 짓는 가운데서도.

'왜지?'

생각에 잠긴 로젠에게 소년이 간절한 표정으로 물었다.

"누나는 살 수 있나요?"

로젠은 불안으로 가득한 그 눈을 보고 힘 있게 고개를 끄덕였다.

"내가 꼭 구하마."

소년을 보낸 후 로젠은 신부에게 물었다.

"여기서 있었던 일을 밀고하지는 않으시겠죠?"

"모든 일은 신의 뜻대로 이루어질 것입니다. 그러니 밀고할 생각도, 그럴 필요도 없습니다. 그걸 알기에 저 아이도 여기서 고백한 거겠죠."

"의외로 신뢰받고 계시는군요."

"저는 관절 소리만도 못한 인간이니까요. 그래서 다들 무슨 말을 해도 괜찮다고 생각하는 겁니다."

관절 소리만도 못한 인간이라는 표현이 무슨 뜻인지 잘 이해되지 않았지만, 아무튼 이 신부도 마을 사람들한테 나름대로 신뢰받고 있는 듯했다.

"신부님 생각은 어떠십니까?"

어째서 갈가드는 앤이 무고하다고 확신했을까.

"확신한 게 아니라 알고 있었던 것 아닐까요?"

"그게 무슨 말씀이시죠?"

"신과 같습니다. 신은 믿는 게 아니라 아는 것이죠. 비슷해 보여도 둘 사이에는 큰 차이가 있습니다. 믿는다는 건 자기 내면에서 멋대로 단정 짓는 행위입니다. 한편 안다는 건 자신의 사고나 판단과는 완전히 독립된 행위고요. 예를 들어 나비를 안다고는 해도 나비를 믿는다고는 하지 않죠. 나비가 자신과는 독립된 존재임을 인정하고, 그 존재를 뚜렷이 실감한다. 그것이 바로 안다는 것의 본질입니다."

"고마운 설교는 다음에 듣도록 하겠습니다. 그러니까 무슨 말씀이신지요?"

"갈가드는 그저 앤이 무고하다고 억측한 게 아니라, 앤이 무고하다는 확실한 증거를 실제로 갖고 있었던 거 아닐까요?"

그 말에 로젠의 머릿속에서 뭔가가 번뜩였다. 지금까지 봤던 광경과 들었던 이야기가 이어지며 하나의 상을 만들어 냈다. 이윽고 모든 것이 있어야 할 곳에 자리 잡으며 조화로운 전말이 모습을 드러냈다.

로젠은 벌떡 일어섰다. 흥분으로 얼굴이 상기됐다는 걸 스스로도 알 수 있었다. 그런 그를 보고 꿈쩍도 하지 않는 신부에게 깊이 고개를 숙였다.

"감사합니다. 이제 앤 양을 구할 수 있습니다."

"그 또한 신의 뜻이었을 뿐입니다."

"어쨌거나 큰 도움이 됐습니다!"

그렇게만 말하고 로젠은 쏜살같이 교회를 뛰쳐나갔다.

영주 관저에서 합류한 리리는 기세등등한 로젠의 모습에 놀라면서도 앤에게 들은 내용을 전달했다.

교회에 맡겨진 후로는 줄곧 우물과 교회만 오가는 생활을 해 왔다는 것.

밤에는 밖에서 빗장을 지른 방에 갇혀 있었다는 것.

마컴 부부가 죽은 후 자신을 향한 시선에 노골적인 적의가 섞이기 시작했다는 것.

리리의 보고를 듣고 로젠은 감탄했다. 전부 그의 견해를 보완해 주는 정보뿐이었기 때문이다. 지금까지 지지부진했던 것이 맞나 싶을 만큼 모든 일이 술술 풀려 나갔다.

"리리, 잘했어."

에헤헤, 하고 리리가 수줍어했다. 따라서 표정이 풀릴 뻔했지만 얼른 정신을 가다듬었다.

이미 두 사람은 벼랑 끝에 서 있는 상태였다. 더 이상 실패를 거듭할 수는 없었다.

심호흡을 한 번 하고 로젠은 준비에 들어갔다.

아벨

그날 아벨은 공개 처형을 보기 위해 광장에 있었다.

마녀로서 화형을 선고받은 늙은 과부는 갓난아이를 잡아먹고 그 창자로 악마의 연고를 만들었다는 죄목으로 고발됐다. 그 후 아벨이 예비 심문부터 본 심문까지 담당했고 어제 드디어 극형이 확정됐다.

신부와 관리에게 이끌려 뼈와 가죽만 남은 것처럼 비쩍 마른 여자가 나타났다. 군중이 지켜보는 가운데 여자는 형장으로 이어지는 길을 느릿느릿 걸었다.

여자가 아벨 앞에서 걸음을 멈췄다. 그리고 나뭇가지처럼 가느다란 손가락으로 아벨을 가리켰다.

"이자도 마녀야."

분명 여자는 자포자기한 상태였으리라. 그러다 자신을 화형으로 몰아넣은 사법관을 우연히 발견하고 길동무로 삼아야겠다고 마음먹은 것이다.

하지만 그때 아벨은 그렇게 생각할 만큼 냉정하지 못했다. 곧 화형당할 마녀가 눈을 찌를 듯한 기세로 손가락질하며 '마녀'라고 목청 높여 지목했으니 냉정하지 못할 만도 했다.

여자는 즉시 관리에게 끌려갔다. 여자가 불태워지는 광경을 바라보는 동안 아벨의 가슴속에서 서서히 공포가 솟아올랐다.

'설마 나도 저런 꼴을 당하는 건가.'

그 불안은 한 발짝만 더 나아갔으면 현실이 될 뻔했다. 아벨은 마녀로 의심받아 구금됐고, 좁은 감옥에서 닷새를 보내야 했다.

다행히 아벨의 아버지는 도시의 참사회^{도시의 행정, 재판, 치안 등을 담당하는 회의체} 회원이었고 여기저기 발이 넓었다. 친구들의 도움도 있어서 아벨은 궁지에서 벗어날 수 있었다.

하지만 그 대가로 아벨은 직장과 도시에서 지낼 곳을 잃어버렸다.

게다가 그 마녀는 아벨에게 저주를 걸었다. 석방되고 제법 시간이 지난 후에야 알아차렸는데, 그 저주가 그의 삶을 서서히 갉아먹었다. 걸핏하면 마녀가 내민 손가락 끝이 머릿속에 떠올랐고, 그때마다 마음에 공포가 덧칠됐다.

자신은 아무 잘못도 하지 않았는데.

허물은 없을 텐데.

너무나 부조리한 상황에 아벨은 그저 막막할 뿐이었다.

처음에는 가족도 그런 그를 격려하고 지켜봐 줬다. 하지만 날이 갈수록 대화는 사라졌다. 노골적으로 냉대하지는 않았지만, 가족이 한숨 쉬는 횟수는 분명히 늘어났다.

란드센이 보낸 심부름꾼이 온 건 바로 그즈음이었다. 마녀로 지목됐던 과거를 알면서도 아벨을 고용하겠다고 했다.

처음엔 귀를 의심했다. 질 나쁜 농담이라고 생각했다.

애초에 란드센과는 안면이 없었고, 그때까지 이름조차 몰랐다. 그런 사람이 어째서 자신을 받아들이려 하는 걸까.

의문이 끊이지 않았다.

그런데 아버지가 아벨의 등을 떠밀었다.

"재기할 좋은 기회지 않으냐."

반론은 용납지 않겠다는 그 차가운 얼굴을 보고 아벨은 이해했다. 자신이 버림받았다는 것을. 그는 도망치듯 고향을 떠났다.

란드센의 영주 관저에 도착한 아벨은 놀랐다. 관저의 일꾼들이 모두 신체에 장애가 있는 사람뿐이었기 때문이다.

대부분 전투나 사고로 다친 사람들이었다. 몸이 불편해서 일자리를 구하지 못하고 가족에게도 버림받아 곤궁에 처했을 때 란드센이 거두어 주었다고 했다.

그들은 새로 온 아벨을 흔쾌히 받아들였다.

분명 아벨의 처지에 공감한 것이리라. 잘못도 없는데 따돌려지고 가족에게조차 버림받았다. 그런 지옥을 맛본 동료, 그들은 아벨을 그렇게 여긴 것이다.

아벨에 관한 정보가 제대로 전달된 것도 유리하게 작용했다. 마녀에게 속아 넘어간 게 아니라 그저 덤터기를 썼을 뿐이라는 올바른 사실을 일꾼들은 공유했다. 란드셴이 똑똑히 알려 주었다고 했다. 마을 사람들에게도 똑같이 설명했다는데, 안타깝게도 그쪽은 효과가 없었던 듯했다.

영주를 처음으로 만난 자리에서 아벨은 물었다.

"왜 저를 고용해 주셨습니까?"

"당신은 마녀가 아니잖습니까? 재판소에서도 그걸 인정했으니 석방된 거고요. 그렇다면 배척할 게 아니라 세상에 도움이 되도록 등용하는 게 이치에 맞겠죠."

직설적인 말이었지만 차가운 말투는 아니었다.

아벨의 눈가에 눈물이 맺혔다.

다시 한번 제 삶을 살아갈 수 있다. 그런 희망으로 가슴이 벅차올랐다.

동시에 자신의 인생을 망친 마녀에게 격렬한 분노가 솟구쳐 올랐다.

마녀로 지목되었을 때 느꼈던 공포는 아직도 사라지지 않았다. 당시를 돌이켜보면 여전히 온몸이 떨렸다.

하지만 그 공포에 굴복한 상태로는 인생을 다시 시작할 수 없었다.

마을에 마녀가 있다는 의혹이 제기됐다는 이야기를 듣고 아벨은 영주와 일꾼들 앞에서 선언했다.

만약 마녀가 발견되면 반드시 처형장으로 보내겠다고.

고발

그곳은 응접실만큼이나 커다란 방이었다.

천장은 대성전처럼 높고, 바닥에는 하얀 타일이 빼곡히 깔려 있었다. 여러 개의 긴 탁자에는 플라스크, 유리병, 저울, 속이 꽉 찬 자루를 아무렇게나 올려놓았다.

암반이 드러난 사방 벽에 줄지은 키 큰 선반에는 잡다한 물건들을 진열해 두었다. 코펠의 거처에서도 비슷한 광경을 봤지만, 물건의 종류가 비교도 안 되게 많았다. 귀족들이 소유한 박물 진열실에도 결코 뒤지지 않을 것이다. 입구에서 봤을 때 왼쪽을 전부 차지한 서가에는 가죽으로 장정한 서적이 죽 꽂혀 있었다.

정면에는 거대한 화로가 있었다. 대도시의 직공 조합이 관리하는 화로와 견주어도 손색없을 만큼 컸다.

우우우우우우우우웅—

중저음을 내뿜으며 하얀 불길이 눈부시게 타올랐고, 그 열기로 방은 한여름 햇살 아래에 있는 것처럼 더웠다. 주변에 감도는 곰팡내와 먼지 냄새에 부패한 듯한 악취가 섞여서 코를 찔렀다.

란드센은 눈을 가늘게 뜨고 화로를 들여다보았다.

천연의 바람구멍과 강물의 흐름을 조합한 특수 화로이기에 볼 수 있는 하얀 불길. 압도적인 고온으로 광석을 변성시키는 그 불길은 그야말로 신의 빛이었다. 불길의 상태가 만족스러운지 그 입가에 희미한 미소가 떠올랐다.

불현듯 뒤에서 문을 두드리는 소리가 들렸다. 일꾼 튀크스였다.

"야심한 시간에 실례합니다. 손님이십니다."

그렇게 말하며 공손히 고개를 숙이는 튀크스 뒤에 익숙한 흰색 로브 차림의 남자가 서 있었다.

"이런, 이런, 일부러 연구실까지 발걸음하실 줄이야."

란드센이 능청스럽게 말했다. 그는 로젠과 대조적으로 얼룩이 가득한 검은색 로브로 온몸을 감싸고 있었다.

로젠은 영주의 말을 무시하고 한 발짝 앞으로 나섰다. 숨 쉴 때마다 고약한 냄새가 콧속을 자극해 머리가 어질어질했다.

“익숙지 않은 분께는 힘들 텐데 괜찮겠습니까?”

“괜찮습니다.”

괜찮지 않았지만 맥없이 물러날 수는 없었다. 입속에 고인 침을 삼키고 말을 짜냈다.

“설마 이렇게 훌륭한 곳일 줄은 상상도 못 했습니다.”

“후후, 멋지지 않습니까?”

란드센의 집무실에 설치된 계단을 내려가 갱도 같은 길을 따라가면 나오는 그곳은 거대한 연구실이었다.

“원래는 긴급 대피용 비밀 방이었는데 지금은 연구실로 쓰고 있습니다. 여기라면 열기나 악취가 발생해도 문제없고, 화로의 화력을 높이기에도 최적의 장소였거든요.”

영주는 어떠냐는 듯 양팔을 벌렸다. 화로의 불빛을 받고 그림자가 천장까지 길게 뻗었다.

“그나저나 무슨 일로 오셨습니까? 설마 연구실을 견학하러 오신 건 아닐 테고?”

“이번 소동을 끝내러 왔습니다.”

화로 속에서 불길이 크게 흔들리고, 두 사람의 그림자가 춤추듯 뒤얽혔다.

“그럼 앤이 무고하다는 걸 증명했다는 말인가요?”

“네.” 로젠은 딱 잘라 대답했다. “앤 양은 무죄입니다. 지금부터 그걸 증명하고 싶은데 괜찮으실까요?”

“물론입니다! 이런 곳까지 찾아왔으니 분명 자신이 있는 거겠죠.”

로젠은 헛기침을 한 번 했다. 처음보다는 냄새가 덜 신경 쓰였다. 몸이 익숙해진 것이리라. 다행이라고 생각하며 로젠은 입을 열었다.

“실마리는 한 가지 증언이었습니다. 갈가드 씨는 죽기 직전까지 앤 양이 무죄라고 믿었다는군요. 마을 전체가 마녀 소동으로 시끌벅적했는데도 말이지요.”

“흠, 묘한 이야기로군요.”

“확실히 묘합니다. 하지만 그 증언 덕분에 다른 문제가 해결됐습니다. 갈가드 씨가 보호 주술을 사용하지 않은 이유입니다. 앤 양이 마녀가 아니라고 믿었기에 그는 보호 주술을 사용하지 않았던 겁니다.”

“재미있군요.” 란드센이 입꼬리를 올렸다. “하지만 이상하지 않습니까? 그뿐만이라면 ‘자신은 보호 주술을 사용하지 않는다’고 온 마을에 떠벌릴 필요는 없겠죠. 마을 사람들에게 얼간이 취급을 당할 텐데요. 실제로 그렇게 됐고요. 왜 그런 짓을 한 걸까요?”

“앤 양이 무고하다는 걸 증명하기 위해서요.”

앤이 마녀라고 확신하는 마을 사람들한테 아무리 부정해 봤자 의미가 없다. 로젠도 뼈저리게 느낀 바였다. 그렇다면 어떻게 해야 할까.

"갈가드 씨는 이렇게 생각한 겁니다. 마을에서 유일하게 보호 주술을 사용하지 않은 집에서 아무 일도 일어나지 않으면 마녀가 없다는 게 증명되는 셈이라고."

덴 부인은 보호 주술을 사용하지 않았기에 갈가드가 살해당했다고 말했다. 거꾸로 말하면 보호 주술을 사용하지 않았는데도 아무 일 없으면 마녀가 없다는 게 증명되는 셈이다. 적어도 갈가드는 그렇게 생각했다.

"덧붙여 마을 사람들은 코펠 옹의 예언 때문에 잔뜩 겁먹고 혼란에 빠진 상태였습니다. 언제 자신에게 마술의 힘이 미칠지 모른다. 그런 상황인 만큼 마을 사람들이 폭주해서 앤 양을 사적으로 제재하지 않으리라는 법도 없지요. 그가 보호 주술을 사용하지 않은 건 폭주를 막기 위한 안전장치를 만든다는 의미도 있었습니다."

마술의 힘이 발동된다고 해도 보호 주술을 사용하지 않은 집에 영향이 갈 것이다. 마을 사람들이 그렇게 생각하는 한 최악의 사태는 막을 수 있으리라. '징표'가 나타날 것이라고 코펠이 예언한 기간은 한 달. 그동안 그는 희생양 역할을 할 작정이었다.

"갈가드 씨는 그 정도로 확신했습니다. 앤 양은 마녀가 아니라고요. 그렇다면 그 확신은 어디서 온 걸까요?"

타닥, 하고 화로에서 불꽃이 튀었다.

"애초에 마을 전체가 앤 양을 마녀로 몰아 목소리를 높이기 시작한 게 언제부터였습니까? 마을 사법관인 마컴 부부가 죽고 나서입니다."

그 이전까지는 앤이 마녀라는 데 동의하는 사람들이 우세했어도 부정파 역시 소수 존재했었다. 하지만 사법관 부부의 죽음과 코펠의 예언을 계기로 마을 사람들의 여론은 단숨에 긍정파로 기울었다.

"자, 떠올려 보십시오. 마컴 부부의 죽음을 목격한 사람은 누구였습니까? 그렇습니다, 갈가드 씨입니다. 그 점을 고려해 제 의견을 말씀드리겠습니다. 부부가 사망할 당시 갈가드 씨는 뭔가를 보고서 앤 양의 결백을 확신한 것 아닐까요? 더 나아가 그는 부부가 마술에 당해서 죽지 않았다는 사실을 알고 있었던 것 아닐까요?"

"결국 자연사였다는 겁니까?"

"아닙니다."

로젠은 단박에 부정했다.

"어떻게 자연사라는 걸 알 수 있겠습니까? 자연사와 마술에 의한 죽음은 '마술을 사용한 흔적'이 없는 한 구별이 안 됩니다. 부부가 자연사했다고 하더라도 갈가드 씨가 그걸 판별하기는 불가능하겠지요. 마컴 부부는 마술로 살해당한 것도, 자연사한 것도 아니고 독으로 죽은 겁니다."

란드센이 콧방귀를 뀌었다.

"그러니까 갈가드가 마컴 부부를 죽였다는 겁니까? 재미있는 가설이지만 그건 말도 안 됩니다. 갈가드와 마컴 부부는 흉금을 터놓고 지내는 친구였고, 그래서 그날도 저녁 식사를 함께한 거예요. 갈가드가 마컴 부부를 죽일 리 없습니다."

"갈가드 씨가 죽었다고 한 적 없는데요."

"호오?"

"그걸 설명하려면 조금 돌아가야 합니다."

자인에게 들었던, 무덤이 훼손된 사건에 대해 설명했다.

무덤에서 파낸 시체에는 손톱과 머리카락이 일부 없었다. 범행 시각은 야간으로 추정되지만 도개교는 이미 올렸기에 마을에서 묘지로 가기는 불가능했다. 또한 낮부터 강 건너편에 숨어 있었다 쳐도 들개에게 공격당하지 않고 하룻밤을 보내기는 힘들다.

"과연. 마을 사람의 소행은 아니라는 거군요. 그렇지만 이런 산골까지 무덤을 파헤치러 올 사람도 없을 텐데요."

란드센이 씩 웃었다.

"그렇다면 마녀의 소행으로 볼 수밖에 없겠군요. 마녀인 앤이 하늘을 날아서 묘지로 건너가 시체를 파냈다. 그렇지 않겠습니까?"

"아닙니다. 그것 말고 다른 방법이 딱 하나 더 있습니다. 매장하기 전에 빈틈을 노려서 머리카락을 뽑고 손톱을 벗겨 내면 됩니다. 그렇게 따지면 굳이 마녀의 존재를 가정할 필요도 없지요."

장례를 치를 때 시신을 입관하는 건 가족의 역할이고, 신부도 기본적으로는 입관에 입회하지 않는다. 그때 일을 벌이면 가족 외에는 눈치챌 사람이 없다. 시체를 무덤에서 파낸 건 역시 들개였으리라.

"자인 말에 따르면 그 무덤에는 연고 없는 남자가 잠들어 있다던데요. 그럼 누가 입관을 했을까요? 란드센 경, 그는 영주 관저의 일꾼이었다면서요? 입관 작업은 관저의 다른 일꾼이 한 것 아닙니까? 그리고 그 자리에 란드센 경도 입회하셨을 테고요."

구우웅, 하고 불길이 소리를 냈다.

"그때 머리카락을 뽑고 손톱을 벗긴 거죠?"

"내가 왜 그런 짓을?"

"전부 연구를 위해서지요. 영주님이 연구하는 건 신들의 음료, 넥타르그리스 로마 신화에 나오는 신의 음료. 현대풍으로 말하면 만능 약, 현자의 돌 아닙니까?"

란드센은 눈썹 하나 까딱하지 않았다. 불길이 흔들릴 때마다 표정이 다채롭게 달라졌지만, 눈동자는 무표정을 유지했다.

“손톱과 머리카락은 만능 약을 연구하기 위한 재료였던 거지요. 물론 이 지역에서 나오는 광석도, 들풀도, 동물도 그리고 몸이 불편한 일꾼들도요. 그렇습니다, 영주 관저의 일꾼들은 모두 영주님의 실험 재료였어요. 영주님은 자신의 연구 성과를 그들에게 시험하고 있었습니다.”

치유할 방도가 없는 신체 결손. 그걸 회복시킬 수 있다면 틀림없이 만능 약이라 할 수 있을 것이다. 일꾼들의 핏기 없는 얼굴도 란드센의 실험에 따른 부작용이리라.

“연구 재료를 모으기에도 어려움이 없으니까요.”

만찬 석상에서 그가 했던 말. 그 ‘연구 재료’에는 일꾼들도 포함돼 있었다. 아인슈타인령 영주의 일족인 란드센이라면 영지 곳곳의 정보를 쉽게 수집할 수 있을 테고, 원하는 부상자나 병자를 모으기도 어렵지 않았을 것이다.

“그리고 마컴 부부도 당신의 실험 재료였습니다.”

마컴 부부는 아이를 갖지 못해 고민했다. 리리가 앤에게 들은 바로는 앤의 어머니가 그들에게 약을 조제해 주었다. 앤의 어머니가 죽은 후, 란드센은 두 사람에게 접근해 연구 성과를 투여했으리라.

“그들과 친했던 갈가드 씨가 약을 전달했겠죠. 하지만 거기서 비극이 일어난 겁니다. 부부가 마지막으로 먹은 약은 흉악한 독극물이었습니다. 약을 먹은 부부는 몸부림치며 고통스러위하다 절명하고 말았죠. 갈가드 씨는 황급히 란드센 경에게 보고했습니다."

로젠은 휴, 하고 한숨 돌렸다.

"어쩐지 마음에 걸렸습니다. 사망자가 나왔을 때는 일단 사제에게 알리러 가는 게 순서입니다. 게다가 마컴 부부의 집은 교회 바로 근처였어요. 그런데도 갈가드 씨는 란드센 경에게 제일 먼저 달려갔습니다."

갈가드로서는 그럴 수밖에 없었다. 어쨌거나 영주가 만든 약을 먹고 두 사람이 죽었으니까.

"보고를 들은 란드센 경은 두 사람의 죽음을 자연사로 처리하기로 하고 그제야 베날두스 신부님을 부르러 보낸 거지요. 다행히도 신부님은 독을 먹고 죽었다는 사실을 눈치채지 못했고요."

남아 있던 요리나 음료를 입에 대도 몸에 이상이 없었으니, 그렇게 판단하는 것도 무리는 아니었다.

"하지만 마을 사람들은 술렁거렸습니다. 혹시 앤 양의 소행은 아닐까 하고요. 그 기회를 놓치지 않고 덴 부인이 코펠 옹에게 신탁을 들으러 갔지요."

그리고 덴 부인의 의도대로 코펠은 '그럴싸한' 예언을 했다.

"코펠 옹의 예언을 전해 들었을 때 갈가드 씨는 뭔가 해야 한다 싶어 초조했을 겁니다. 이대로 가면 앤 양은 분명 마녀로 몰릴 테니, 예전에 누명을 쓰고 억울하게 처형될 뻔했었던 그로서는 도저히 그냥 넘어갈 수 없었던 거겠지요."

덧붙이자면 갈가드는 아내와 딸을 잃었다. 죽은 딸의 모습을 앤에게 투영했는지도 몰랐다.

"하지만 마컴 부부가 죽은 이유를 솔직히 밝힐 수는 없었어요. 그랬다간 은혜를 베풀어 준 란드센 경을 배신하는 꼴이니까요. 은인과 무고한 여자 사이에서 고민한 끝에 떠올린 방법이 보호 주술을 사용하지 않는 것이었습니다."

주술을 사용하지 않겠다고 선언하는 정도를 넘어서, 언젠가는 마을 사람들을 자기 집으로 부르려 했을 수도 있었다. 그저 말뿐만이 아니라는 걸 확인시켜 주기 위해.

그런데 그 전에 갈가드는 죽고 말았다.

"갈가드 씨의 행동에 담긴 속뜻을 란드센 경은 즉시 눈치챘습니다. 그리고 만약 앤 양이 마녀로 고발되면 갈가드 씨는 앤 양을 구하기 위해 진실을 입 밖에 낼지도 모른다. 그러니 그 전에 입을 막아야 한다고 생각했겠지요. 그래서 충실한 일꾼들에게 틈을 봐서 포도주에 독을 넣으라고 명령한 겁니다. 그렇습니다, 갈가드 씨는 란드센 경에게 독살당한 거예요."

로젠은 말을 끊고 상대의 얼굴을 바라봤다. 란드센은 여전히 무표정한 얼굴로 저 멀리 있는 선반을 멍하니 바라보고 있었다.

"이렇게 생각하면 현장 상황을 전부 설명할 수 있습니다. 왜 항아리가 넘어지고 포도주가 쏟아져 있었는가. 독을 넣었다는 걸 은폐하기 위해서입니다."

그대로 두면 누군가 마실 위험이 있고, 그렇게 되면 독이 들었다는 사실이 들통나리라. 실제로 마컴 부부가 죽었을 때 현장에 달려온 베날두스는 식중독 여부를 확인하기 위해 요리와 포도주를 먹었다.

"왜 가슴에 화상 자국이 남아 있었는가. 그건 독을 암시하는 징후가 피부에 나타났기 때문입니다."

예전에 독사에게 물려 죽은 지인의 모습이 떠올랐다. 온몸에 보랏빛 반점이 생기고 구멍마다 온통 피를 흘리며 절명한 그처럼, 갈가드의 왼쪽 가슴에도 어떠한 징후가 나타났을 것이다.

"일꾼들은 밤중에 한 번은 현장에 다시 가야 했습니다. 갈가드 씨가 죽었는지 확인하고 포도주를 쏟아 버리기 위해서요. 그때 가슴에 징후가 나타난 걸 알아차리고 지진 겁니다."

로젠은 자, 하고 말을 끊었다. 이마에서 땀이 뚝뚝 떨어졌다. 한여름 햇볕을 연상시키는 실내의 열기 때문에 온몸이 땀에 푹 젖었다.

"뭔가 반론하실 말씀은 있으십니까?"

그 말에 영주가 드디어 로젠을 봤다. 신기하게도 그 얼굴에는 땀 한 방울 맺히지 않았다.

"인간의 욕망에 끝이 없는 이유는 뭘까요?"

뜻밖의 물음에 로젠은 이맛살을 찌푸렸다. 란드센은 로젠에게서 눈을 돌려 다시 먼 곳에 시선을 주었다.

"간단합니다. 부족하니까요. 인간은 불완전한 생물입니다. 늘 부족함을 느낄 수밖에 없죠. 나만 해도 커다란 영지를 가진 영주의 차남으로 태어나 하고 싶은 대로 하고 살지만, 그래도 만족하는 건 한순간뿐, 다음 순간에는 또 갈망에 시달립니다."

란드센이 입매를 살짝 일그러뜨렸다.

"이 부족함을 채우려면 어떻게 해야 할까요? 베날두스라면 신에게 매달리라고 하겠죠. 코펠이라면 그 질문 자체를 비웃을 테고요. 인간은 천지가 조응하는 이 세상의 일부다. 부분만 보면 불만도 있겠지만, 전체를 보면 세상은 완벽한 조화로 가득하다면서 말이죠."

영주의 눈이 가늘어졌다.

"하지만 둘 다 틀렸습니다. 나는 신의 은혜를 얻고 싶은 것도, 이 세상과 한 몸이 되고 싶은 것도 아닙니다. 이 부족함을 채우고 싶을 뿐이에요. 마치 당신 뒤에 있는 튀크스가 부족한 팔을 갈망하듯 말이죠."

로젠은 무심코 돌아봤다. 연구실까지 그를 안내해 준 튀크스는 여전히 입구 옆에 대기하고 있었다. 화로의 눈부신 불빛이 비쳤지만 그 얼굴은 역시 창백했다.

"문제는." 란드센이 말을 이었다. "인간이 완전하지 않다는 겁니다. 완전하다는 건 보름달처럼 이지러진 곳이 없다는 뜻. 낙원에서 쫓겨나기 전의 아담과 이브처럼 모든 것이 충족된 상태라는 뜻이죠."

란드센은 긴 탁자를 피해 벽 쪽으로 걸음을 옮겼다.

"그래서 나는 넥타르, 현자의 돌을 연구하기 시작한 겁니다. 그것은 사람의 몸을 완전하게 만들어 줍니다. 부족한 부분을 보충하고, 인간에게 궁극적인 결락인 죽음조차 지워 줍니다. 얼마나 멋집니까. 그리고 그 연구는 결실을 얻고 있습니다."

란드센이 선반에서 작은 단지를 꺼내서 탁자 중 하나에 내려놓았다.

"보여드리죠."

단지에서 꺼낸 건 엄지손가락 끄트머리만 한 크기의 새하얀 돌이었다.

"만져 보십시오."

시킨 대로 손끝을 댔다. 표면이 거칠거칠하고 가루가 느껴지는 것이 그냥 평범한 돌로 보였다.

"시작할까요."

그렇게 말한 란드센의 곁에는 어느새 튀크스가 대기하고 있었다. 방금 날라 왔는지 발치에 물이 가득 담긴 항아리가 놓여 있었다.

란드센이 작은 접시로 물을 떠서 돌에 부었다.

로젠은 눈이 휘둥그레졌다. 돌에 닿자마자 물이 부글부글 끓어오르더니 하얀 김이 피어올랐다.

무심코 돌에 손을 뻗었다가 얼른 거둬들였다. 조금 전까지는 분명 서늘했는데, 이제는 로젠의 손가락이 델 만큼 뜨거운 열기를 뿜어내고 있었다.

"이 세상을 구성하는 네 가지 원소, 불, 바람, 흙, 물. 그것들을 분리하고 재통합한다. 모든 것의 행복한 결혼. 그것이야말로 완전함을 만들어 내는 열쇠입니다. 그리고 나는 흙과 불의 결합에 성공했어요. 그 결과물이 바로 '라피스 이그니스(Lapis Ignis. 불의 돌)'입니다."

다시 물을 뿌렸다. 김이 피어올랐다. 돌은 조금씩 녹고 있는 듯했고, 그 주변으로 끈적하고 뿌연 액체가 퍼졌다.

영주는 한층 격앙된 목소리로 떠들어 댔다.

"나는 완전함에 가까워지고 있습니다. 부족함을 극복하고 있죠. 현자의 돌이 완성되면 튀크스의 팔도 돋아날 것이고, 또 다른 일꾼인 보엔도 시력을 회복할 겁니다. 그렇습니다. 에덴동산은 바로 눈앞에 있어요!"

"그렇다고 해서."

로젠은 애써 냉정한 어조로 끼어들었다. '불의 돌'을 직접 본

충격에서는 이미 벗어났다.

"사람을 실험 대상으로 삼아도 된다는 이야기는 아닙니다."

"다들 동의했습니다. 나는 현자의 돌을 손에 넣는다. 그들은 잃어버린 신체 일부를 되찾는다. 양쪽 모두에게 바람직한 이야기 아닙니까. 그렇지, 튀크스?"

"옳으신 말씀이십니다."

외팔이 일꾼이 무표정하게 고개를 끄덕였다.

"저희는 이 몸뚱어리 때문에 혹독한 대접을 받아 왔습니다. 어디를 가도 제대로 상대해 주지 않았고, 심할 때는 사람 취급조차 받지 못했죠. 영주님은 그런 저희를 고용해 주셨습니다. 그뿐만 아니라 저희 몸을 치료해 주겠다고까지 하셨습니다. 저를 비롯해 일꾼들은 모두 영주님께 감사할 따름입니다."

담담한 말투였지만 목소리는 확신으로 가득했다. 로젠은 뭐라 대꾸할 말이 없어서 란드센에게로 이야기를 돌렸다.

"하지만 마컴 부부는 죽었습니다."

"불행한 사고였습니다."

영주의 입에서 한숨이 새어 나왔다.

"그날 그 두 사람에게 보낸 건 내가 직접 마셔서 안전성을 확인한 약이었습니다. 그들에게는 시험해 본 적이 없어서 아주 적은 양만 보냈죠. 그래서 두 사람이 죽었을 때는 경악했습니다. 별의 운행이 안 좋았던 건지, 아니면 몸에 맞지 않았던 건지. 어쨌든 그건 불행한 사고였어요.”

“그래요, 불행한 사고였다고 칩시다. 하지만 그것과 갈가드 씨가 죽은 일은 사정이 다릅니다. 그는 살해당했어요. 사고도 병도 아니고, 살해당한 겁니다. 바로 란드센 경에게요. 게다가 앤 양이 누명을 썼는데도 란드센 경은 입을 꾹 다무셨죠. 그에 대해서는 어떻게 생각하시는지 꼭 고견을 듣고 싶네요.”

“……아쉽게도 나는 갈가드를 죽이지 않았습니다.”

“네, 그러시겠죠. 직접 손을 쓰지는 않으셨을 겁니다. 하지만.”

“아니요. 방금 내 말에 다른 뜻은 담겨 있지 않습니다.”

란드센이 로젠을 봤다. 애처로워하는 표정이었다.

“어설프게나마 당신은 진실에 도달했어요. 그래서 경의를 표하는 의미에서 마컴 부부가 죽은 일에 대해서는 있는 그대로 밝혔습니다. 전부 당신이 상상한 대로입니다. 하지만 갈가드가 죽은 일에 대해 말하자면, 그건 아무 근거도 없는 누명입니다. 갈가드가 앤의 무죄를 밝히려 애쓴 건 맞겠지만, 그렇다고 해서 죽이려 하진 않았습니다. 오랫동안 나를 섬긴 소중한 부하니까요.”

“증거가 없다고 말씀하시는 거군요.”

“애초에 죽이지 않았다고 말하는 겁니다.”

“알겠습니다. 그렇다면 시신을 파내겠습니다.”

영주의 눈이 동그래졌다.

"가슴에 남은 흔적을 조사하면 독살인지 아닌지 밝혀지겠지요. 그때는 자백해 주시겠습니까?"

"어리석군요."

란드센이 혐오감으로 가득한 얼굴을 일그러뜨리며 말을 툭 내뱉었다.

"백번 양보해서 독살당한 게 증명됐다고 칩시다. 하지만 그렇다고 내 범행이 되는 건 아닙니다. 더 나아가 당신의 목표인 앤의 무죄도 증명할 수 없고요. 앤이 독을 탔을 가능성도 있으니까요."

"시신만 조사하면 모든 게 해결됩니다."

화로의 불빛이 두 사람을 비췄다. 타는 듯한 열풍이 한순간 뿜어져 나와 두 사람 사이를 가로질렀다.

"휴우."

될 대로 되라는 듯 란드센이 고개를 설레설레 내저었다.

"당신에게는 진심으로 실망했습니다. 이제 멋대로 해 보시든가."

"그럼 허가해 주신 걸로 알겠습니다."

로젠은 발소리를 높여 연구실을 나섰다.

모그 말대로 도개교는 강에 걸려 있었다. 전화위복이다 싶어 저절로 쓴웃음이 나왔다.

랜턴 불빛에 의지해 다리에 발을 올렸다. 어둠에 삼켜져서 보이지 않았지만 거센 물소리는 똑똑히 들렸다. 발을 헛디디면 큰일 난다. 영주 관저에서 빌린 삽으로 발 디딜 곳을 확인하며 조심스럽게 걸음을 옮겼다.

달아올랐던 몸은 이미 식었다. 로브 자락 밑으로 파고드는 바깥 공기는 서늘해서 이따금 몸이 떨릴 정도였다.

다리를 건넌 후 왼쪽으로 꺾었다.

이대로 강을 따라 가면 묘지가 나온다는 걸 베날두스에게 확인했다.

한 치 앞도 보이지 않는 어둠. 풀이 밟혀서 만들어졌을 길은 축축하게 젖었고, 이따금 진창이 로젠의 발을 붙잡았다.

"가령 타살당한 흔적이 남아 있더라도, 아쉽지만 앤 양의 무죄가 증명되지는 않아."

어제 낮에 로젠은 리리에게 그렇게 말했다. 그리고 조금 전에 란드센도 똑같은 주장을 펼쳤다.

일반적으로는 그 주장이 옳다고 할 수 있었다. 하지만 이번 일에 한해서는 그 일반론이 적용되지 않았다. 갈가드가 독살당했다는 사실과 리리가 앤에게 들은 정보를 조합하면 앤의 무죄를 입증할 수 있으니까.

문제가 되는 건 항아리에 독을 넣은 시간이다.

앤이 범인이라고 치면 밤중에는 불가능했다. 밤에는 앤의 방에 빗장을 채워서 밖에 나갈 수가 없었으니까. 베날두스가 공범이라면 별개지만, 신 말고는 관심 없는 그 남자가 굳이 앤을 도와줄 것 같지는 않았다.

그렇다면 낮에 빈틈을 노려서 독을 타는 수밖에 없는데, 이것도 말이 안 된다. 마을 사람들의 눈이 있으니까.

마컴 부부가 죽은 후로 마을 사람들은 앤의 일거수일투족에 신경을 곤두세웠다. 평소 교회와 우물만 오가던 앤이 관리인용 오두막으로 가려고 하면 틀림없이 눈치채고 의심할 게 뻔했다.

하지만 앤이 관리인용 오두막으로 향했다는 증언은 나오지 않았다.

즉 앤은 범인이 아니다.

그리고 갈가드가 죽은 후에 이러한 추론이 나오리라는 건 란드센도 알고 있었으리라.

그렇기에 그는 갈가드가 독살당했다는 사실을 숨길 필요가 있었다. 그렇지 않으면 자신의 범행을 앤에게 뒤집어씌울 수가 없으니까.

그 진실을 백일하에 드러내기 위해서라도 무덤을 파헤칠 필요가 있었다.

어둠 속에 작은 불빛이 보였다.

무심코 안도의 한숨이 새어 나왔다. 드디어 도착한 듯했다.

"로젠!"

거기서 기다리고 있던 건 리리였다.

"다행이다! 무사히 왔네요!"

랜턴 불빛이 희미해서 리리의 표정은 잘 보이지 않았지만, 많이 걱정했었는지 목소리에서 안도감이 묻어났다.

란드센의 행태를 폭로하기 위해 그들은 낮에 이어 다시 둘로 나뉘었다.

로젠은 연구실을 찾아가 란드센과 담판을 짓기로 했고, 리리는 해가 지기 전에 랜턴을 들고 묘지로 향했다. 미리 갈가드의 무덤을 찾아내고 로젠이 올 때를 위해 랜턴을 켜서 위치를 표시하기 위해서였다.

덧붙여 란드센을 견제하는 의미도 있었다.

상대는 이미 사람을 몇 명이나 죽인 살인자다. 진상을 눈치 챈 로젠의 입을 막으려 한다 해도 이상하지 않았다. 그러한 사태를 막기 위한 교섭 수단으로 리리의 존재는 중요했다.

'만약 정해 둔 시간까지 내가 돌아가지 않으면 리리가 진상을 인근 재판소에 알리기로 했소.' 란드센이 이상한 태도를 보이면 즉시 그런 말을 던질 작정이었다. 그런다고 확실히 몸을 지킬 수 있는 건 아니지만, 적어도 교섭할 여지는 생기리라. 결국 그런 상황에 이르지 않고 끝났으니 다행이었다.

"리리는 괜찮았어?"

"당연하죠!"

리리는 그렇게 말하며 가슴을 쭉 폈다. 로젠은 그 어깨를 탁 두드렸다.

무덤을 파는 건 고된 작업이었다.

리리가 랜턴을 치켜들었고, 그 아래에서 로젠이 묵묵히 흙을 파냈다. 최근에 매장해서인지 의외로 흙이 부드러워서 삽이 잘 박혔다. 하지만 랜턴 불빛이 비치는 범위가 몹시 좁아서 조심하지 않으면 어디를 파고 있는 건지 헷갈릴 듯했다.

이윽고 흙과는 느낌이 다른 뭔가에 삽이 닿았다. 시체 냄새가 한층 강해졌다.

"드디어 나왔군."

밤공기가 서늘한 편이었지만 로젠의 온몸은 다시 땀으로 범벅이 됐다. 손바닥이 까지고, 팔 근육이 욱신거리고, 허리는 비명을 질렀다. 하지만 느긋하게 굴 여유는 없었다. 삽으로 조심스럽게 흙을 조금씩 긁어냈다.

마침내 새 관이 나타났다. 관 뚜껑 아래 틈에 삽 끝을 찔러넣은 로젠이 지렛대처럼 손잡이를 눌러 관을 열었다.

관 속에 누운 갈가드는 들은 대로 거인 같았다. 생전보다 몸이 쪼그라들었을 텐데도 팔이 통나무처럼 굵었고, 가슴팍은 창도 튕겨 낼 것같이 두툼했다. 헤라클레스라는 별명이 붙은 것도 이해가 갔다.

연일 더운 날씨가 이어졌지만, 시신 상태는 의외로 양호했다. 구더기가 득실거리기는 했지만, 그렇게 심하게 부패하지는 않았다. 로젠은 즉시 갈가드의 왼쪽 가슴을 확인한 후 무심코 앓는 소리를 냈다.

"이럴 수가."

가슴과 배 부분은 다른 곳보다 부패가 진행돼서 잘 보이지 않았지만 분명 Y자 같은 화상 자국이 있었다.

그리고 그것을 본 순간 로젠은 모든 걸 깨달았다.

"돌아가자."

어리둥절해하는 리리를 재촉해 관에 다시 흙을 덮었다. 이번 마녀재판을 좌우할 중대한 물증이 거기 있다. 들개에게 뜯어 먹히면 곤란하다.

왔던 길을 급히 되돌아갔다. 리리가 질문을 던졌지만 한 귀로 듣고 한 귀로 흘렸다.

"로젠!"

리리가 부르는 목소리에 그제야 의식이 현실로 되돌아왔다. 그때까지와는 확연히 다른, 절박한 목소리였기 때문이다.

앞쪽, 아마도 다리 위에서 수많은 불길이 흔들리고 있었다. 횃불이리라. 일렬로 늘어선 불길이 로젠과 리리를 향해 천천히 다가왔다.

도망칠 방법은 없었다. 뒤편은 묘지였고, 그 너머로는 길이 없었다. 로젠은 침을 꿀꺽 삼키고 리리를 보호하듯 앞에 버티고 섰다.

불길이 두 사람을 빙 둘러쌌다. 흔들리는 불빛에 비친 마을 사람들은 마치 지금 막 무덤에서 기어 나온 망자 같았다.

한 사람이 앞으로 나섰다. 나이만 먹은 어린아이 같은 노인.

"무덤을 파헤치다니 역시 마녀와 한패였군. 아니면 마녀 그 자체인가."

모그가 지팡이로 땅을 쿵 찧었다.

"같이 가 줘야겠어."

심문

최악의 기분으로 깨어났다.

짚을 깔아도 돌바닥의 단단하고 차가운 느낌이 고스란히 전해졌다. 한동안 몸이 말을 잘 듣지 않았다. 간신히 몸을 일으키자 마디마디가 심하게 욱신거렸다.

창문이 없어서 주변이 잘 보이지 않았다. 맞은편 문에서 빛이 살짝 비쳐 들어, 사람 형체를 어렴풋이 알아볼 정도였다.

리리는 이미 일어났는지 감옥 구석에서 무릎을 끌어안고 있었다. 표정은 보이지 않지만 분명 진이 빠진 얼굴이리라.

"안녕하세요."

나무 격자 너머에서 앤이 인사를 건넸다. 처음 만났을 때와 다름없는 목소리였다. 로젠은 "안녕하시오." 하고 답하며 심지가 굳은 그 모습에 새삼 감탄했다.

어젯밤에 로젠과 리리는 감옥에 갇혔다. '마녀의 공범자'라는 혐의였다. 그 외에 마녀인 앤을 옹호했다, 마을 사람들을 협박했다, 성 메니니누무스를 모욕했다, 무덤을 훼손했다 등등, 죄목은 웃음이 나올 만큼 여러 가지였다.

감옥에서 보내는 시간은 침묵과 함께 흘러갔다. 볼일 볼 때 양해를 구하는 걸 빼면 그저 무거운 침묵만 이어졌다.

"어이쿠. 또 이렇게 별난 곳에서 뵙는군요."

제일 먼저 찾아온 건 란드센이었다. 활짝 열린 문으로 눈부신 빛이 쏟아지는 걸 보건대, 꽤 늦은 오전 시간대이리라.

로젠은 격자를 움켜쥐고 호소했다.

"재판을 열어 주시오. 이번에야말로 앤 양의 무죄를 증명하겠습니다."

앤이 어깨를 움찔했다. 뒤에서 리리도 고개를 든 듯했다.

"그 헛소리를 듣는 게 몇 번째인지 원."

"'잘못하는 것은 인간적이다'. 그렇게 말씀하신 건 란드센 경 아닙니까?"

"'노스케 테 입숨(Nosce te ipsum. 너 자신을 알라).'이란 말도 있죠. 뭘 생각해 냈는진 모르겠지만, 당신은 자기 자신을 제대로 보지 못하는군요. 전에 말했을 텐데요? 진정한 의미에서 앤을 구하려면 마을 사람들을 수긍시키는 방법밖에 없다고. 하지만 어떻습니까? 이제 당신은 마녀와 한패로 여겨지고 있어요. 마

을 사람들이 당신 말에 귀를 기울이겠습니까? 설령 내가 앤에
게 무죄 판결을 내린다 한들 그들이 그걸 용납할 것 같아요?"

말문이 막혀 로젠은 입술을 깨물었다. 워낙 많은 일이 연달
아 일어나는 바람에 그 문제를 까맣게 잊고 있었다.

란드센의 말이 옳았다. 설령 논리적으로 증명하더라도 테그
말고는 아무도 그 해답을 받아들이지 않으리라. 재판에 이겨도
임시방편에 불과했다. 조만간 다시 고발당할 게 뻔했다.

"아참, 그렇지. 그것보다 재미있는 사실을 알아냈습니다."

란드센이 시시하다는 표정으로 말을 이었다.

"살아 있던 갈가드를 마지막으로 목격한 게 누군지 들었습
니까? 물레방앗간으로 광석을 날랐던 마을 사람입니다. 그에
게 확인한 바로는 작업이 끝난 후, 관리인용 오두막 앞에서 갈
가드에게 포도주와 물을 한 잔씩 얻어먹었다는군요."

노고를 위로하는 뜻에서 종종 그렇게 음료를 대접했다는 모
양이다. 그 후에 잠깐 잡담을 나누다가 각자 집으로 돌아갔다
고 했다.

"다행히 몸에 이상은 생기지 않았답니다."

란드센이 격자에 얼굴을 가까이 댔다.

"이걸로 확실해졌군요. 항아리에 독은 들어 있지 않았어요.
그게 진실입니다. 참고로 그 외의 방법으로 갈가드를 독살하기
는 불가능합니다. 그는 마을 주점에서 식사했고, 관리인용 오

두막에서는 포도주밖에 입에 대지 않았으니까요.”

저녁은 마을 사람 몇 명과 함께 먹었는데 큰 접시에 담긴 요리를 나눠 먹는 방식이었고, 음료도 공용 항아리에서 준비했으므로 이쪽에도 독이 들었을 리는 없다고 했다.

“자, 뭔가 할 말이 있습니까?”

로젠의 가슴속에 복잡한 생각이 솟구쳤다.

갈가드는 독을 먹지 않았다. 사실 그건 로젠도 예상했던 바였다. 갈가드의 시신을 본 순간 확신했다.

로젠이 아무 대꾸도 하지 않자 영주는 어깨를 으쓱했다.

“당신은 이제 물 밖으로 나온 물고기입니다. 더 이상 아무 힘도 없죠. 그러니 얼마 남지 않은 시간이나마 그냥 느긋하게 지내기 바랍니다. 슬슬 대학교에서 답변이 도착할 때도 됐고, 재판은 내가 알아서 착착 진행할 테니까요. 뭐, 그 편이 간단하니까 말입니다.”

그 말에 로젠의 얼굴에서 핏기가 가셨다. ‘간단하다’. 즉, 란드센은 대학교에서 고문을 허가하는 답변이 오기를 기다렸다가 앤을 고문할 작정이다. 그리고 분명 앤에게 ‘로젠 일행은 공범자’라는 자백을 받아 내려는 수작이리라.

공범으로 지목된 자에게는 고문을 사용해도 무방했다. 그러니 앤이 자백하면 심문을 건너뛰고 로젠 일행을 고문할 수 있었다. 란드센은 그걸 노리고 있는 게 분명했다.

"뭘 원하는 거요?"

굳이 협박만 하려고 영주가 이런 곳까지 발걸음할 리 없었다. 분명 뭔가 교섭할 일이 있는 것이다.

영주의 입꼬리가 올라갔다.

"실험에 협조해 주지 않겠습니까? 시험해 보고 싶은 약이 몇 가지 있습니다. 뭐, 죽지는 않을 거예요. 결과가 안 좋아도 실명하는 정도겠죠. 다만 그런 일이 생기면 몹시 마음이 아플 겁니다. 어쩌면 당신이 고문을 견뎌 냈다 치고, 마을에서 추방하는 정도로 끝낼지도 몰라요."

식사는 반쯤 상한 빵으로 만든 죽뿐이었고, 두 사람에게 한 그릇만 주어졌다. 리리에게 양보하려 했지만 리리는 고개를 저었다.

"몸이 작아서 많이 먹을 필요 없어요."

"한창 자랄 때잖아?"

둘 다 더는 논쟁할 기운이 없어서 결국 나눠 먹었다.

리리는 식사를 마치자마자 드러누웠다. 역시 정신적으로 피폐해진 것이리라. 로젠도 주린 배를 움켜쥐고 차가운 벽에 몸을 기댔다.

다음으로 찾아온 사람은 코펠이었다.

"꼴이 말이 아니군."

어떠한 반박도 할 수 없었다. 코펠은 콧방귀를 뀌고 말을 이었다.

"갈가드에게 남은 화상 자국은 마술을 사용한 결과가 틀림없다네."

그리고 다음과 같이 설명했다.

'징표'에 관해 예언한 뒤로 코펠은 매일 밤늦게까지 별의 운행을 관찰했다. 무슨 흉조가 없는지 감시한 것이다.

갈가드가 죽은 밤에도 코펠은 별을 보고 있었다. 달이 중천을 지났을 무렵, 문득 시야 아래쪽에 빛이 희미하게 떠 있는 걸 알아차렸다. 언제, 어디서 나타났는지는 분명치 않았지만, 랜턴 형태에 가까운 그 불빛은 흔들거리며 이동하다가 훅 사라졌다. 어둠 때문에 확실치는 않았지만, 위치상으로는 갈가드의 오두막 부근이었다.

시간이 좀 흐르자 아까보다 밝은 불빛이 같은 곳에 떠올랐다가 잠시 후 사라졌다. 코펠은 동틀 녘까지 별을 보고 있었지만, 그 후로는 불빛이 나타나지 않았다.

"'메소르 이그니스(Messor Ignis. 사신의 불)'일세. 살인 마술을 사용했을 때 나타나는 흔적으로는 흔한 부류지."

살인 마술에 당한 자의 곁에 사신이 찾아와 그 목숨을 거둬

간다는 전승이 있다. 그 사신이 들고 있는 랜턴이 '사신의 불'
이다.

코펠이 격자에 코가 닿을 만큼 얼굴을 들이밀었다.

"알겠나? 그날 밤 분명 마술이 사용됐어. 그 흔적이 '사신의
불'과 '악마의 얼굴을 본뜬 화상 자국'이라는 형태로 나타난 거
고. 그저께 그걸 가르쳐 주려고 했는데, 자네가 너무 무례하게
굴기에 그냥 쫓아내 버렸지."

"하나 여쭤봐도 되겠습니까?"

로젠은 노인의 눈을 들여다봤다.

"혹시 어젯밤에도 별을 관찰하고 계셨던 거 아닙니까?"

"오호, 눈치가 빠르군."

코펠이 씩 웃었다.

"수상한 불빛이 묘지로 향했다고 마을에 알린 사람이 바로
나일세."

그 말을 끝으로 코펠은 냉큼 돌아갔다.

'사신의 불'이 의미하는 바는 무엇인가.

로젠에게 그것은 너무나 명백했다.

문틈으로 비치던 빛은 이미 사라졌고, 감옥은 진정한 어둠

에 뒤덮였다. 어젯밤에 묘지로 향했을 때보다 더 어두웠다. 이 따금 부스럭거리는 소리가 났다. 벌레나 쥐이리라.

'앤 양은 이런 곳에서 버텼던 건가.'

앤이 구금된 지도 벌써 이레째였다. 그동안 앤은 이런 환경 속에서 자신의 의지를 관철해 왔다.

로젠은 고작 하루 만에 우는소리를 하는 자신이 어쩐지 한심하게 느껴졌다.

구금당한다는 게 이토록 고통스러운 일이었단 말인가. 지금껏 만난 피고인들의 얼굴이 떠올랐다. 그 공허한 눈. 그럴 만도 했다. 이런 환경에 갇힌 데다 고문까지 당했으니까.

우우우우우우웅―

진동하는 소리가 희미하게 들렸다. 란드센이 연구를 시작한 것이리라. 하필 이럴 때. 아니, 이럴 때여서 그럴 것이다. 어쩌면 새로운 실험 대상을 손에 넣을지도 모르니까.

로젠은 한숨을 쉬고 눈을 감았다.

묘지에서 본 시신이 눈꺼풀 안쪽에 떠올랐다.

부패가 시작된 갈가드의 시체. 그 왼쪽 가슴에는 분명 화상 자국이 있었다.

하지만 그뿐만이 아니었다.

부패가 진행됐기 때문인지, 화상 자국은 쩍쩍 갈라진 상태였다. 그리고 그 밑에는 예리한 물건으로 찌른 상처가 깊숙이 남아 있었다.

갈가드는 독살당한 게 아니었다. 찔려 죽었다. 그리고 살인자는 심장을 꿰뚫은 후 그 상처를 지져서 막았다.

란드센과 사람들이 이변을 눈치채지 못한 것도 무리는 아니었다. 범인은 상처를 꼼꼼하게 지졌다. 그리고 상처에서 흘러나온 피는 항아리에서 쏟아진 포도주에 씻겨 나갔으니까.

코펠이 말한 '사신의 불'도 범인이 갈가드를 살해하려고 오두막으로 향할 때 밝힌 랜턴 불빛이다. 도중에 랜턴을 끈 건 불빛 때문에 갈가드가 깨지 않도록 하기 위해서였고, 그 후에 나타난 더 밝은 불빛은 상처를 지지기 위해 피운 화덕의 불길이었다.

오두막으로 가는 길에만 랜턴을 켰던 건 혹시나 넘어져서 큰 소리가 나지 않도록 하기 위해서였으리라. 돌아올 때는 이미 갈가드를 죽였으니 다소 소리를 내도 문제없었다.

갈가드는 찔려 죽었다.

단지 그뿐이다.

하지만 그 사실 하나만으로 모든 것이 명백해졌다.

누가 그를 죽였는지.

그리고 그 동기까지도.

확인해야 할 사항이 몇 가지 있었다. 하지만 결론이 뒤집히지는 않으리라.

물론 범인은 앤이 아니었다. 그건 시신의 찔린 상처로 증명이 가능했다.

그걸 알면서도 손쓸 방도가 전혀 없었다.

"젠장."

로젠은 주먹으로 벽을 쳤다. 둔탁한 소리가 울려 퍼졌다. "으음." 하고 리리가 몸을 뒤척였다.

"엘레나는 무고합니다. 그런데 왜 힘을 보태 주지 않으시는 겁니까?"

로젠이 따지자 눈앞에 앉은 남자는 희미한 웃음을 지었다.

나이는 40대 중반. 달걀처럼 매끈하게 벗어진 작은 머리에, 역시 달걀같이 동그란 눈. 입가에는 수염이 덥수룩했다. 에그하르트 쿠겔슈타인은 통같이 커다란 몸을 의자에 묻은 채 귀에 쏙 들어오는 목소리로 대답했다.

"마녀재판의 피고인을 편들어서 무슨 득이 되겠나?"

"엘레나는 무고합니다. 재판은 진실을 밝히는 자리가 아닙니까?"

"재판은 수많은 제도 중 하나야. 즉 일종의 도구이자 수단일 뿐, 그 자체로 의미가 있는 게 아니지. 목적이 무엇이냐에 따라

쓰임새도 의미도 달라져."

대학 총장이 탁자 위로 손을 뻗었다.

"이 가위를 예로 들어 볼까. 종이를 자를 수도 있고, 손잡이 부분으로는 못을 박을 수도 있지. 사용하기에 따라서는 사람을 죽일 수도 있거니와, 가만히 놔두고 작품으로 감상해도 될 거야. 그 쓰임새는 사람에 따라 다르다네. 이 가위 자체에는 목적도 의미도 존재하지 않아."

"그건 일반적인 도구 이야기잖습니까. 저는 재판에 대해 말하는 겁니다."

"같은 이야기야."

에그하르트가 가위를 만지작거리며 딱 잘라 말했다.

"재판을 어떻게 이용할 것인가. 그야 사람마다 천차만별이겠지. 자네처럼 진실을 밝히려는 사람도 있고, 경쟁 상대를 쓰러뜨리기 위해 이용하는 사람도 있어. 또는 아무 이득도 없으니 관여하지 않으려는 사람도 있고 말이야. 그 사람의 목적이 무엇이냐에 따라 당연히 재판을 대하는 방식이 달라지겠지?"

에그하르트의 입에 미소가 맺혔다.

"로젠 군. 자네가 나를 못마땅하게 여긴다는 건 잘 알아. 자기 출세를 위해서만 지식과 언변을 사용할 뿐만 아니라, 그렇게 얻은 권세를 정의 실현을 위해서는 쓰지 않는다는 이유로 말이지. 성실한 자네로서는 도저히 참을 수가 없겠지. 하지만 그건 도구를 사용하는 방법의 차이일 뿐이야."

로젠이 침묵하자 에그하르트는 "참." 하고 일어났다.

"'살아 움직이는 모든 것이 너희의 양식이 될 것이다. 내가 전에 푸른 풀을 주었듯이, 이제 이 모든 것을 너희에게 준다.' 신께서는 이 세상을 피조물인 인간에게 주셨어. 이 세상 모든 건 우리가 이용하라고 존재하는 거야. 그걸 어떻게 이용하느냐는 각자의 문제겠지? 자넨 자네 방식대로, 난 내 방식대로. 그럼 되지 않겠나."

그렇게 말하고는 가위로 로젠의 배를 찔렀다.

누군가의 비명을 들은 것도 같았다.

하지만 그게 자신의 목소리인지는 분명치 않았다. 로젠은 힘없이 무릎을 꿇고 바닥에 쓰러졌다. 상처에서 줄줄 흘러나온 피가 바닥을 뒤덮었다. 이윽고 로젠의 몸도 피바다 속으로 가라앉았고, 마침내 세상은 진홍빛으로 채워졌다.

"로젠."

익숙한 목소리가 귀를 때렸다.

눈을 번쩍 떴다.

멀리서 닭 우는 소리가 들렸다. 아침인 듯했다.

"괜찮아요?"

리리였다.

어두워서 흐릿한 윤곽만 보였지만, 얼굴을 들여다보고 있다는 걸 알 수 있었다.

"괜찮아."

차가운 바닥에서 몸을 떼어 냈다. 온몸이 어제보다 더 아파서 팔다리를 뻗기도 힘겨웠다.

천천히 고개를 내저으며 방금 꿨던 꿈을 되새겨 보았다.

에그하르트 쿠겔슈타인. 로젠의 스승이자 에른스트 대학교 총장. 수도원장도 겸하고 있어서 제후와 어깨를 나란히 할 만큼 권위 있는 불세출의 걸물이다.

배에 손을 댔다.

물론 상처는 없었다. 조금 전 그건 피곤해서 꾼 악몽이다. 하지만 알고 있어도 동요한 마음은 가라앉지 않았다.

그렇다. 필요하다면 그 남자는 주저 없이 가위를 들이밀리라. 그는 세상의 모든 걸 내려다보고, 자신 이외의 모든 존재를 업신여긴다. 자신의 손익만 계산하고, 그 때문에 어떤 희생이 나든 아랑곳하지 않았다. 엘레나가 마녀재판을 받을 때 그 사실을 몸서리나게 깨달았다.

갑자기 계단을 오르는 발소리가 높이 울려 퍼졌다.

식사일까. 그러고 보니 어제는 한 끼밖에 나오지 않았다.

문이 열렸다. 어둠에 익숙해진 눈이 아플 만큼 쏟아져 들어오는 밝은 빛을 등지고 낯익은 남자가 서 있었다.

"아, 로젠 군. 오랜만이야."

그 통 같은 몸은 묵직한 법의에 감싸여 있었다. 성직자 또는 대학교 교수가 공식 석상에서 걸치는 그 옷은 일종의 예복이었다.

한순간 얼떨떨해하다가 로젠은 무심코 천장을 올려다봤다.

'루푸스 인 파블라(Lupus in fabula. 호랑이도 제 말 하면 온다더니).'

에그하르트 쿠겔슈타인은 법의 소매를 세차게 휘날리며 유쾌하게 손을 쳐들었다.

⊕

"떠난 지 1년 반쯤 됐나? 여전히 꼴이 형편없군."

에그하르트가 쾌활하게 말을 걸었다. 마치 주점에서 우연히 만난 것처럼 태평한 태도였다.

"아무래도 그간 많이 힘들었나 봐."

이건 리리에게 던진 말이었다. 로젠의 스승인 에그하르트는 리리와도 안면이 있었다.

리리는 대답 없이 고개를 휙 돌렸다. 허세 부리는 것처럼 보였다. 옆쪽 감옥에서 앤이 어리둥절한 얼굴로 상황을 지켜보고 있었다.

"선생님은 변함없으신 것 같군요."

"아니, 그렇지도 않아. 얼마 전에 주교좌성당의 대주교로 임명돼서 말이야. 얼마나 바쁜지 원."

"그렇게 바쁘신 와중에 굳이 제자의 꼴사나운 모습을 구경하러 행차하신 겁니까?"

"이보게, 이렇게 재미없는 촌구석까지 만나러 왔는데, 그렇게 박정하게 굴 건 없잖나."

에그하르트는 웃으며 경위를 설명했다. 단순한 이야기였다. 마침 기 대학교에서 순회강연을 하고 있을 때 란드센의 일꾼이 찾아왔다.

"정말이지 우연이란 무섭다니까. 하지만 덕분에 이렇게 자네와 또 만났군. 행운의 여신에게 감사해야겠어."

자, 하고 에그하르트가 손뼉을 쳤다.

"잡담은 이쯤 하고, 앞으로 어떻게 할지 상의할까. 그렇지, 란드센 경?"

어느 틈엔가 문 옆에 서 있던 란드센이 떨떠름한 표정으로 사람들을 바라보았다.

"우선 이 냄새 나는 감옥에서 당장 꺼내 주고 싶네만, 이 사람이 자네를 마녀의 공범자라고 우겨서 말이야. 그러니 자네가 무고하다는 걸 증명해 줬으면 하는데, 할 수 있겠나?"

로젠은 깜짝 놀라서 저도 모르게 되물었다.

“도대체 무슨 바람이 불어서 이러시는 겁니까?”

“스승이 제자를 구하는 건 당연한 일 아닌가?”

배를 흔들며 웃는 에그하르트를 바라보며 로젠은 바쁘게 머리를 굴렸다.

단언할 수 있었다. 눈앞의 이 남자에게는 같은 학교에서 일했던 동료에 대한 우정도, 이웃을 사랑하는 마음도 없었다. 자신의 욕망에 충실하다는 점에서는 란드센보다 더 지독하리라. 그런 그가 남을 돕는다니, 돼먹지 못한 속셈을 품고 있을 게 분명했다.

하지만.

안타깝게도 달리 방법이 없는 것 또한 사실이었다. 이 기회를 놓치면 로젠 일행은 고문을 당한 끝에 죽음을 맞을 것이다.

리리에게 시선을 던졌다. 고개를 살짝 끄덕이는 리리에게 로젠도 고개를 끄덕였다. 에그하르트가 내민 손을 눈 딱 감고 붙잡는 수밖에 없었다.

‘아니, 그게 아니야.’

로젠은 에그하르트에게 얼굴을 되돌렸다.

‘내가 이 남자를 이용하는 거다.’

“알겠습니다. 다만 그 전에 한 가지 여쭤봐도 될까요? 앤 양은 ‘마술을 사용해 갈가드 씨를 살해했다’는 혐의로 고발당했습니다. 이 고발 내용을 반증함으로써 앤 양이 마녀가 아니며,

나아가 저도 공범자가 아니라는 사실을 입증하고 싶은데 괜찮
으시겠습니까?”

로젠 자신의 결백을 증명하기는 생각보다 어려웠다. 지금
여기에는 증명할 재료도 없고 증인도 없으니까.

하지만 앤이 마녀가 아니라는 사실은 갈가드의 시체 상태를
통해 증명할 수 있었다. 이쪽에서 활로를 찾아야 했다.

란드센이 콧방귀를 뀌었다.

“여전히 제멋대로군요. 하지만 뭐, 좋습니다. 명확한 쟁점이
없으면 듣고 있기가 피곤하니까요.”

그 옆에서 에그하르트도 고개를 끄덕였다.

“감사합니다.”

로젠은 고개 숙여 인사한 후 논증에 나섰다.

먼저 갈가드의 시체에 찔린 상처가 있었다는 걸 두 사람에
게 알렸다.

“나중에 그쪽에서도 확인해 주십시오. 제 증언만으로는 믿
어 주시지 않을 테니까요.”

영주가 고개를 끄덕이자 로젠은 말을 이었다.

“깊은 상처라 분명 치명상이었을 겁니다. 즉, 갈가드 씨는 마
술로 살해당한 게 아니라 찔려 죽은 거예요.”

마술로 찔린 상처를 낸 것은 아니었다. 마술에 의한 죽음은
자연사와 구별이 불가했다. 즉 시신에 타살임을 나타내는 흔적

이 남지 않았다. 그러므로 만약 죽음에 이를 만큼 치명적인 상처가 남아 있다면, 그건 누군가가 직접 낸 것이라는 뜻이었다.

"잠깐만요."

란드센이 얼른 끼어들었다.

"이렇게도 생각할 수 있지 않겠습니까? 갈가드는 마술로 살해당했다. 가슴의 화상 자국은 역시 마술을 사용한 흔적이고, 찔린 상처는 그 후에 생겼다고요."

"말도 안 됩니다. 찔린 상처는 화상 자국으로 막혀 있었습니다. 즉 갈가드 씨는 화상을 입기 전에 흉기에 찔린 겁니다."

"그렇군요. 그럼 이런 가설은 어떻습니까? 방금 말했듯이 갈가드는 마술로 살해당했다. 하지만 그때는 화상 자국이 나타나지 않았고, 나중에 누군가가 시체의 가슴을 찌른 후 그 상처를 Y자 모양의 화상 자국으로 막았다. 마녀 짓으로 보이도록 말입니다."

"그렇다면 가슴을 찌를 필요가 없습니다. 그건 오히려 마술이 사용됐다는 사실을 부정하는 재료가 되고, 가슴을 찌른 누군가의 존재가 들통날 우려도 있으니까요."

"그게 목적이었던 거 아닐까요? 즉, 이 누군가는 갈가드를 찌름으로써 자신의 존재를 암시해 앤을 감싼 거죠."

"만약 그렇다면 마술의 흔적으로 보이는 화상 자국을 남길 리 없습니다. 그랬다가는 오히려 앤 양의 혐의가 깊어질 테니까요.”

Y자 모양의 화상 자국과 찔린 상처. 이것들은 서로 상반된 흔적이었다.

“따라서 갈가드 씨는 마술로 살해된 게 아닙니다. 더 나아가 지금까지와 같은 이치로 과음에 의한 중독사나 자연사도 부정할 수 있습니다.”

지금까지 내놓은 논증에서 ‘마술을 사용한 범행’이라는 부분을 ‘중독사’ 또는 ‘자연사’로 바꾸면 되었다. 이미 부정됐기에 염두에 둘 필요는 없지만 독살도 같은 방식으로 배제할 수 있었다.

예를 들어 중독사였다고 친다면, 이때는 화상 자국도 찔린 상처도 누군가의 위장 공작이라는 뜻이었다. 하지만 마술을 사용한 범행으로 보이려 했다면 가슴을 찌를 필요가 없었고, 앤을 감싸기 위해 타살로 보이게끔 찔린 상처를 남겼다면 이번에는 화상 자국을 남길 이유가 없었다. 결국 찔린 상처를 위장 공작이라고 가정하면 모순이 생기기에, 갈가드는 찔려 죽었다고 볼 수밖에 없었다.

“좋습니다. 그럼 마술을 사용하지 않았다는 건 인정하죠. 하지만 문제는 전혀 해결되지 않았습니다. 마녀도 직접 사람을 죽일 수 있으니까요. 앤이 직접 갈가드를 해쳤을 가능성은 부정할 수 없잖습니까.”

"아닙니다."

로젠은 단박에 부정했다.

"갈가드 씨가 찔려 죽었을 때 앤 양은 빗장이 채워진 방에 갇혀 있었습니다. 범행은 불가능합니다."

"베날두스 신부가 공범이라면 아무 문제 없겠죠?"

란드센이 히죽 웃으며 그렇게 말했다. 하지만 로젠은 동요하지 않았다. 그 가능성도 이미 검증을 마쳤다.

"알겠습니다. 베날두스 신부님이 공범이라 방에서 자유롭게 나올 수 있었다고 칩시다. 하지만 그래도 무죄인 건 변함없습니다. 앤 양이 찔러 죽였다 하더라도, '마술을 사용한 흔적'을 위장해서 자신의 혐의를 더욱 짙게 만들 리는 없으니까요."

"바로 그게 앤의 노림수 아니었겠습니까? 자기 범행임을 떠들썩하게 알리는 식으로 위장 공작할 리 없다. 그러니 앤은 무죄다. 사람들에게 그런 생각을 심기 위해 위장 공작했을 가능성은……."

"말도 안 됩니다."

로젠은 단호하게 말을 막았다.

"그게 목적이라면 위장 공작은 폭로돼야 합니다. 위장 공작이라고 간파해 주지 않으면 자기 혐의만 짙어질 뿐이니까요. 그러니 즉시 들통날 만큼 조잡하게 위장해야 하겠지요. 하지만 찔린 상처는 화상 자국으로 꼼꼼히 막혀 있었습니다. 누구도 눈치챌 수 없을 만큼.”

반론하려는 듯 란드센이 입을 열었지만 말은 나오지 않았고, 이윽고 체념한 듯 고개를 돌렸다.

로젠이 마무리 지었다.

“앤 양은 마술을 사용하지 않았고, 갈가드 씨를 죽이지도 않았습니다. ‘마술을 사용해 갈가드 씨를 살해했다’는 혐의로 고발당한 앤 양은 무죄입니다.”

절그럭, 하고 소리가 났다. 에그하르트가 열쇠 다발을 꺼낸 것이다. 격자문이 열리고 로젠 일행은 하루 만에 감옥에서 풀려났다.

옛 제자의 어깨를 에그하르트가 툭 쳤다.

“제법 도구를 다룰 줄 알게 됐군. 뭐, 그럴 만도 한가.”

뭐가 그럴 만한지는 모르겠지만 적당히 웃어넘긴 후 로젠은 곧바로 표정을 가다듬었다.

“아직입니다. 아직 문제는 해결되지 않았습니다.”

“이보게, 이렇게 병 걸릴 것 같은 곳에 꼬박 하루나 있었잖나. 좀 쉬는 게 어때?”

“친절한 말씀 감사합니다. 하지만 괜찮습니다.”

절망의 나락에서 단숨에 기어 나왔다. 몸 여기저기서 비명을 질렀지만, 기분은 날개 돋친 듯 가벼웠다.

“이것도 선생님의 존안을 뵌 덕분이겠지요.”

"하하하, 그것참 기쁜 소리로군."

"란드센 경." 로젠은 영주를 보았다. "재판을 열어 주십시오."

대답은 없었다. 에그하르트가 놀리듯이 말했다.

"나도 제자의 변론을 더 들어 보고 싶은데 말이야."

영주는 벌레 씹은 듯한 표정으로 위를 올려다본 후 방에서 나갔다.

로젠은 앤에게로 돌아섰다. 홀로 남겨져 불안해 보이는 앤에게 고개를 숙였다.

"미안합니다."

앤이 눈을 깜빡깜빡했다.

"십자가에 맹세하고 나서 한참 지났지만, 이번에야말로 약속을 지키겠습니다."

앤의 갈색 눈동자를 똑바로 바라봤다. 예전에 구하지 못했던 엘레나의 모습이 거기 겹쳤다.

"재판에서 모든 진실을 밝힐 겁니다."

마녀재판

마녀재판을 연다.

그 소식은 즉시 마을 전체에 퍼졌다.

법정이 된 교회 회당으로 마을 곳곳에서 사람들이 몰려들었다. 밭일하던 남자들은 농기구를 내팽개치고, 소젖을 짜던 여자들은 자루를 내려놓고. 아이들은 뛰어다니는 걸 멈추고, 노인들은 오랜만에 신발을 신고. 모두 일제히 교회로 향했다.

다만 거기에 자인의 모습은 없었다. 채찍질당한 상처가 아직 낫지 않아 걷질 못해서 교회 2층의 한 방에서 쉬고 있었다.

아담한 회당은 사람들의 열기로 가득해 땀이 밸 정도였다. 긴 의자는 가득 찼고, 자리에 앉지 못한 사람들이 복도로 밀려났다. 자리를 두고 여기저기서 싸움이 벌어졌다.

회당 정면 벽에 걸린 십자가 밑에 한 단 높게 무대를 설치했다. 무대 중앙에 단상이 있고, 그 바로 옆에 보기 드문 천을 한 장 드리워 놓았다.

성 메니니누무스의 유해를 감쌌던 천이었다. 삼베로 짠 그것은 얼룩이 두드러지고 풀어진 실이 여기저기 튀어나와 있었지만, 그런 허름한 느낌이 오히려 일종의 위엄을 자아내는 데 한 몫 하는 것처럼 보였다. 갑옷을 입은 보초가 창을 들고 불순한 자가 천에 손대지 못하도록 좌우에서 감시하고 있었다.

와, 하고 환성이 터졌다.

란드센이 무대에 올랐다. 지난번 재판 때처럼 붉은 바탕에 금색 자수를 놓은 로브를 걸쳤다. 란드센은 엄숙한 얼굴로 지팡이를 치켜들더니 내던지는 대신 눈앞의 교단을 두드렸다.

"마녀재판을 개정한다."

땅울림 같은 환성이 일었다. 다들 기대감에 눈을 반짝였다. 드디어 마녀에게 심판이 내려진다. 이제 불안으로 가득한 생활과도 작별할 수 있다는 심정을 감추지 못하고 분출했다.

"재판관은 나다. 그리고 검찰관은."

"내가 맡도록 하지."

에그하르트가 그렇게 말하며 무대에 올랐다. 한층 더 큰 환성이 터졌다. 그가 누구인지는 신분까지 포함해 이미 마을 전체에 알려졌다. 마녀위원회가 알리고 다닌 결과였다.

사람들을 진정시킨 란드센은 무대 옆으로 얼굴을 돌렸다.

"피고인 로젠은 앞으로."

로젠은 바로 대답하지 않고 무대 위를 둘러봤다. 맞은편에는 이 교회의 신부, 그리고 마을의 젊은 사법관이 있었다. 교단에는 그의 스승과 이 마을의 영주가 있었다. 그리고 자신의 옆에는 지금까지 여행을 함께해 온 소녀와 마녀로 고발된 피고인이 있었다.

두 사람과 눈을 마주쳤다. 앤이 고개를 살짝 끄덕였고, 리리가 주먹으로 로젠의 배를 툭 쳤다.

무대에 오르자 순식간에 시선이 꽂혔다. 그가 마녀와 한패라고 마을 사람 모두가 확신하고 있었다. 맨 앞줄을 차지한 덴 부인은 당장이라도 덤벼들 듯 몸을 내밀고 있었다.

하지만 로젠은 조급해하지 않았다. 단상에 선 로젠은 조용히 청중을 둘러본 후, 천천히 입을 열었다.

"먼저 여러분께 사과를 드리고 싶습니다."

이제 와서 무슨, 하고 청중이 어이없어하는 표정을 지었다. 로젠은 주눅 들지 않고 말을 이었다.

"저는 제 직무에 너무 우직했습니다. 그 때문에 여러분의 증언을 의심하고 말았지요. 그리고 진실을 밝히기 위해서였다고는 하나, 무덤을 파헤치는 만행까지 저질렀고요. 여러분이 저를 불신하시는 것도 당연합니다. 모두 제가 미숙한 탓입니다."

깊이 고개를 숙였다.

“정말로 죄송합니다.”

욕설은 날아오지 않았다. 모두 당황한 것이다. 직무에 우직? 미숙한 탓? 이 작자가 무슨 소리를 하는 거지?

“이토록 과오를 거듭해 온 제가 무슨 말을 한들, 그 말은 허무하게 귓전을 스치고 지나갈 뿐이겠지요. 그러니 저는 이 몸을 주님께 맡기겠습니다. 주님과 성 메니니누무스 앞에서 신명재판으로 제가 결백함을 증명하겠습니다.”

마치 시간이 멈춘 듯한 정적이 찾아왔다.

신명재판?

그것이 무슨 의미인지 모르는 사람은 없을 텐데, 아무래도 너무 얼떨떨해서 그러는 듯했다.

마녀의 공범자가 신명재판을 받는다고?

은총을 받지 못할 게 뻔한데 대체 왜?

의문스러워하는 사람들은 아랑곳하지 않고 재빨리 준비가 진행됐다.

도자기로 만든 굽잔이 교단 위로 옮겨졌다. 굽잔에는 두개골만 한 크기의 돌이 얹혀 있었다. 이어서 큰 항아리가 교단 옆에 놓였다. 철벅, 하고 물소리가 울려 퍼졌다.

란드센이 국자로 떠서 돌의 왼쪽 절반에 뿌렸다.

치익, 하는 소리와 함께 물이 튀고 김이 세차게 피어올랐다.

어후, 하고 한숨이 여기저기서 새어 나왔다. 말을 꺼내는 사람은 없었다. 이제 신이, 그리고 성 메니니누무스가 심판을 내리는 순간을 모두가 숨죽여 기다렸다.

로젠은 성 메니니누무스의 유해를 감쌌던 천에 공손히 고개를 숙인 후, 오른손을 청중에게 치켜들었다.

"저는 주님의 충실한 종복입니다. 제가 마녀가 아니고 주님의 정의 아래 있다면, 부디 그 손으로 은총을 베풀어 주소서."

그러고는 손을 돌에 얹었다. 표정에는 아무 변화도 없었다. 시간이 넉넉히 흐른 뒤, 로젠은 사람들에게 손바닥을 보여 주었다.

화상을 입은 자국은 없었다.

"주님과 성 메니니누무스의 은총에 감사드립니다."

천지가 뒤집힌 듯 난리법석이 난 회당을 바라보며 로젠은 란드센과 지금껏 주고받은 수많은 대화를 떠올렸다.

"공유할 수 있는 전제만 찾아낸다면 그들은 교섭하러 나와 줄 겁니다."

만찬 때 영주가 입에 담았던 그 말은 결국 절반은 옳았다.

성 메니니누무스에 대한 신앙. 그것이 돌파구였다. 이 마을의 수호성인에 대한 신앙을 공유하면 마을 사람들은 분명 교섭 석상에 앉아 줄 것이다.

하지만 그것만으로는 부족했다.

설령 교섭에 응한다 해도 앤이 마녀가 아니라고 설득하기는 불가능했다. 왜냐하면 그들에게 앤이 마녀라는 주장은 교섭에 사용할 패가 아니라 논의의 전제에 속하기 때문이었다.

가톨릭교회의 교리와 같다고 할 수 있었다. 교리란 불가침 영역이라 절대로 뒤집히지 않는다. 루터파가 아무리 따지고 몰아붙여도, 그들은 절대로 자기네 교리를 버리지 않는다.

그렇다면 어떻게 해야 할 것인가.

깨달음을 준 건 에그하르트였다.

감옥에서 로젠이 아무리 호소해도 란드센에게는 씨알도 먹히지 않았다. 그런데 에그하르트가 오기만 했는데도 상황은 일변했다. 왜일까.

에그하르트가 이번 소동과 관계없는 제삼자이며, 란드센에게 강력한 권능을 발휘할 수 있는 입장이었기 때문이다.

닫힌 상황 안에서는 해결할 수 없는 문제도, 영향력 있는 자가 외부에서 힘을 쓰면 해결되기도 한다. 로젠은 그 사실을 깨달았다.

이 마을 안에서는 재판에서 자신들의 무죄를 증명하기가 불가능했다. 무죄를 증명하려면 마을 사람들에게 영향력을 행사할 수 있는 강력한 존재가 꼭 필요했다. 더불어 그 존재는 이번 소동에서 중립적인 위치를 차지하고 있어야 했다. 아니면 로젠 일행과 마찬가지로 마녀와 한패라고 비난당할 따름이었다.

성 메니니누무스는 그야말로 이 조건에 충족했다. 이 수호성인은 마을 사람들 위에 군림하는 절대자니까.

잔 위에 올린 돌에는 당연히 속임수를 썼다. 란드센이 석회암을 초고온으로 가열해서 만들었다는 '불의 돌'의 가루를 빌려 왼쪽에 뿌려 놨다. 아무리 자신이 무죄라 한들, 눈에 보이지도 않고 엘레나를 구하지도 않았던 변덕스러운 신에게 마냥 기적을 기대할 수는 없지 않겠는가.

가루에 물을 끼얹은 후 반대편에 손을 댔다.

그게 전부인 아주 단순한 사기극이었다. 하지만 성 메니니누무스를 맹신하고, '불의 돌'이 뭔지 모르는 마을 사람들에게는 엄청난 효과를 발휘한 듯했다.

사람들이 겨우 차분함을 되찾기 시작할 무렵에 로젠은 기회를 놓치지 않고 입을 열었다.

"어리석기 짝이 없는 제게 주님과 성 메니니누무스는 은총을 내려 주셨습니다. 그리고 실은 성 메니니누무스께서 보여 주신 기적이 하나 더 있습니다."

다들 열광적인 표정으로 단상을 쳐다보았다. 조금 전까지와는 달리 기대로 가득한 눈빛이었다. 뭐니 뭐니 해도 눈앞의 남자는 수호성인의 은총을 받은 인물이다. 단죄할 마음은 이미 안개처럼 흩어졌으리라.

"그 전에 몇 가지 사실을 확인해 두겠습니다."

갈가드의 가슴에 찔린 상처가 있었다는 것, 그 상처가 치명상이었다는 것 등을 간결히 설명했다.

"자, 여기 코펠 옹 계십니까? 이 마을의 수호성인께서 남기신 시에 대해 알려 주셨으면 하는데요."

본당 중간쯤에서 코펠이 일어섰다. 눈살을 찌푸리면서도 로젠이 요청한 대로 시를 읊었다.

한 쌍의 잠, 평온할지어다

거인의 가슴에, 내리꽂힌 한 자루의 검

끓어오른 핏물이, 비 되어 쏟아지면

한여름 태양에 말라, 먼지가 되리라

지나온 곳은 동방, 현자의 눈

반달이 처마에 걸리고, 답을 구하니

밤마다 무덤에서 울려 퍼지는, 원한의 목소리

모두 함께 레기온, 포로의 치욕에

정화의 불길이여, 손안에 승리를

아베 마리아, 아베 마리아

부활의 날은, 곧 다가오리

시를 읊을수록 그의 눈은 놀라움으로 커졌다. 시가 끝나자 코펠은 숨을 몰아쉬며 로젠을 응시했다.

"아무래도 알아차리신 것 같군요."

코펠이 고개를 끄덕였다. 한편 다른 사람들은 고개를 갸웃거리며 얼굴만 마주 봤다.

"이 시에는 이번 마녀 소동이 예언돼 있습니다. 일단 사법관이었던 마컴 부부가 죽었습니다."

한 쌍의 잠, 평온할지어다

"갈가드 씨는 거인처럼 덩치가 컸습니다. 그리고 가슴을 찔려 죽었지요."

거인의 가슴에, 내리꽂힌 한 자루의 검

그제야 로젠이 무슨 말을 하는지 알아차린 듯, 본당 여기저기서 숨을 삼키는 소리가 들렸다.

"상처는 화상 자국으로 막혀 있었습니다. 그리고 나흘 후 큰 비가 내렸고요."

로젠과 리리가 거목의 구멍에서 비를 피했던 날이다.

끓어오른 핏물이, 비 되어 쏟아지면

"그 후로 이 시기에는 드물게 더운 날이 이어졌습니다."

309

한여름 태양에 말라, 먼지가 되리라

이제 사람들은 조용해졌고, 성당에는 로젠의 목소리만 울려 퍼졌다.

로젠과 리리가 마을을 찾아왔고.

지나온 곳은 동방, 현자의 눈

반달 모양의 재가 처마 밑에 쌓였고.

반달이 처마에 걸리고, 답을 구하니

갈가드의 무덤이 파헤쳐졌고,

밤마다 무덤에서 울려 퍼지는, 원한의 목소리

마을 사람들이 우르르 몰려와 로젠과 리리를 붙잡았다.

모두 함께 레기온, 포로의 치욕에

"자, 이제 석 줄 남았습니다."

정화의 불길이여, 손안에 승리를

아베 마리아, 아베 마리아

부활의 날은, 곧 다가오리

"들으면 아시겠지만 이건 정화의 불길로 성모 마리아께서 승리를 거두실 것을 나타내는 구절입니다."

그렇게 말하고 무대 옆에 시선을 주었다. 앤이 고개를 살짝 끄덕이더니 당당한 걸음걸이로 로젠에게 다가왔다.

"당신은 마녀입니까?"

마음을 가다듬듯 한 번 숨을 내쉰 후, 앤은 사람들을 보고 곧장 답했다.

"아닙니다. 주님과 성 메니니누무스 앞에 맹세합니다."

그리고 눈앞의 돌에 손을 얹었다.

'정말 강한 사람이야.'

주저 없이 돌로 손을 뻗는 모습을 보며 로젠은 감탄했다.

앤에게는 돌에 속임수를 사용했다는 사실을 일절 알리지 않았다. 그렇게 하라고 란드센이 강경하게 주장했기 때문이다.

그의 주장은 이랬다.

갈가드를 살해했다는 혐의는 풀렸지만, 앤이 마녀가 아니라고 완벽하게 증명된 건 아니다. 어쨌거나 앤이 마녀라고 호소하는 증언이 다수 나왔으니까.

"따라서 앤을 시험해야 합니다."

먼저 로젠이 신명재판으로 기적을 보여 준다. 이로써 신명재판이 실제로 힘을 발휘한다는 사실이 증명된다. 나아가 역설적으로 다음 사실도 분명해진다.

거짓말하는 자는 은총을 받지 못한다.

그런 조건 아래서, 속임수가 사용됐다는 걸 모르는 앤이 주저 없이 신명재판에 임한다면.

"그때는 앤이 무죄라는 걸 인정하겠습니다."

그리고.

앤은 멋지게 해냈다.

앤은 다친 곳 없이 멀쩡한 손바닥을 보여 주었다.

조금 전과 달리 떠들어 대는 사람은 없었다. 오히려 본당 여기저기서 속닥속닥 속삭이는 소리가 났다. 판단을 내리지 못하는 것이리라. 오직 한 명, 본당 뒤쪽에 서서 재판을 방청하던 소년만이 반짝이는 눈으로 앤을 쳐다봤다.

유난히 큰 소리를 내며 한 명이 일어섰다. 덴 부인이었다. 큰 눈을 차분하지 못하게 좌우로 움직였고 입술을 바르르 떨었다. 수호성인을 믿는 마음과 앤을 의심하는 마음 사이에서 갈등하고 있는 것이리라.

로젠이 물었다.

"왜 그러십니까? 방금 신명재판에 뭔가 문제라도?"

부인은 두리번두리번 주위를 둘러봤다. 사람들이 마른침을 삼키며 덴 부인을 바라봤다. 재판의 귀추는 덴 부인의 동향에 달렸다는 듯이.

로젠은 잠시 기다렸다. 하지만 덴 부인은 시선만 이리저리 돌릴 뿐 입을 열 낌새가 전혀 없었다.

"덴 부인." 부드러운 말투로 불렀다. "당신은 공명정대한 사람입니다. 결코 사리사욕을 위해 남을 깎아내리지 않습니다. 그렇지요?"

덴 부인이 어깨를 움찔했다.

"그런 분이시니, 앤 양이 몸소 증명한 결백을 물론 받아들여 주시겠지요?"

죽음 같은 침묵이 흘렀다. 이윽고 덴 부인은 떨리는 입술을 꾹 다물고 자리에 털썩 앉았다.

"여러분도 괜찮으시겠지요?"

모두 얼굴만 마주 볼 뿐 대답은 없었다.

하지만 이의도 나오지 않았다.

로젠은 안도의 한숨을 내쉬었다.

앞으로 앤은 더 이상 비난받지 않을 것이다. 사실상 신명재판의 결과를 마을 사람 모두가 인정한 셈이니까. 아직 마음의 정리가 안 된 사람도 있겠지만, 앞장서서 싸워 온 덴 부인이 꺾였다. 이 결과는 마을에 서서히 침투되리라.

에그하르트가 크게 손뼉을 쳤다.

"이것으로 결정됐군."

그 말을 받아 란드센이 선언했다.

"피고인 앤에게 무죄를 선고한다."

“해냈다!”

리리는 무심코 소리쳤다. 이번에는 로젠도 씁쓸한 표정을 짓지 않았다.

앤과 눈이 마주쳤다.

당연하다는 듯한 표정으로 단상의 앤이 미소 지었다.

조금 낯간지러웠다.

성 메니니누무스의 시와 현실이 일치한다는 걸 깨달았을 때, 처음에는 리리도 로젠도 어안이 벙벙했다. 우연치고는 너무 잘 맞아떨어졌다. 혹시 성 메니니누무스는 미래를 꿰뚫어 보는 힘이 있었던 걸까. 의문은 부풀어만 갔다.

하지만 두 사람은 즉시 사고를 전환했다. 우연이든 예언이든 상관없었다. 이 시가 앤의 누명을 벗기기 위한 강력한 패가 될 수 있다는 것이 중요했다.

앤을 향한 마을 사람들의 의심은 뿌리가 깊었다. 어머니는 마녀로 처형당했고, 불리한 증언도 산더미처럼 많았다. 아무리 수호성인을 절대시하는 마을이라지만, 신명재판으로 의심이 완전히 씻겨 나가리라고는 장담할 수 없는 상황이었다. 그런 불확실한 상황을 이 패가 분명 타개해 주리라.

덴 부인이 일어섰을 때는 오싹했다. 하지만 800년 전부터 이어져 온 예언 앞에 덴 부인은 굴복할 수밖에 없었다.

리리는 수호성인의 유해를 감쌌던 천을 보고 고개를 살짝 숙였다.

⊕

판결이 내려졌는데도 마을 사람들은 침묵을 지켰다.

로젠은 앤이 다시 무대 옆으로 물러나기를 기다렸다가 입을 열었다.

"란드센 경. 이참에 의제를 제출하고 싶습니다만."

그랬다. 아직 남은 문제가 있었다.

"갈가드 씨가 살해당한 사건의 진상을 이 자리에서 밝히고 싶습니다."

"허가하겠소."

란드센이 대답하자 옆에서 에그하르트도 재촉하듯 가볍게 손을 들었다.

"그럼 순서상 먼저 마컴 부부의 죽음에 대해 간단히 언급하겠습니다."

란드센이 관여했다는 사실은 의도적으로 생략하고, 부부는 불행한 사고로 사망했다고 설명했다. 영주가 재판을 열어 주는 대가로 요구한 조건이 그것이었다.

이어서 갈가드의 죽음에 마술은 사용되지 않았다고 설명했다. 감옥에서 란드센을 설복시켰던 바로 그 논리였다.

"즉 갈가드 씨는 틀림없이 찔려 죽었다는 뜻입니다. 그럼 갈가드 씨를 죽인 건 누구일까요? 인간일까요, 마녀일까요? 살인 마술이 사용되지 않았다는 건 증명됐지만, 안타깝게도 이것만으로는 범인이 마녀일 가능성을 부정할 수 없습니다."

몇몇 사람이 앤에게 시선을 주었다. 아직 앤을 의심하는 마음이 완전히 가라앉지 않았음을 알 수 있었다.

"그뿐만이 아니라." 로젠은 말을 이었다. "범인이 마을 안에 있다고 단정할 수조차 없습니다. 마을 밖에서 마녀가 빗자루를 타고 강을 건너, 갈가드 씨를 죽이고 날아갔을지도 모릅니다. 그걸 완전히 부정하기도 불가능합니다."

"날에 따라서는 장작에 불이 붙지 않을 수도 있고, 마술적인 힘이 발휘돼 달걀이 깨지지 않을 수도 있습니다."

만찬 석상에서 란드센이 했던 말이다.

마술을 전제로 삼으면 논리의 토대는 힘없이 무너져 버렸다. 그 결과, 가능성이 무한으로 펼쳐지므로 수렴시키기는 원리상 불가능해졌다.

그렇다면 어떻게 해야 할까.

해답은 여행하는 도중에 얻었다.

"한편 마녀가 아니라 그저 인간의 범행으로 설명할 수도 있습니다. 그럴 경우, 지금까지 얻은 정보를 조합해 보면 범인을 지목할 수 있습니다."

논해야 할 것은 마술 사용 여부가 아니었다. 마술을 전제로 하지 않아도 설명은 가능했다.

따라서.

"지금부터 설명하겠습니다. 마녀의 범행인지, 아니면 제가 지목한 자의 범행인지 여러분께서 판단해 주셨으면 합니다."

엘레나의 재판에 후회를 품고서 찾아낸, 승리하기 위한 방책. 한 번은 란드센에게 완벽하게 박살 났지만, 그 발상 자체가 부정된 건 아니었다.

반대 의견이 없는 걸 확인하고 로젠은 헛기침을 한 번 했다.

"갈가드 씨를 살해한 범인이 인간이라면 외부인이 범인일 가능성은 없습니다. 이 마을의 입지를 고려하건대 외부에서 몰래 침입하기는 불가능하기 때문입니다."

우선 밤에 침입하기는 불가능했다. 저녁에는 마을로 통하는 유일한 다리를 올렸으니까. 또한 낮에 몰래 침입했다고 볼 수도 없었다. 그렇다면 범행 시각까지 몸을 숨겨야 하는데, 이 작은 마을 안에서 계속 숨어 있기는 몹시 어려웠다.

"즉 갈가드 씨를 살해한 인물은 이 가운데 있습니다."

술렁임이 잔물결처럼 일었다가 즉시 사라졌다.

"그럼 갈가드 씨가 살해당한 당시 상황을 정리해 봅시다."

필요한 정보만 추려서 늘어놓았다.

갈가드는 관리인용 오두막 중앙에 쓰러져 있었다.

그 곁에 항아리가 넘어져서 포도주가 바닥에 쏟아졌다.

실내는 잘 정돈된 상태였고 범인과 다툰 흔적은 없었다.

치명상인 왼쪽 가슴을 찌른 상처는 화상 자국으로 막혀 있었고, 그 외에는 눈에 띄는 외상이 없었다.

"다툰 흔적이 없는 걸로 보건대 잠든 틈에 습격당해 한 번에 살해당했음을 알 수 있습니다. 또한 살해당한 날 밤중에 관리인용 오두막으로 향하는 불빛이 목격됐는데요. 이건 랜턴을 든 범인이라고 봐도 무방하겠지요. 이상의 정보를 조합하면 범인을 지목할 수 있습니다."

"재미있군."

란드셴이 들뜬 목소리로 말했다. 만찬 석상에서 봤던 것처럼 눈빛이 번뜩였다.

로젠은 리리를 제외하고 이 자리에 있는 누구에게도 진상을 알리지 않았다. 재판을 준비하느라 설명할 여유가 없었기 때문이다.

놀리는 듯한 어조로 란드셴이 말을 이었다.

"나와 일꾼들까지 포함하면 마을에는 현재 아흔 명이 넘는 사람이 있습니다. 그중에서 범인을 알아낼 수 있다고요?"

“가능합니다.”

“든든하군. 이번에야말로 틀림없겠죠?”

비꼬는 말을 무시하고 로젠은 다시 논증에 나섰다.

“일단 앤 양이 무고하다는 사실을 입증하고 싶습니다. 아무래도 아직 의심을 풀지 못한 분이 계시는 것 같으니까요.”

감옥에서 펼친 논리를 되풀이했다. 설명을 마치자 앤이 로젠에게 고개를 숙였다. 리리와 손을 꼭 잡은 모습이었다.

“그럼 대체 누가 갈가드 씨를 죽였을까요? 이 문제를 고찰하기 위한 대전제가 하나 있습니다. 갈가드 씨가 죽으면 틀림없이 앤 양이 고발당하리라는 것입니다.”

“뭔가 사건이 일어나면 앤의 소행일 거라고, 적어도 앤의 소행으로 받아들여질 거라고 누구나 확신했죠. 마을 사람들은 물론 나와 내 부하들까지 모두 다요.”

란드센의 말이다. 그 말이 옳다는 걸 이 마을에서 며칠 지내는 동안 뼈저리게 실감했다.

“그리고 일단 고발당하면 벗어날 방법은 없습니다. 정식 절차에 따라 고문해서 자백을 받아 낸 후, 화형에 처해졌을 겁니다.”

사람들 일부가 고개를 숙였다. 자신들의 잘못을 부끄러워하는 것이리라.

“이 대전제를 머릿속에 넣고 검토해 보겠습니다. 여기서 주목해야 할 점은 가슴의 화상 자국입니다. 범인은 왜 찌른 상처를 지져서 막았을까요?"

화상 자국을 남기려면 불을 피워야 한다. 범인은 왜 그렇게 수고스러운 짓을 했을까.

"단서는 시신 곁에 넘어져 있던 항아리입니다. 갈가드 씨는 자기 전에 항아리를 오두막 밖으로 옮기는 게 습관이었습니다. 그렇다면 자다가 습격당했을 때 항아리는 오두막 밖에 있었어야 합니다. 그런데 시신이 발견됐을 때 항아리는 방 한가운데 넘어져 있었지요. 항아리가 저절로 움직일 리는 없으니 누군가가 옮긴 겁니다. 그것도 갈가드 씨가 사망한 후에."

항아리의 높이는 로젠의 무릎 정도쯤 됐다. 거기에 포도주가 가득했으니 오두막 안으로 몰래 옮기기는 쉽지 않았다. 만약 그랬다가는 갈가드도 깨어났으리라.

또한 자기 전에 갈가드가 항아리를 넘어뜨렸으며, 바닥의 얼룩은 그때 생겼을 가능성도 없었다.

시신 발견 당시 갈가드의 몸도 바지도 흠뻑 젖은 상태였다. 만약 살아 있을 때 젖었다면 몸을 닦거나 씻었을 테고, 바지도 갈아입었을 것이다. 바로 곁에 강과 목욕탕이 있고, 갈아입을 옷은 궤짝 속에 가득했으니까.

게다가 바닥도 젖은 채로 놔뒀을 리 없었다. 쏟아진 포도주를 닦아 냈을 것이다. 하지만 바닥의 얼룩은 닦아 낸 흔적 없이 자연스럽게 번진 형태였다.

"그렇다면 항아리를 옮긴 건 범인밖에 없겠지요. 갈가드 씨를 죽인 후 범인이 항아리를 오두막으로 옮겨서 넘어뜨린 겁니다. 그런데 왜 그런 짓을 했을까요? 포도주를 쏟음으로써 대체 뭐가 달라지는 걸까요?"

로젠은 단숨에 답을 꺼냈다.

"갈가드 씨의 몸과 바닥에 묻은 혈흔을 덮어서 감출 수 있다. 그게 답입니다."

가슴을 푹 찔렀으니 피가 줄줄 흘러내려서 혈흔이 남았을 것이다. 하지만 첫 번째 발견자들을 포함해 누구도 혈흔이 있다는 사실을 눈치채지 못했다. 항아리에서 쏟아진 포도주가 혈흔을 덮어 버렸기 때문이다.

"이것과 가슴의 화상 자국을 합쳐서 생각하면 자연스레 범인의 의도가 보입니다. 범인은 왜 이런 위장 공작을 벌였을까요? 마술로 죽은 것처럼 보이게 하기 위해서입니다. 범인은 마녀의 소행으로 꾸미려 한 겁니다."

찌른 상처를 지져서 감추고, 흘러나온 피를 포도주로 씻어 낸다. 이 두 가지를 동시에 진행할 이유는 그것밖에 없었다.

"잠깐만."

란드센이 끼어들었다.

"지금 그 주장은 아까 언급했던 대전제와 정면으로 모순됩니다. 갈가드가 죽으면 앤의 소행으로 여겨질 게 뻔했으니, 그런 위장 공작을 벌일 필요가 없었을 겁니다. 만찬 석상에서도 같은 이야기를 했을 텐데요.”

“옳으신 말씀입니다. 그러니 거꾸로 생각하면 되는 겁니다. 범인이 위장 공작에 나선 건 앤 양에게 죄를 뒤집어씌울 수 있을지 없을지 확신이 서지 않았기 때문이라고. 확신이 없었기에 앤 양에게 의심이 가도록 손을 쓸 수밖에 없었던 겁니다.”

“그러니까 그게 말도 안 된다는 겁니다.”

“물론 란드센 경께는 말도 안 되는 소리로 들리시겠지요. 제가 방금 말씀드린 대전제를 자명하다고 여기시니까요. 하지만 그렇지 않은 사람도 있습니다. 예를 들면…….”

로젠은 본당을 둘러봤다.

“마을분들입니다.”

사람들이 웅성거렸지만 영주가 지팡이를 한 번 휘두르자 조용해졌다.

“란드센 경과 일꾼들은 아벨의 과거를 정확히 인식하고 계셨습니다. 예전에 살던 곳에서 마녀를 처벌한 것도, 여기 오게 된 경위도, 그리고 마녀재판에 성실히 임하려 한다는 것도, 전부 다요.”

이 점은 이번 재판 전에 란드센에게 미리 확인을 받아 뒀다.

“그러니 앤 양이 고발당하면 아벨이 법에 따라 고문해서 자백을 받아 낼 거라고 확신했습니다. 하지만 마을분들은 아벨의 능력에 의구심을 품고 있었어요. 그들은 아벨을 '마녀에게 속아 넘어간 어리석은 남자'라고 단정 짓고, 꿀벌에 기겁할 만큼 겁쟁이라며 업신여기고 있었으니까요."

로젠은 곁눈질로 아벨을 살폈다. 이 재판이 시작됐을 때부터 그는 줄곧 아무 말 없이 고개를 푹 숙이고 있었다. 지금도 로젠의 이야기에 전혀 반응하지 않았다.

"그러니 이렇게 생각해도 이상하지 않습니다. 설령 앤 양이 고발당하더라도, 아벨이 또다시 속아 넘어가서 무죄를 만들지도 모른다고요. 따라서 여기 계신 마을분들 전부 다 용의자인 셈입니다."

순간 웃음소리가 터졌다. 란드센이었다.

"그렇군요, 듣고 보니 확실히 일리가 있어요. 하지만 아무래도 갈 길이 까마득하겠습니다. 나와 일꾼들이 무고하다는 걸 밝혀 준 건 고맙지만, 그래도 일흔 명 넘게 남았으니까요. 정말 여기서 범인을 찾아낼 수 있다는 겁니까?"

"물론입니다."

로젠은 동요하지 않고 받아쳤다.

"다만 그러기 위해 조금 돌아가서 검토하고 싶은 사항이 하나 있습니다. '재 감추기' 주술에 대해서요. 아시다시피 이 마을에서 수호성인 성 메니니누무스는 절대적 존재, 즉 대전제로 여겨지고 있습니다."

지금까지 봐 온 마을 사람들의 행동을 보건대 의심할 여지가 없었다.

"그리고 성 메니니누무스의 가호를 받을 수 있다고 여겨지는 '재 감추기'에 대해서도 마을분들은 신뢰하고 계시지요."

자신의 존재가 들통날지도 모른다는 위험을 무릅쓰면서까지 자인은 '재 감추기' 주술을 사용했다. 그 주술만 사용하면 죄를 숨길 수 있다고 생각한 것이다.

그건 마을 사람들도 마찬가지였다. 자인이 벌 받은 다음 날, 집마다 처마 밑에 재를 쌓아 놓은 것이 무엇보다 명확한 증거였다.

"여기서 여러분께 확인하고 싶은 게 있습니다. 자인의 행동에 대해서입니다. 그는 자신의 죄를 숨기기 위해 '재 감추기' 주술을 사용했습니다. 자인의 그러한 행동에 뭔가 이상한 점이 있습니까?"

갑자기 질문이 날아들자 마을 사람들은 서로 얼굴을 마주 보았다. 탐색하듯 시선이 오가는 가운데, 마을 대표라는 입장에서인지 모그가 일어섰다.

"특별히 이상한 점은 없는 것 같습니다만."

"즉, 자인과 같은 상황이라면 마을 사람들은 모두 같은 식으로 행동한다. 그렇게 받아들여도 되겠습니까?"

"……부정직하게도 죄를 숨기려는 인간이라면 그러겠죠."

노인이 주위를 둘러보자 마을 사람들도 한결같이 고개를 끄덕였다.

로젠은 감사를 표했다. 충분히 만족스러운 대답이었다. 노인이 앉기를 기다려 말을 이었다.

"자, 갈가드 씨가 살해당했을 당시 마을 상황이 어땠는지 되새겨 보겠습니다."

갈가드나 소년 테그 같은 예외를 제외하고, 앤이 마녀라는 건 마을 전체의 공통된 의견이었다. 따라서 코펠의 예언에 언급된 '징표'가 나타나면 앤은 즉시 고발당해 유죄 판결을 받을 터였다.

"하지만 그 확신을 뒤흔드는 일이 일어났습니다. 새로운 사법관이 부임한 거지요. 마을분들이 보기에는 믿음직스럽지 못한 사법관이."

시야 구석에서 란드센이 작게 앓는 소리를 냈다. 로젠이 무슨 말을 하려는지 깨달은 것이리라.

"자, 마을에 갈가드 씨를 죽이려는 사람이 있었다고 칩시다. 지금까지였다면 범행을 저지르더라도 앤 양에게 죄를 뒤집어씌울 수 있었을 겁니다. 하지만 사법관이 바뀌는 바람에 확실히 죄를 뒤집어씌울 수 있다는 보장이 없어졌어요. 어쨌거나 마녀에게 속아 넘어가는 사람이니까요. 앤 양은 분명 고발당하겠지만, 예비 심문이나 본 심문에서 아벨이 무죄로 놓아줄지도 모릅니다."

만약 그렇게 되면 아벨은 자신의 직무에 따라 범인을 찾아내려 했을 것이다.

"그러므로 범인은 이렇게 생각하겠지요. 앤 양이 무죄로 풀려난다 해도 자신에게 추궁의 손길이 미치지 않도록 해야 한다고. 그러기 위해 범인은 어떻게 할까요? 물론 '재 감추기' 주문을 사용할 겁니다. 자인처럼요."

관리인용 오두막에는 화덕도 있었다. 재는 얼마든지 구할 수 있었을 것이다.

"하지만 현장에는 재가 쌓여 있지 않았습니다."

베날두스 신부와 첫 번째 발견자들의 증언에 따르면 현장에는 주술을 사용한 어떤 흔적도 없었다.

"즉 범인은 '재 감추기' 주술을 절대적으로 신뢰하는 사람이 아니라는 뜻입니다. 따라서 마을분들은 제외됩니다."

로젠은 이 자리에 없는 자인에게 감사했다. 그가 '재 감추기' 주술을 사용해 소란을 일으키지 않았다면 여기까지 도달할 수 없었으리라.

"잠깐." 에그하르트가 끼어들었다. "확실히 가슴이 두근대는 논리지만 구멍이 하나 있지 않나? 범인이 쌓은 재를 누군가가 치웠을 가능성은? 예를 들어 시신을 제일 먼저 발견한 사람들.

‘재 감추기’ 주술을 발견한 그들이 마녀가 죄를 숨기려 한다고 생각해 재를 치웠다. 그럴싸한 이야기 아닌가?”

“만약 그랬다면 그들은 온 마을에 그 사실을 떠들고 다녔을 겁니다. 마녀가 ‘재 감추기’ 주술로 죄를 숨기려 한다고 주의를 환기하기 위해서요.”

자인이 ‘재 감추기’로 소동을 벌였을 때 마을 사람들은 코펠에게 정화 의식까지 시켰다. 만약 현장에서 ‘재 감추기’ 주술을 발견했다면 역시 같은 의식을 치렀으리라.

“그렇군. 그럼 이건 어떤가? 마을 사람 모두가 아벨을 불신했던 건 아닐지도 모르지. 만약 범인이 아벨의 능력을 의심하지 않았다면, ‘재 감추기’ 주술은 사용하지 않을 거야.”

“네, 그렇습니다.” 로젠은 즉시 답했다. “그렇다면 Y자 모양의 화상을 남기지도, 항아리를 넘어뜨리지도 않았겠지요.”

에그하르트는 어깨를 으쓱하더니 순순히 물러났다.

“자.”

이야기를 매듭짓겠다는 듯 숨을 한 번 내쉰 후 로젠은 결론에 접어들었다.

“이로써 이 자리에 있는 대다수를 제외할 수 있었습니다. 그리고 범인의 조건 또한 명백해졌고요. 범인은 앤 양에게 죄를 뒤집어씌울 수 있을지 확신하지 못했고, 그렇다고 해서 ‘재 숨기기’ 주술도 사용하지 않았던 인물입니다. 그렇다면 이 특징에 들어맞는 사람은 누구일까요?”

로젠은 무대 옆으로 시선을 돌렸다. 시선 끝에서 베날두스는 여전히 미소를 짓고 있었고, 아벨은 고개를 숙인 채 미동도 하지 않았다.

“베날두스 신부님. 당신은 아벨을 무시하지는 않았던 듯합니다. 하지만 마을 사람들에게 아벨에 관한 소문을 귀가 따갑도록 들었을 겁니다. 속으로 그의 능력을 낮게 평가했더라도 이상하지 않습니다. 게다가 당신은 소동이 벌어지는 와중에도 ‘보호 주술’을 사용하지 않았습니다. 그걸 믿지 않은 게 분명합니다.”

누군가 숨을 삼키는 소리가 들렸다. 그에 답하듯 로젠은 고개를 저었다.

“그러나 당신은 범인일 수 없습니다. 걸을 때마다 관절에서 소리가 나는 만큼 야음을 틈타 잠든 사람을 습격하기는 불가능합니다.”

여전히 미소 띤 얼굴로 베날두스는 가슴 앞에 작게 성호를 그었다.

사람들의 시선이 단 한 사람에게 쏠렸다.

“아벨.” 로젠이 조용히 불렀다. “자네는 지금까지 언급된 조건을 모두 충족시켜. 이 마을에 부임한 지 얼마 안 돼서 자네는 마을 상황을 전혀 파악하지 못했어. 이 마을에 처음으로 발을 들여놓았을 때의 나와 똑같이 말이야."

앤이 고발당할 때까지 앤의 어머니가 마녀였다는 것도, 마을 사람들이 앤을 의심 어린 눈빛으로 바라보고 있다는 것도 몰랐다고 아벨은 말했었다.

"따라서 전임자의 죽음이 마녀의 소행으로 의심된다는 말을 들어도, 그게 얼마나 큰 의혹인지 자네는 판단이 서지 않았지."

그래서 마녀 짓으로 보이도록 위장할 필요가 있었다.

"'재 감추기' 주술도 자네는 사용할 수 없었을 거야. '재 감추기'라는 주술 자체를 몰랐으니까. 역시 부임한 지 얼마 안 돼서 말이야."

로젠은 말을 끊고 아벨을 똑바로 보았다.

"자, 뭔가 반론할 말이 있나? 안타깝지만 내가 보기에는 자네의 범행을 부정할 만한 재료가 하나도 없네. 그건 자네도 잘 알 거야."

관리인용 오두막에서 있었던 일이 떠올랐다. 그때 아벨이 겁먹은 표정을 지은 건, 방금 로젠이 펼친 '재 감추기'와 '화상 자국'에 대한 논리를 알아차렸기 때문이리라. 어쨌거나 그 직전에 '재 감추기'에 관련된 소동이 있었다. 그쪽으로 의식이 치우쳤어도 이상하지는 않았다.

아벨은 아무 대답도 없었다. 로젠은 마음을 가다듬고 단숨에 말했다.

"범인은 아벨, 자네야."

박수 소리가 울려 퍼졌다. 란드센이었다. 찬물을 끼얹은 듯한 정적 속에서 건조한 소리가 메아리쳤다.

"프리마! 이 말을 쓰는 건 두 번째지만, 지난번보다 이번이 훨씬 낫군요! 설마 아흔 명이나 되던 용의자가 순식간에 사라질 줄이야."

마을 사람들은 그저 상황을 지켜보고 있었다. 새삼 물어볼 것도 없이 그들이 이미 결론을 내렸다는 걸 표정으로 알 수 있었다.

그런 가운데 아벨은 역시 고개를 숙인 채 아무 반응도 없었다. 아니, 자세히 보니 어깨를 살짝 떨고 있었다.

"그런데 말입니다."

말 없는 청년을 대신해 입을 연 건 역시 란드센이었다.

"'아벨은 부임한 지 얼마 안 돼서 마을 사정을 잘 몰랐다. 따라서 그가 범인이다.' 흠, 나쁘지 않아요. 하지만 그렇다면 큰 의문이 생깁니다. 그런 아벨이 왜 갈가드를 죽였을까요? 갈가드는 아벨이 이 마을에 오고 고작 사흘 뒤에 살해당했습니다. 동기는 대체 뭐란 말입니까?"

"누구든 상관없었던 겁니다."

"……뭐라고요?"

"정확히 말하면 죽이기 쉬운 사람이라면 누구든 상관없었던

거지요. 갈가드 씨는 마을 외곽의 관리인용 오두막에 혼자 살
았습니다. 남몰래 죽이기엔 안성맞춤이었던 겁니다."

"누구든 상관없었다고? 그런 어처구니없는……."

로젠은 혼란스러워하는 란드센에게서 아벨에게로 시선을
돌렸다. 그는 여전히 반응을 보이지 않았다.

"그는 이 새로운 마을에서 새로운 인생을 살기로 마음먹었
습니다. 그런데 큰 문제가 앞을 가로막았지요. 바로 전임자가
마녀에게 살해됐을지도 모른다는 의혹입니다. 마녀와 관련해
괴로운 과거가 있는 아벨에게 그건 그냥 넘어갈 수 있는 일이
아니었습니다."

하지만 아벨에게 마을을 떠난다는 선택지는 없었다. 여기
말고는 그를 사법관으로 고용해 줄 곳이 없으니까.

"그래서 아벨은 이렇게 생각했습니다. 해를 입기 전에 마녀
를 색출하자고. 그렇습니다, 아벨은 마녀를 붙잡기 위해 선수
를 쳐서 갈가드 씨를 죽인 겁니다. 마녀 짓으로 위장해, 마을
사람들이 마녀를 고발하게끔 한 거지요."

"하나 납득이 안 가는 점이 있는데."

에그하르트였다.

"거기 저 친구…… 아벨 군에게 마녀라는 존재는 큰 문제였
잖아? 그렇다면 우선 전임자의 죽음에 관해 철저히 조사하지
않았을까? 그러면 앤 양이 마녀로 의심받고 있다는 사실을 알

아차렸을 테고, 아무 조치를 하지 않더라도 언젠가는 고발당하리라는 것도 알았을 텐데."

"괜히 조사하면 마녀 눈에 띌 거라고 생각했겠지요. 이렇게 작은 마을인 데다, 그는 외지에서 들어온 지 얼마 안 된 사람입니다. 그런 사람이 이것저것 캐고 다니면 금방 마녀 귀에 이야기가 들어갈지도 모르지요. 그렇게 생각해서 아벨은 마녀와 거리를 두기로 한 겁니다."

게다가 마녀에게는 악마가 붙어 있다. 그건 보통 사람 눈에 보이지도 않고, 귀에 들리지도 않는 존재다. 자기 행동을 훤히 들여다보고 있어도 이상하지 않았다. 그런 불안도 아벨을 주춤거리게 만든 원인 중 하나이리라.

"마을에 온 지 사흘 만에 범행에 나선 것도 서둘러 마녀를 색출하고 싶었기 때문입니다. 그만큼 아벨은 몹시 불안했던 겁니다."

"전부 마녀 탓입니다. 그 여자가 나한테…… 저주를 걸었어요."

방을 찾아갔을 때 문 너머에서 아벨이 꺼낸 말. 여기서 말하는 저주란, 예전에 살던 도시에서 가슴속에 뿌리내린 마녀에 대한 공포심을 가리키는 것이리라. 그리고 그 공포심 때문에 자기 손을 피로 물들이고 말았다.

"아벨."

로젠이 불렀지만 대답은 없었다.

"아벨!"

크게 부르는 목소리가 회당에 메아리치자 청년은 어깨를 움찔하며 고개를 들었다.

순간 눈이 마주쳤나 싶었지만 아벨이 얼른 외면했다. 잔뜩 일그러진 얼굴은 창백하다기보다는 흙빛에 가까웠고, 핏기를 잃은 입술 안쪽에서는 이가 맞부딪쳐 딱딱, 소리가 났다.

로젠은 냉정하게 말을 꺼냈다.

"신명재판을 하는 거야."

아벨도 앤과 마찬가지로 신명재판에 속임수가 사용됐다는 이야기를 듣지 못했다. 하지만 이미 두 번이나 기적을 목격했으니, 그가 결백하다면 해낼 수 있을 것이다.

갑자기 아벨이 몸을 돌렸다. 본당에서 뛰쳐나가려는 그를 곁에 대기하고 있던 덩치 큰 남자들이 붙잡았다. 자인이 재판받았을 때도 활약한 바로 그 남자들이다. 아벨이 마구 날뛰었지만 남자들은 꿈쩍도 하지 않았다.

"얌전히 있어."

보초들이 아벨에게 창을 내밀며 윽박질렀다. 번뜩이는 창끝을 보고 아벨이 움직임을 멈췄다.

"아, 아……."

아벨의 입에서 갈라진 목소리가 터져 나왔다. 찢어질 듯 벌어진 입에서는 침이 지저분하게 흘러내렸고, 눈알이 튀어나올 것처럼 눈을 부릅떴다.

그것은 그야말로 악마의 형상이었다.

"전부…… 마녀 때문…… 마녀의…… 저주가……."

아벨이 몸을 크게 젖혔다. 그 엄청난 기세에 아벨을 붙잡고 있던 남자들이 일제히 튕겨 나갔다. 두 번, 세 번, 네 번째로 경련한 후, 아벨은 실이 끊긴 것처럼 무대 방향으로 쓰러졌다.

너무나 갑작스러운 사태에 다들 할 말을 잃고 꼼짝도 하지 못했다. 그 가운데 한 명이 아벨에게 다가갔다. 그는 미소 지으며 아벨의 얼굴을 들여다보고 맥을 짚었다.

"돌아가셨습니다."

뚜둑. 본당에 울려 퍼진 관절 소리는 여운도 없이 조용히 사라졌다.

출발

큰 나무 앞에서 말없이 기도를 올리던 앤은 천천히 눈을 떴다. 그리고 울퉁불퉁 솟아오른 뿌리 사이에 꽃을 살며시 내려놓았다.

마을 묘지에 군생하는 작은 보라색 꽃.

이 꽃의 이름이 뭔지 앤은 모른다. 어머니는 언제나 이것을 보라색 꽃이라 불렀고, 그렇게만 말하면 서로 통했다. 그런데 무슨 문제가 있으랴.

'그래, 이건 보라색 꽃. 그걸로 충분해.'

어머니의 무덤은 없었다. 마녀의 시신은 부정한 것이라며 강에 떠내려 보냈고, 처형된 마녀의 무덤을 만드는 걸 마을 사람들이 허락할 리도 없었다. 애초에 어머니가 죽고 나서 이번 마녀재판이 시작될 때까지 앤은 꿈속에 있는 듯한 상태로 지내 왔다. 그러니 무덤을 만든다는 생각 자체가 머릿속에 떠오를 리 없었다.

하지만 지금.

앤은 드디어 어머니를 위한 장소를 마련했다. 바로 눈앞의 큰 나무다.

어린 시절, 이 거목의 뿌리에 걸터앉아 유일한 친구였던 즈샤와 하잘것없는 잡담을 나눴다. 길에서 벗어나 숲속 깊이 들어와야 하는 이곳을 아는 사람은 앤과 즈샤밖에 없었고, 그렇기에 찾아오는 사람도 없었다. 마녀 취급을 받은 끝에 죽임을 당한 어머니의 영혼도, 여기서라면 분명 평온하게 지낼 수 있으리라.

한 줄기 바람이 나무를 흔들었다.

태양이 겨우 본래 모습을 되찾은 듯 보드라운 햇살이 쏟아졌다. 어제까지 더웠던 것이 맞나 싶을 만큼 공기는 시원했고, 어쩐지 나무들이 부스럭거리는 소리도 경쾌하게 느껴졌다.

"앤."

부르는 소리에 돌아보니 선명한 빨간색 외투 차림의 소녀와 눈이 마주쳤다. 그 뒤에는 무뚝뚝한 표정의 실눈 남자가 서 있었다. 리리와 로젠. 앤을 도와준 은인들이다.

"이만 가야 해."

리리가 말했다. 마녀재판이 열린 지 이틀이 지났다. 재판 후

처리해야 할 일이 겨우 끝나서 리리 일행은 오늘 마을을 떠날 예정이었다.

아벨의 죽음은 성 메니니누무스의 천벌로 마무리됐다. 살인자를 마을의 수호성인이 심판했다는 것이다. 궁지에 몰린 끝에 공포가 극심해져서 죽은 것이라고 로젠은 주장했지만, 귀 기울이는 마을 사람은 한 명도 없었다.

에그하르트는 한발 먼저 출발했다. 여기저기 할 일이 쌓여 있다고 투덜대면서 미남 수행원을 거느리고 위풍당당하게 떠났다. 마치 회오리바람 같은 사람이구나 싶었다. 어디선가 나타나 순식간에 사라지는데, 그렇지 않고서는 요직을 겸임할 수 없으리라.

"정말 감사했습니다."

앤은 두 사람을 똑바로 보고 고개를 숙였다. 로젠이 머리를 긁적였다.

"제 힘은 미미했습니다. 그보다 당신이 자신의 주장을 절대로 굽히지 않았기에 좋은 결과가 나온 겁니다."

리리가 로젠의 등을 세게 두드렸다.

"너무 겸손하네요. 로젠은 잘했어요."

"……리리도 잘했어."

"당연하죠!"

그렇게 말하며 가슴을 쭉 펴는 리리를 보고 앤은 자기도 모르게 웃었다. 오랜만에 진심으로 웃은 것 같았다.

"그런데 앤." 로젠이 목소리를 가다듬고 말했다. "괜찮다면 우리와 함께 가지 않겠어?"

뜻밖의 제안에 앤은 눈을 깜박였다.

"무죄를 선고받았다고는 해도 자신을 마녀 취급하던 마을에서 살면 마음이 편치는 않을 텐데?"

망설인 것도 잠시, 앤은 고개를 저었다.

"저는 여기 남을 겁니다. 어머니와 추억을 많이 쌓은 곳이고, 무엇보다 제가 나가야 한다니 이상하니까요."

"생계를 꾸릴 방도는 있고?"

"약사 일을 도왔던 경험을 살려 조수로 일하지 않겠느냐고 영주님이 제안하셨어요."

영주가 무슨 연구를 하는지는 리리에게 대강 들었다. 일꾼들을 대상으로 만능 약을 연구한다고. 터무니없는 이야기라고 생각하지만, 일꾼들 모두 수긍하고 협력하는 중이라니 앤이 이래라저래라 할 문제는 아니었다.

아무튼.

"그 사람보다 더 제대로 된 약을 만들 수 있도록 열심히 할게요."

"그런 마음가짐이면 못 할 게 없겠네요."

앤은 리리와 함께 웃었다. 따라 웃은 로젠의 입에서 중얼거리는 소리가 새어 나왔다.

"꼭 진짜 자매 같네."

조금 전보다 강한 바람이 불어 와 소녀들의 머리카락을 흔들었다.

작별 인사를 마치고 두 사람이 발을 돌렸다.

작아져 가는 그들의 뒷모습을 보며 앤은 언제까지고 손을 흔들었다.

포어렌데 — 1557년 겨울

겨울 하늘은 잿빛으로 흐렸지만, 2년 만에 돌아온 도시는 여전히 활기찼다. 길거리에는 분주한 발소리가 울려 퍼졌고, 줄지어 늘어선 가게 앞에서는 점원들이 손님을 불러 모으고 있었다. 못 박는 소리, 화덕에서 빵을 굽는 소리, 아이들이 뛰노는 소리, 실력 없는 길거리 공연자에게 쏟아지는 야유, 말 울음소리 등등 넘쳐 나는 잡다한 소리는 도시의 심장 박동 그 자체였다.

"아무것도 변하지 않았군."

로젠은 중얼거렸다.

포어렌데. 한때 공부하고 마녀재판에 참여했으며, 도망치듯 떠난 도시. 로젠이 사라져도 도시는 당시와 하나도 다를 바 없는 일상을 유지해 왔다. 어쩌면 그를 기억하는 사람은 한 명도 없을지 모른다.

오늘은 평소와 달리 로브가 아니라 튜닉에 바지를 입은 가벼운 차림새였다. 외투를 걸칠까 싶었지만, 겨울치고는 의외로 따뜻해서 그대로 여관을 나섰다.

리리와는 여관 앞에서 헤어졌다. 각자 가고 싶은 곳을 둘러보자며 리리는 붐비는 사람들 사이로 사라졌다.

"가고 싶은 곳이라."

이 도시에 그런 곳은 없었다. 오히려 피해야 할 곳은 얼마든지 있었다. 마녀재판의 심리를 진행했던 관청, 엘레나가 처형된 광장, 불탄 디커 가문의 집터. 죄다 혐오스러운 기억으로 이어져서 근처를 지나기조차 꺼려졌다. 그렇다고 개인 사정만 앞세워 그만둔 학교에 얼굴을 내밀기도 망설여졌다.

'리리는 어디로 갔을까.'

이미 리리의 집은 없어졌고, 친척들도 뿔뿔이 흩어졌을 것이다. 대체 어디로 가겠다는 걸까. 어쩌면 언니와 추억을 쌓은 리리만의 장소가 있는지도 몰랐다.

'추억이라.'

관자놀이가 지끈지끈 아팠다.

어째서 이 도시로 돌아온 걸까.

마녀재판에서 이겼으니까?

앤을 구해 냈으니까?

아마도 아닐 것이다.

물론 성취감은 있었다. 마녀재판에서 이긴다는 지극히 어려운 일을 해냈으니까. 하지만 마음이 개운해지지는 않았다. 어째서인지 채워지지 않는 이 기분. 란드센의 말을 따라 하자는 건 아니지만 뭔가가 부족했다.

공허감을 안고 여기저기를 빙빙 돌다가 결국 에른스트 대학교에 발을 들였다. 내키지 않는다고는 해도 달리 갈 곳이 없으니 어쩔 수 없었다.

총장은 부재중이었다.

굳이 만나고 싶었던 건 아니었다. 다만 아인슈타인령에서 신세를 졌으니 감사를 표하려 했을 뿐이었다. 재판이 끝난 후 에그하르트는 서둘러 마을을 떠났으므로 제대로 이야기할 시간이 없었다.

하는 수 없이 물러가려 하자 이목구비가 단정한 미남이 불러 세웠다. 에그하르트의 비서라고 밝힌 그는 총장님에게 편지를 맡아 놓았다고 했다. 로젠 앞으로 대학교에 도착한 듯했다.

이상했다. 로젠은 2년 전에 대학교를 그만뒀다. 왜 이제 와서 자기 앞으로 편지가 도착한 걸까.

조심스레 접은 편지는 밀랍으로 봉인된 상태였다. 접힌 부분을 펴는 것도 답답해 로젠은 봉인과 함께 편지를 거칠게 잡아 뜯었다.

로젠 교수님께

　교수님과 인연도 연고도 없는데 갑자기 이런 편지를 보내는 게 얼마나 무례한 짓인지는 잘 압니다. 죄송합니다. 하지만 꼭 전해 드려야 할 말이 있습니다. 아인슈타인령에서 교수님이 심판하신 아벨에 대한 내용입니다.

　아아, 아벨. 불쌍한 어린양이여.

　저는 리트루드 교회에 사제로 있는 피터라고 합니다. 아벨과는 동향 출신이고, 친하게 지낸 사이입니다. 그래서 아벨에 관해 잘 압니다.

　아벨이 살인이라는 큰 죄를 저질렀다는 소식을 듣고 깜짝 놀랐습니다. 뭔가 착오인 줄 알았죠. 제가 아는 아벨은 벌레도 죽이지 못할 만큼 착한 사람이니까요.

　부디 성급히 편지를 내려놓지는 말아 주십시오. 그런 건 인상에 지나지 않는다고 말씀하시고 싶은 마음은 잘 압니다. 하지만 잠시만 참고 편지를 마저 읽어 주십시오. 그러면 제 말이 진실임을 이해하실 테니까요.

　한때 아벨이 마녀라는 누명을 썼던 일에 대해서는 이미 들으셨을 줄 압니다. 무사히 석방되긴 했지만 기뻐할 수만은 없는 노릇이었습니다. 마녀가 아벨에게 꺼림칙한 저주를 걸었거든요.

그것은 참으로 기묘한 저주였습니다. 고해실에서 처음 들었을 때 저도 바로는 믿을 수가 없었습니다. 하지만 아벨의 행동을 보면서 정말이었다고 확신하기에 이르렀습니다.

어떤 저주냐 하면, 바늘이나 칼같이 뾰족한 물건의 끝부분을 보면 공포에 사로잡히는 저주였습니다.

물론 칼은 위험한 물건입니다. 칼을 대하면 누구나 적잖이 두려움을 품겠죠. 하지만 아벨은 그 정도 수준이 아니었습니다. 뾰족한 물건을 볼 때마다 얼굴이 창백해지고, 온몸은 땀으로 흠뻑 젖고, 심할 때는 실신하기까지 했습니다.

분명 마녀에게 삿대질당했을 때 저주가 발동한 거겠죠. 마녀의 손끝은 꼭 나뭇가지처럼 뾰족했다고 합니다. 그걸 눈앞에 들이댐으로써 마녀는 아벨의 마음에 공포를 심어 놓은 것입니다.

아아, 불쌍한 아벨. 그는 이 일을 아무에게도 밝히지 못했습니다. 마녀에게 저주받았다고 어떻게 말할 수 있겠습니까? 그랬다가는 더더욱 주변 사람들이 피할 테고, 자칫하면 도시에서 쫓겨날 수도 있습니다.

이제 깨달으셨겠지요? 아벨이 칼로 사람을 찌르다니, 그건 말도 안 됩니다. 벌레도 죽이지 못할 만큼 착해서가 아니라 애초에 칼을 들 수조차 없기 때문입니다.

아벨은 살인자가 아닙니다. 그것이야말로 진실입니다.

앞으로 어떻게 하실지는 교수님께 맡깁니다. 하지만 부디 진실의 빛 아래를 걸으시길.

리트루드 교회 사제 피터 다그라네스

로젠은 몇 번이고 편지를 되풀이해 읽었다. 거기 담겨 있을지도 모르는 행간의 의미를 찾아내려는 듯이.

"전부…… 마녀 때문…… 마녀의…… 저주가……."

아벨의 마지막 말이 머릿속에 메아리쳤다. 동시에 그의 행동거지가 잇달아 떠올랐다.

마을에 부임한 날, 벌에 쏘일 뻔해 거품을 물고 주저앉았다.

관리인용 오두막을 조사했을 때 공포에 얼어붙었다.

코펠이 단도를 쳐들었을 때 오두막에서 뛰쳐나갔다.

그리고 마녀재판. 그는 겁을 먹은 나머지 죽어 버렸다.

어느 경우나 현장에는 뾰족한 것이 있었다. 벌에는 침이 있다. 관리인용 오두막에 있었던 원십자는 끝부분이 뾰족했다. 코펠은 그야말로 칼을 쳐들었고, 마녀재판에서는 보초들이 창을 들이댔다.

'이게 무슨.'

뾰족한 물건이 무서워서 실신한다고? 하물며 겁나서 죽어 버린다고? 그런 기묘한 저주가 있을 리 없었다.

하지만.

만약 그게 사실이라고 가정하면 수긍이 가는 일이 딱 하나 있었다. 란드센이 아벨을 고용한 이유였다.

왜 란드센이 아벨을 사법관으로 고용했는지 로젠은 줄곧 의아했다.

두 사람은 일면식도 없었다. 게다가 아벨이 살던 도시는 란드센이 다스리는 마을에서 도보로 2주일이나 걸릴 만큼 먼 곳이었다. 그런데 어째서 란드센은 아벨의 허물을 감싸 준 걸까.

실험 대상으로 삼기 위해서다.

아벨이 정말로 저주에 걸렸다면 이상한 행동을 거듭했을 것이다. 포크를 보고는 주저앉고, 못을 보고는 거품을 물었을지도 모른다.

그런 그의 모습은 소문으로 퍼져 나갔으리라. 이윽고 소문을 들은 란드센은 이렇게 짐작했다. 혹시 그 청년은 무슨 병에 걸린 게 아닐까.

머리를 다쳐 성격이 바뀐 것처럼 보이는 자인이라는 선례가 있었던 것도 그 짐작을 뒷받침했으리라.

란드센은 아벨에 대해 샅샅이 조사했다. 그 결과, 실험 대상으로 쓸 만하다고 판단해 고용하기로 했다.

그렇다면.

이 편지에는 진실이 쓰여 있는 걸까? 아벨을 살인범으로 지목한 자신의 논리는 틀렸던 걸까?

'아니.'

로젠은 세차게 고개를 저었다.

설령 그런 저주가 걸렸다 해도 아벨은 갈가드를 죽일 수 있었을 것이다.

우선 흉기를 가져갈 때는 칼끝이 눈에 들어오지 않도록 천으로 감싸면 된다. 그리고 갈가드를 찌를 때는 불빛에 깨지 않도록 조심할 겸 랜턴을 끄면 된다. 그러면 현장은 어둠에 감싸일 테니 칼끝이 눈에 들어오지 않는다. 실제로 아벨은 그대로 행동했으리라.

등골이 오싹 얼어붙었다.

갈가드는 한 방에 정확히 왼쪽 가슴을 찔렀다. 어둠 속에서 그럴 수 있을까?

더구나 갈가드는 잠버릇이 고약했다. 침상에서 굴러떨어지기가 예사였다고 한다. 즉 어디서 자고 있을지 예상이 안 된다. 그런데 어둠 속에서 상대의 가슴을 한 번 만에 정확히 찌를 수 있을 리 없었다.

발밑에서 한기가 기어올랐다. 하늘에 구름이 잔뜩 껴서 당장이라도 비가 내릴 것만 같았다.

정신을 차려 보니 로젠은 절벽 끝에 서 있었다. 워낙 좁은 곳이라 두 사람이 겨우 나란히 설 수 있을 정도였다.

고개를 쭉 빼서 내려다보았다. 나뭇가지와 잎사귀가 복잡하게 뒤얽혀 절벽 아래는 보이지 않는 어둠에 뒤덮여 있었다. 떨어지면 절대로 살아남지 못하리라.

"역시 여기로 왔네요."

뒤에서 목소리가 들렸다. 리리였다. 기시감에 가벼운 현기증을 느꼈다.

"왜 그래요? 얼굴이 말이 아니네요."

"리리, 나는……."

"아, 혹시 떠올린 건가요?"

로젠은 눈앞의 소녀를 빤히 바라봤다. 무슨 소리를 하는 건지 통 알 수가 없었다.

소녀가 고개를 갸우뚱했다.

"어라, 아직 생각이 안 났어요?"

"무슨 소리야?"

지끈거리는 통증이 몰려와서 로젠은 무심코 관자놀이를 눌렀다.

소녀가 한숨을 쉬었다.

“에이. 심각한 표정이길래 생각난 줄 알았는데…… 아직도 마주하지 않을 건가요?”

마주한다고? 대체 뭘? 두통이 점점 심해져서 앓는 소리가 새어 나왔다.

“이제 자기 자신을 속이는 건 그만둬요. 그렇게 부정직하고 불성실한 촌극은 그만두고 얼른 떠올리라고요.”

부정직한 촌극. 떠올리라고? 그런 말을 들어도 짐작 가는 구석은 전혀 없었고, 그저 두통만 심해졌다.

“떠올리라니, 뭘?”

“억압된 기억이요.”

“억압……?”

“봉인이라고 해야 알아듣기 쉬우려나. 사람은 견딜 수 없는 일이 생기면, 그 기억을 봉인하거든요. 무의식 저 깊은 곳에.”

“무의식……?”

“스스로도 자각하지 못하는 자기 자신 말이에요. 예를 들어 로젠이 여기까지 걸어온 것도, 평소 혼잣말을 흘리는 것도 전부 무의식에서 나오는 행동이에요. 그사이의 기억이 없죠?”

로젠은 침을 꿀꺽 삼켰다.

전혀 이해가 가지 않았다.

무의식이란 뭐지.

그런 말은 들어 본 적도, 입에 담아 본 적도 없었다. 리리의 출신지인 소아시아의 말일까. 로젠은 간신히 목소리를 짜냈다.

"의식이 없다, 즉 실신한다는 뜻인가? 하지만 실신했다면 걷지도 혼잣말을 중얼거리지도 못할 텐데."

"아아, 역시." 소녀가 손뼉을 짝 쳤다. "로젠이 자인 씨의 증상을 설명하는 걸 들으면서 혹시나 했는데. 아직 무의식이라는 개념에 도달하지 못한 건 아닐까 하고요."

잠시 생각한 후 소녀가 손을 내밀었다. 손바닥에 작은 갈색 사탕이 얹혀 있었다.

"없는 개념을 말로 설명하기는 불가능하거든요. 그러니 어서요."

어째선지 거부할 마음이 들지 않아 시키는 대로 사탕을 입에 넣었다. 뇌까지 녹을 듯한 단맛이 퍼져 나갔다. 동시에 사고의 굴레가 벗겨지고, 거센 물살처럼 밀려온 개념이 두개골 속에서 소용돌이쳤다.

"아아……."

이해가 형태를 갖추었다.

무의식이란 무엇인가. 그 개념을 받아들였다.

그리고 이해했다. 자인은 시야의 왼쪽을 잃은 게 아니었다. 잃었다 해도 시야는 고개나 눈알을 움직여서 보완할 수 있으니, 왼쪽이 빠진 그림을 그릴 리 없었다.

자인에게는 왼쪽이 보였다. 하지만 그것을 의식할 수 없었다. 보이는데 보이지 않는다. 제 딴에는 그림 전체를 본다고 봤지만, 사실 왼쪽 부분은 의식 밖에 있었다. 그래서 의식할 수 있는 오른쪽 부분만 그려 놓고 그 자신은 그림이 완성됐다고 믿었다. 왼쪽을 무시한 듯한 그림이 나온 건 그 때문이었다. 그 증상에 굳이 이름을 붙인다면, 편측 무시.

"맞아요." 소녀가 고개를 끄덕끄덕했다. "뇌의 윗부분 오른쪽에 장애가 생겨서 일어나는 증상이에요. 산비탈에서 굴러떨어졌을 때 부딪혀서 증상이 나타난 거겠죠."

"리리…… 넌……."

소녀가 장난스럽게 웃었다.

"제 정체는 처음부터 다 알고 있었을 거예요. 하지만 로젠은 거기서 눈을 돌렸죠. 저와 정면으로 마주하지 않고 도망친 거라고요."

소녀는 손을 뒤로 돌려 깍지를 끼고 로젠의 눈을 들여다보았다.

"갑자기 떠올리려면 부담이 크겠죠. 일단은 이번 여행에서 있었던 일을 돌이켜 봐요."

그 말이 스르르 귀에 들어오자, 마치 마술처럼 여행의 기억이 차례차례 머릿속에 상을 맺었다.

소녀와 함께했던 여행의 기억. 그것은 위화감 덩어리였다.

여행 내내 이 소녀는 마치 공기 같았다.

소녀에게 말을 거는 건 언제나 로젠뿐. 다른 사람들은 마치 소녀가 존재하지 않는 것처럼 행동했다. 소녀에게 말을 거는 사람은 물론이고, 소녀에게 주의를 기울이는 사람조차 없었다.

소녀가 말을 걸지 않는 건 제쳐 두더라도, 소녀에게 말을 거는 사람이 없는 건 분명 이상했다. 눈에 확 띄는 빨간색 외투를 입은 이방인 소녀다. 시선이 가지 않을 리 없었고, 화제에 오르지 않을 리 없었다.

결정적인 건 앤의 마녀재판이다.

로젠은 무죄를 증명하기 위해 신명재판을 받았다. 그리고 앤도 신명재판을 통해 결백함을 내보였다. 거기까지는 좋다.

하지만 리리는 신명재판을 받지 않았다. 마녀의 공범이라는 혐의를 받았음에도 불구하고. 그리고 그 사실을 지적하는 사람 역시 아무도 없었다. 그토록 집요하게 굴던 덴 부인조차도. 어째서?

누구도 리리의 모습을 보지 못했으니까.

"아아."

생각났다.

소녀의 정체가.

그 모습은 눈에 보이지 않고, 그 목소리는 귀에 들리지 않는다. 하지만 마음이 검게 물든 자 앞에는 모습을 드러내 신을 저버리는 길로 나아가도록 꼬드긴다. '무의식' 같은 정체 모를 지식을 갖추고 지혜의 열매를 통해 상대에게 그 지식을 나누어 주는, 이 세상 것이 아닌 존재.

"너는…… 리리가 아니야."

"리리예요."

소녀가 킥 웃었다. 도저히 악마로는 보이지 않는, 천진난만한 웃음이었다.

"사물은 이름 붙임으로써 다른 것과 구별되고 존재하기에 이르죠. 숫자 '6'도, 악마도 그래요. 막 나타나서 아직 이름도 없는 저를 보고 로젠이 불러 줬잖아요, 리리라고. 그래서 저는 여기 존재할 수 있는 거예요."

두통이 점점 심해졌다. 로젠은 무릎을 꿇고 몸을 웅크렸다. 물방울이 뺨에 뚝 떨어졌다. 빗방울이었다. 빗발은 조금씩 거세졌고, 잠시 후 주위는 빗소리에 감싸였다.

"생각난 거죠?"

그 말에 로젠은 고개를 살짝 끄덕였다.

그날.

절벽에서 뛰어내리려는 로젠 앞에 한 소녀가 나타났다.

"리리……."

무심코 그렇게 중얼거린 후 로젠은 바로 깨달았다.

그것이 자신이 잘 아는 소녀가 아니라는 것을.

왜냐하면 리리는 이미 죽었으니까.

사람들이 불을 지른 저택에서 온몸이 새까맣게 타서 죽어 버렸으니까.

하지만 그런 건 아무래도 상관없었다.

소녀가 누구든, 설령 악마라 할지라도.

리리의 모습이 바로 눈앞에 있었다.

엘레나가 가장 사랑하는 여동생의 모습이.

엘레나는 이제 없지만 리리는 여기 있다.

그것만으로도 로젠의 마음은 구원받았다.

소녀가 말했다.

"어떻게 하고 싶어요?"

로젠은 답했다.

"영원히 함께 있어 줘."

조금 놀란 표정을 지은 후, 소녀는 웃었다.

"좋아요. 죽은 후에 영혼을 준다면."

빗발은 더더욱 거세졌다. 흠뻑 젖은 옷이 살에 달라붙어 체

온을 빼앗았다.

한편 두통은 썰물 빠지듯 사라지고 머리가 가벼워졌다. 모든 게 떠올랐기 때문이리라.

"정말 힘들었다고요."

리리의 모습을 한 소녀가 입을 삐죽거렸다.

"아무리 리리 씨가 살아 있다고 믿고 싶어도 그렇지, 제가 악마라는 사실을 말끔히 기억에서 지워 버리다니요. 그렇다고 억지로 떠올리게 하면 자아가 무너질 위험성도 있으니, 저로서는 촌극에 맞춰 줄 수밖에 없었어요."

"앤은…… 마녀였구나."

로젠의 말에 리리는 고개를 끄덕였다.

"물론이죠. 제 모습을 보고 목소리를 들은 게 무엇보다 뚜렷한 증거예요."

앤을 처음 만났을 때가 떠올랐다. 전혀 흔들림 없던 앤의 두 눈. 그건 자신이 무죄라고 믿어서가 아니라 마녀로서 이미 각오를 다졌기에 나온 눈빛이었으리라.

"에그하르트도."

"네, 마녀예요."

리리는 아무렇지도 않게 긍정했다.

"여행하면서 유난히 마녀재판과 많이 마주친 건 우연이 아니에요. 제가 로젠을 유도한 거죠. 거기서 마녀재판이 열린다는 걸 밤중에 동물들에게 들었거든요."

"왜……."

"치료예요."

리리가 몸을 홱 돌렸다.

"로젠이 기억을 억압한 건 마녀재판 전후에 있었던 일을 마음이 견딜 수 없었기 때문이에요. 그러니까 마녀재판을 반복해서 접하면 언젠가 덮개가 벗겨져서 기억이 되살아나지 않을까 싶었어요."

리리의 입에서 한숨이 새어 나온다.

"하지만 도무지 생각해 내질 못하더라고요. 어떻게 해야 하나 정말 고민이 많았어요. 그러다 앤 씨 이야기를 들었죠. 마녀가 된 지 얼마 안 됐는데, 당장이라도 마녀재판에 회부될 위기에 처한 여성이 있다고."

리리가 춤추듯 빙그르르 한 바퀴 돌았다. 그 몸짓에 맞춰 빗방울이 튀었다.

"앤 씨와 계약한 악마에게서 연락이 왔어요. 그때 좋은 생각이 났죠. 실제로 마녀재판의 변호인으로 나서서 피고인을 도우면 로젠의 마음속 상처도 치유되지 않을까, 하고요. 저쪽 악마 입장에서도 자기와 계약한 마녀가 살아남는 거니까 두루두루 좋은 일이잖아요."

리리가 빙긋 웃었다.

"다행히도 그러기 위한 재료는 전부 갖춰져 있었어요."

계획의 골자는 간단해요.

마을에서 사건을 일으킨다. 마을 사람들이 앤 씨를 고발하면 신명재판으로 결백을 증명한다. 더 나아가 사건의 범인이 따로 있다는 것도 증명해서 결백을 더 확실하게 만든다. 이게 다예요.

계획을 위한 제물로 갈가드 씨와 아벨 씨만 한 사람은 또 없었어요. 갈가드 씨는 마을 외곽에 살고 있어서 피해자로 안성맞춤이었죠. 한편 아벨 씨는 '이 마을 사정에 어둡다'는 조건을 갖추고 있어서 범인 역할에 제격이었고요.

물론 아벨 씨의 과거, 란드센 씨의 연구, 수호성인 등등에 관해서는 전부 앤 씨의 악마에게 들었어요. 에헤헤.

이제 실행에 옮기기만 하면 됐죠.

일단 앤 씨가 갈가드 씨를 죽이고, 아벨 씨에게 죄를 뒤집어 씌우기 위해 화상 자국 등 다양한 위장 공작을 한다.

독살이 더 간단했는데, 재료를 모으고 조합할 틈이 없더라고요. 어쨌거나 앤 씨를 워낙 철저하게 감시해서 말이죠.

아, 참고로 앤 씨 방에 채웠던 빗장은 앤 씨의 악마가 벗겼어요. 세상에 나타난 악마는 물리적인 힘이 약하지만, 어린아이 장난질 수준의 행동은 할 수 있거든요.

자, 순조롭게 갈가드 씨는 죽었고, 계획대로 앤 씨는 구금됐어요.

그때 우리가 위풍당당하게 나타나는 거죠.

우리는 사건을 조사한 후 앤 씨는 무고하다고 결론 내립니다. 그리고 신명재판을 통해 마을 사람들을 수긍시키고, 아벨 씨를 범인으로 지목합니다. 결국 앤 씨가 무사히 풀려나 행복한 결말을 맞을 예정이었는데요…….

서글프게도 신이 아닌 악마인 탓일까, 예상 밖의 일이 자꾸 일어났죠.

자인 씨가 '재 감추기' 주술로 소동을 일으키질 않나, 그 탓에 로젠이 엉뚱한 방향으로 폭주하질 않나, 무덤을 파헤친 사실이 들통나서 붙잡히질 않나. 어휴, 한때는 진짜 일이 어떻게 되려고 이러나 싶었다니까요. 하지만 그 덕분에 수호성인의 예언이라는, 예상치 못한 비장의 한 수를 손에 넣을 수 있었어요. 마을 사람들이 그렇게까지 융통성 없고 고집이 셀 줄은 몰랐으니까, 그건 정말로 도움이 됐어요. 전화위복이었던 셈이죠.

그나저나 그 마을 사람들은 정말이지 사고가 한쪽으로 치우쳤더라고요. 비논리적인 이야기를 들을 때마다 반론하고 싶어서 입이 근질근질하더라니까요. 뭐, 어차피 제 목소리는 안 들리니까 잠자코 있었지만.

아, 덧붙여 에그하르트 씨는 제가 불렀어요. 로젠이 폭주할 기미가 보여서 만일을 위한 보험으로 이틀째 밤에 연락해 뒀죠. 음, 제가 보기에도 좋은 판단이었어요. 질 좋은 광석을 싸게 거래할 수 있을지도 모른다고 했더니 기꺼이 달려오더군요. 일이 마무리된 후에 마컴 부부가 돌연사한 일의 진상을 빌미로 삼아 란드센 씨에게서 광석을 듬뿍 뜯어낸 모양이에요.

아참, 아벨 씨가 선단공포증이라는 것도 알고 있었어요. 그 사실이 들통나면 계획이 물거품으로 돌아가니까 들통나지 않게 해 달라고 신께 계속 기도했죠.

물 흐르듯 이어지는 리리의 설명을 듣고 로젠은 신음했다.

리리가 왜 그렇게 행동했는지 짚이는 구석이 많았다.

그 마을 이전에 머물렀던 도시에서부터. 쭉 거기 머물고 싶다던 리리가 갑자기 태도를 바꿔 출발하자고 졸라 댔다. 날씨가 흐려서 언제 비가 내릴지 모르는데도. 분명 앤이 고문을 당하기 전에 마을에 도착하기 위해서 그랬으리라.

사건을 조사하기 시작한 후로는 툭하면 무덤을 파헤치자고 주장했다.

"어떤 자국이었는지 확인하면 문제가 해결될 것 같은데요."

"파내면 되잖아요."

"역시 갈가드 씨의 무덤을 조사해야 하지 않을까요?"

물론 찔린 상처를 로젠이 발견하도록 하기 위해서였으리라.

실제로 무덤을 파헤치기로 했을 때, 리리는 밤에 묘지에서 대기하는 역할을 맡았다. 들개에게 습격당할지도 모르는데 자기 혼자.

로젠이 그 역할을 주저 없이 맡긴 것도 리리가 악마임을 무의식적으로 알고 있었고, 악마는 동물을 부릴 수 있기에 습격의 위험을 염두에 두지 않았기 때문이었다.

그리고 갈가드가 살해당한 사건.

어둠 속에서 범인은 어떻게 갈가드를 찔렀을까. 그 수수께끼도 풀렸다.

답은 간단하다. 밤눈이 밝은 악마에게 도움을 받으면 된다. 악마와 함께 칼을 쥐고 유도하는 대로 내리친다. 그러면 어둠 속에서도 정확하게 찌를 수 있다.

로젠은 고개를 푹 떨궜다. 머리카락에서 빗방울이 뚝뚝 떨어졌다.

조금만 더 주의 깊었다면 알아차렸을 것이다. 보통 인간은 갈가드를 살해하기가 불가능하다는 사실을. 악마가 옆에 있다는 걸 전제로 한 범행이라는 사실을. 그랬다면 아벨을 죽음으로 몰아넣지도 않았으리라.

결국 로젠은 끝까지 신이 아닌 악마의 손바닥 위에서 놀아 났을 뿐이었다.

'아니.'

혼자 제멋대로 설쳤을 뿐인가.

"아, 물론 앤 씨는 신명재판에 속임수를 사용했다는 걸 알고 있었어요. 앤 씨의 악마가 알려 줬거든요."

리리가 웅덩이로 폴짝 뛰었다. 철벅, 하고 물보라가 튀었다.

"로젠은 잘해 줬어요. 뭐, 폭주하려는 낌새가 꽤 있긴 했지만 요. 하지만 우리 계획을 전혀 모르는 상태인데도 마지막에는 기대에 부응해서 활약했죠."

로젠의 입에서 참회하는 듯한 목소리가 흘러나왔다.

"전부 지혜의 열매 덕분이겠지?"

감옥에서 들었던 에그하르트의 말이 귓속에 되살아났다.

"제법 도구를 다룰 줄 알게 됐군."

"뭐, 그럴 만도 한가."

그렇다, 여행 중에 떠올린 생각은 전부 눈앞의 소녀가 건넨 사탕, 지혜의 열매에서 비롯된 것이리라.

마녀재판에서 이기기 위해 세운 방책도.

그 마을의 마녀재판에서 펼친 소거법도.

눈에 보이는 것이 전부라고 여기고 신보다 논리…… 악마의 재주를 우선하는 길로 발을 내디딘 것도.

"아니에요." 리리가 달래듯 말했다. "로젠도 정말 애썼다고요. 그건 틀림없어요. 다만 곤란한 점이 딱 하나 있었죠."

"마녀재판에서 이겼는데도 기억이 돌아오지 않았다."

"맞아요. 아이고, 지금까지 고생했던 게 전부 허사가 돼서 울 뻔했다고요. 그래서 이렇게 된 이상 독으로 독을 제압하는 수밖에 없다, 아벨 씨의 증상을 폭로해서 자신의 과오와 마주하게 하자는 생각으로 에그하르트 씨에게 편지를 만들어 달라고 했죠."

그 편지도 위조된 것이었나. 로젠에게는 이제 반응할 기력조차 남아 있지 않았고, 리리의 말은 어쩐지 남 일처럼 한 귀로 들어와서 다른 귀로 빠져나갔다.

"그래서 겨우 이렇게 기억을 되찾은 거예요."

리리가 로젠의 눈동자를 들여다보며 천진난만하게 미소 지었다.

"자, 이제 어떻게 하고 싶어요?"

성탄절

겨울치고는 하늘이 아주 맑았다.

어제까지는 칙칙한 눈구름에 덮여 있었지만, 밤사이에 산바람이 날려 보냈으리라. 그래도 발목이 빠질 정도의 눈이 마을 전체에 쌓여 있었다. 약한 겨울 햇빛이 반사돼 눈이 반짝반짝 빛났다.

집마다 나무나 점토로 만든 사람이며 말 같은 장식물을 벽 앞에 세워 놓았다. 전부 마을 아이들이 직접 만든 거였다. 수염을 기른 인형은 예수 그리스도, 그 옆의 세 남자는 동방 박사일까. 사람들은 장식물들을 바라보며 웃음 띤 얼굴로 눈을 밟고 걸어갔다. 목적지는 광장이었다.

광장에는 긴 탁자가 열 개쯤 놓여 있었다. 여자들과 아이들이 탁자 사이를 분주하게 오가며 요리가 담긴 접시를 늘어놓았다. 탁자 곁의 술통에는 포도주가 가득 담겨 있을 것이다.

교회 앞의 유난히 큰 탁자에는 영주 란드센이 떡하니 자리를 잡고 앉아 있었다. 란드센은 평소보다 더 쾌활한 모습으로 양옆에 앉은 베날두스와 코펠에게 큰 소리로 뭔가 이야기했다.

광장 중앙에는 거대한 무대를 만들어 두었다. 성탄절을 축하하기 위한 연극을 상연할 무대였다. 무대 곁에는 각양각색의 의상을 걸친 남녀 몇몇이 담소를 나누고 있었다.

광장 앞에서 앤은 그러한 광경을 멍하니 바라보았다.

앤은 이번에 축제 준비를 거들지 않아도 된다고 했다. 억울한 누명을 씌운 것을 조금이나마 사죄하는 의미인 듯했다. 또는 신명재판에서 은총을 받은 앤에게 경의를 표하기 위해서인지도 몰랐다.

옆에서 누군가가 포도주를 채운 잔을 쑥 내밀었다. 확인하자 덴 부인이 멋쩍은 얼굴로 서 있었다.

재판이 끝난 후로 덴 부인과는 말을 나눈 적이 없었다. 그렇다기보다 부인이 앤을 피하는 듯했다. 그럴 만도 하리라. 덴 부인은 앞장서서 앤을 비난한 인물이니까.

"그, 정말 미안했어."

내민 술잔을 받아 들자 부인은 그렇게 말하고 부랴부랴 광장으로 돌아갔다.

잠시 포도주를 바라본 후, 앤은 천천히 광장에서 멀어졌다.

왁자지껄 떠드는 아이들 무리와 마주쳤을 때 소년 하나가 앤에게 손을 흔들었다. 예전에 앤이 상처를 치료해 준 테그라는 아이였다. 손을 흔들어 주자 소년은 얼굴을 붉히며 달려갔다.

이윽고 적당한 나무숲이 눈에 띄자 앤은 슬며시 안쪽으로 들어갔다.

앤은 휴, 하고 숨을 내쉬고 포도주를 땅에 부었다. 흙에 거무튀튀한 얼룩이 번졌다. 마지막 한 방울까지 털어 낸 후, 술잔도 나무 그늘 속으로 내던졌다.

나무숲에서 나오는 발걸음은 가벼웠다.

다시 광장으로 향하는 앤 옆에 어느새 한 소년이 나란히 서 있었다.

앤처럼 밤색 머리에 다갈색 눈동자. 한없이 맑은 피부. 혈색이 좋은 입술에는 즐거운 미소가 맺혀 있었다.

큰 북소리가 울리고 환성이 터졌다. 축제가 시작된 것이리라. 구세주 예수 그리스도께서 이 세상에 내려오신 날을 축하하는, 1년 중 가장 복된 축제. 온 마을 사람이 광장에 모여 마시고, 먹고, 노래하고, 춤췄다. 흥겨운 축제는 매년 밤늦게까지 이어졌다.

앤은 웃었다.

마을 사람들의 환성이 우스꽝스럽게 느껴졌다.

어째서 저렇게 즐거운 듯 목소리를 높이는 걸까.

어차피 다 죽을 텐데.

⊕

우물에 갔다가 울면서 교회로 뛰어든 그날.

그리운 얼굴이 앤의 침실을 찾아왔다.

10년 만에 다시 만난 그는 마치 흘러가는 시간 속에 홀로 남겨진 것처럼 예전과 전혀 다름없는 모습이었다.

앤은 소년에게 매달려 울었다. 자신이 마녀로 의심받고 있다는 것, 결국은 어머니와 같은 꼴을 당하리라는 것. 도망치고 싶지만, 저런 인간들 때문에 마을을 떠나려니 어머니를 볼 낯이 없다는 것. 그런 심정을 눈물과 함께 토해 냈다.

소년은 예전과 똑같이 천진난만한 미소를 지으며 속삭였다.

"그럼 본때를 보여 주자."

그 목소리는 마치 마술처럼 앤의 마음에 스르르 스며들었다. 어느덧 눈물이 멎었다.

소년은 자신이 악마라고 했다.

"10년 전부터 날 점찍었던 거야?"

"아니. 그때 그 아이는 네 상상의 산물이었어."

그가 설명했다. 어린아이는 가끔 상상 속 친구를 만들어 내는데, 그 소년도 그중 하나였다고.

무슨 소리인지 확 와닿지는 않았지만, 더는 묻지 않기로 했다. 어쨌거나 그가 돌아와 줬으니까.

계획은 전부 그가 세웠다. 앤은 그저 시키는 대로 조리장에서 칼을 가져와, 야음을 틈타서 갈가드를 찔러 죽였다. 오두막에 있던 부젓가락으로 상처를 지지고, 포도주를 쏟고, 감옥에 구금됐다.

그리고 무죄를 얻어 냈다.

진심으로 속이 후련했다.

하지만 이 정도로 끝낼 생각은 없었다.

마을 사람들에게 본때를 보여 주려면 이 정도로는 아직 부족했다.

앤은 소년과 새로운 계획을 짰다.

마을 사람들을 몰살할 계획을.

광장은 왁자지껄하게 떠드는 소리로 가득했다.

아이들은 이리저리 뛰어다녔고, 남자들은 술에 취해 주정을 부렸고, 여자들은 맛있는 음식을 먹으며 요란하게 웃어 댔다.

모두 그늘 하나 없이 밝은 모습으로 축제를 즐기고 있었다.

나를 불태워 죽이려 했으면서.

어머니를 불태워 죽였으면서.

그래도 앤은 분노가 솟구치지 않았다.

곧 전부 죽을 테니까.

요리에도 포도주에도 독을 듬뿍 탔으니까.

악마가 제조법을 알려 준 지효성 독. 음식을 다 먹어 갈 즈음부터 다들 내장이 찢기는 듯한 고통에 몸부림치리라.

란드센 밑에서 일하기로 한 것도 이 때문이었다. 그 남자의 연구실은 독을 정제하기에 안성맞춤인 곳이었다.

무대에서 나팔 소리가 울려 퍼졌다. 이어서 악사들이 크고 작은 피리를 연주했고, 광대 차림을 한 남자가 폴짝폴짝 뛰며 인사했다. 공연이 시작됐다. 제목은 '그리스도 강림', 그리고 '최후의 만찬과 그리스도의 부활'. 사람들의 환성으로 광장이 들썩였다.

앤은 하늘을 올려다봤다. 여전히 구름 한 점 없었다. 벌주기 좋은 날이다.

무고했던 어머니를 태워 죽인 마을 사람들.

그들은 오늘, 자기네가 무죄 방면한 내게 죽는다.

앤의 입에 희미한 미소가 맺혔다.

옆에서 소년이 기쁜 듯이 앤을 올려다보았다.

Epilogue

"산 너머 도시에 마녀가 나타났다는군."

주점 주인은 나무 잔에 물을 따라 주며 말했다.

한낮의 주점은 한산해서 눈앞의 손님과 주인뿐이었다.

지성이 느껴지는 넓은 이마에 얇은 눈썹. 그 아래 눈은 실처럼 가늘어서 무슨 생각을 하는지 가늠할 수 없었다. 빼빼 마른 몸을 덮은 검은 외투도 한 몫 해서 마술사라고 해도 고개가 끄덕여질 것 같았다.

하지만 범접하기 어려운 분위기와는 달리, 이 손님은 요리를 아주 많이 주문했다. 혼자서는 도저히 다 먹지 못할 만큼. 그렇듯 씀씀이가 후한 손님을 그냥 내버려둘 수도 없는 데다, 마침 한가해서 말을 걸어 봤더니 뜻밖에 대화가 잘 통했다. 마녀 운운하는 말이 나온 건 세상 돌아가는 이야기도 일단락됐을 무렵이었다.

"놀랍게도 자물쇠가 잠긴 방에 있던 여자를 마술로 죽였다나 봐. 어휴, 무서워라. 손님도 조심하셔. 뭐, 어떻게 조심해야 할지는 모르겠지만."

주점 주인이 그렇게 말하며 웃자 남자는 어깨를 으쓱했다.

"대학교 측의 지시를 받고 그 일을 조사하러 온 거요."

주점 주인의 눈이 동그래졌다.

"이야, 대학교의 학사님이셨군."

남자가 빵을 입에 밀어 넣고 일어섰다. 어느새 탁자의 접시를 말끔히 비웠다.

"많이도 드셨네. 하긴 일하러 가기 전에는 배를 든든히 채워야지."

주점 주인은 계산하는 남자의 손에 작은 돌을 쥐여 주었다. 윤기 나는 검은 표면에 가느다란 글자가 빼곡하게 새겨져 있었다.

"악마를 쫓는 성물이야. 많이 먹어 준 보답이니 가져가게."

남자의 입꼬리가 살짝 올라갔다. 웃은 건지 아니면 경련한 건지, 주점 주인이 보기에는 구분이 가지 않았다.

"유감이오."

그렇게 말하며 남자는 돌을 주점 주인에게 돌려줬다.

"나도 이것저것 시험해 봤지만, 아무래도 별 효과가 없는 것

같더군요."

"자자, 배도 채웠겠다, 오늘도 사람을 도우러 가죠."

그렇게 말하고 소녀가 주점에서 훌쩍 뛰쳐나갔다.

검은 머리에 검은 눈동자. 소아시아 출신을 연상시키는 밀색깔 피부. 선명한 빨간색 외투 아래로 뻗어 나온 팔다리는 막대처럼 가느다랬다.

뒤따라 나온 로젠은 씁쓸한 목소리로 대꾸했다.

"마녀를 잘못 말한 거겠지."

"이번에는 마녀가 아닌가 보던데요. 틀림없이 누명을 썼다고 에그하르트 씨도 그랬잖아요."

"너희들 말은 믿을 수 없어."

"너무해요! 에그하르트 씨야 그렇다 쳐도, 저를 뭐로 보는 거예요. 아니, 그보다 너는 뭐예요, 너는. 예전처럼 이름으로 불러 줘요."

종알종알 떠드는 소녀에게서 시선을 돌렸다. 여기저기 눈이 쌓인 큰길에는 의외로 사람들이 많았지만, 시끄러운 소녀를 바라보는 사람은 아무도 없었다. 혼잣말을 중얼거리는 남자를 신기하게 바라보는 아이들이 몇 명 있을 뿐이었다.

뒤쪽을 돌아보았다. 죽 늘어선 건물 너머로 하얘진 산봉우리들이 보였다. 포어렌데를 떠난 지 한 달 반, 이제 겨울빛으로 물든 공기가 차가워서 들이마시면 몸속부터 얼어붙을 것만 같았다.

"몽땅 타 버렸다는군."

에그하르트와 나누었던 대화가 머릿속에 되살아났다.

거창한 대학교 총장의 의상으로 그 거구를 감싼 에그하르트가 말했다.

란드센이 다스리던 마을은 성탄절 날 발생한 화재로 모조리 불탔다. 집은 전부 불타서 내려앉았고, 숯덩이로 변한 시체가 수북이 쌓여 있었다고 한다.

이상한 점은 도망친 사람이 있을 법도 한데, 영주를 포함해 생존자가 한 명도 없었다는 것이다. 다만 마을 사람이 총 몇 명인지 정확하게는 모르므로, 시체의 숫자가 적었다 해도 눈치채지는 못할 것이라고 했다.

담담히 사실을 전한 후, 총장은 손뼉을 한 번 쳤다.

"자, 세상 돌아가는 이야기는 이쯤 하고. 로젠 군, 이제 자네 이야기를 하지. 지혜의 열매를 먹은 자네에게는 선택지가 두 개 있네."

에그하르트가 책상 위에 두 가지 물건을 아무렇게나 던져 놓았다.

순은으로 만든 칼과.

양피지 한 장.

달걀 같은 눈을 가늘게 뜨고 에그하르트가 스스럼없는 어조로 말했다.

"마녀로서 화형당할 텐가, 아니면 나를 위해 일할 텐가."

원하는 쪽을 선택하게나.

"로젠, 제 말 듣고 있어요?"

소녀가 갑자기 소매를 잡아당겨서 의식이 현실로 돌아왔다. 로젠은 천천히 고개를 저었다.

"저기 말이야."

불만스러운 표정의 소녀에게 물었다.

"왜 내 기억을 회복시키려고 한 거지?"

"뭘 당연한 걸 물어보고 그래요? 제가 누군지 똑똑히 떠올려 줬으면 했으니까 그랬죠. 기억을 잃어버린 로젠에게 맞춰서 행동하기도 힘들었고요."

"그뿐이야?"

소녀의 답을 기다리지 않고 말을 이었다.

"괴로운 기억을 회복시키면 내가 자살을 택하리라고 생각한 건 아니고?"

그렇게 되면 신속히 영혼을 회수할 수 있었다.

“내가 죽기를 바란 거 아닌가?”

소녀는 한순간 어리둥절한 표정을 짓더니 웃음을 터뜨렸다.

“전혀 아니에요.” 단호한 목소리였다. “어차피 인간은 언젠가 죽으니까 서두를 필요 없는걸요. ‘천천히 서둘러라’라고 하잖아요.”

게다가, 하고 소녀가 방긋 웃었다.

“로젠과 함께 여행하는 것도 꽤 즐겁거든요.”

커다란 꽃이 활짝 핀 듯한 그 웃음은 일찍이 알고 지냈던 소녀의 웃음과 조금도 다를 바 없었다.

로젠은 약간 일그러진 얼굴로 시선을 돌렸다. 그러곤 가슴 깊은 곳에서 뒤엉킨 감정을 토해 내듯 하얀 입김이 오르는 한숨을 내쉬었다.

죽는 건 두렵지 않았다.

어차피 한 번 버리려 했던 목숨이었다.

하지만 자신의 영혼을 악마에게 넘겨주는 건 참을 수 없었다. 리리를 사칭하는 이 악마에게.

그래서 로젠은 결심했다.

최대한 오래 살아남기로.

설령 흙탕물을 들이마시고 불덩이가 될지라도.

그러다 결국 죽음이 찾아오면 그땐 어쩔 수 없었다. 영혼을 내주는 수밖에.

악마에게 영혼을 넘기면 어떻게 될까. 물어보지도 않았다. 알아본들 어쩔 수 없는 노릇이고, 어차피 변변찮은 말로가 기다리고 있을 테니까.

구원 없는 세계에서 영원히 고통을 맛봐야 하거나, 아니면 우걱우걱 잡아먹힐지도 몰랐다.

어느 쪽이든 그건 분명 많은 과오를 저지른 자신이 짊어져야 할 십자가였다.

아무 죄도 없이 고발당해 죽은 아벨과 한 사람도 남김없이 사라져 버린 그 마을. 그리고 재판에서 변호하기를 포기한 옛 연인까지.

"아, 또 멍하니 있네. 정말이지 어떻게 된 거예요?"

소녀가 말했다. 동글동글하니 잘 움직이는 눈. 엘레나의 여동생을 쏙 빼닮았다.

"아무것도 아니야."

시선을 돌린 채 로젠은 걸음을 성큼 내디뎠다.

"앗, 잠깐 기다려요!"

뒤쪽에서 당황한 듯한 목소리가 들렸지만 개의치 않고 걸어갔다.

한낮의 거리는 점점 활기가 넘쳐 났다. 두 사람의 모습은 순식간에 인파 속으로 사라졌다.

패소율 99.9퍼센트의 마녀재판에서 승리하라!

　뭐든지 가능한 판타지는 용납할 수 없고, 그 세계만의 현실감을 원하는 분들께 추천합니다. 물론 비현실적인 설정이 이것저것 가득 담겨 있지만, 모든 요소가 이 세계만의 상식에 기반해서 움직입니다. 그러니 안심하고 푹 빠져서 이야기에 몰입해 주세요.

　이 작품 『마녀재판의 변호인』을 소개하는 문구 같지만 그렇지 않다. 이건 저자 기미노 아라타가 2021년에 소설 투고 사이트 '가쿠요무'와 소설 프리마켓에 올린 작품 『신벌과 레토릭』을 소개하는 글이다.
　『신벌과 레토릭』은 위증하면 천벌이 내려지는 종교 국가에서 관계자 전원이 범행을 부인하는 연쇄 살인사건을 조사하는 본격 미스터리다. 종교의 입김이 아주 강한 억압적인 국가라는 설정은 『마녀재판의 변호인』과도 상통하는 측면이 있어 딱 들어맞기도 하다.

현재 '마녀'라는 말을 '유럽 등지의 민간 전설에 나오는 요녀. 주문과 마술을 써서 사람에게 불행이나 해악을 가져다준다고 한다'라는 사전적인 의미로 사용하는 사람은 거의 없으리라. 또한 현재 여러 창작 매체에 등장하는 '마녀'는 원래 의미보다 많이 미화됐다고 할 수 있다.

그러나 16세기 당시 마녀는 사람들에게 실존하는 위험 요소였다. 사람들은 마녀가 악마와 계약해 마술로 해를 끼친다고 믿었다. 현대인의 시점에서 볼 때는 비현실적이지만, 당시 사람들에게 마녀와 마술은 그 세계만의 상식이었던 셈이다. 사람들은 그 상식에 기반해서 생각하고 행동했다. 16세기 관점에서 마녀는 발견하면 재판해서 없애야 하는 악한 존재고, 따라서 마녀재판에 회부되면 살아날 가망이 거의 없었다.

『마녀재판의 변호인』에서는 이렇듯 마녀가 살아 숨 쉬는 세계관에서 마녀로 몰린 소녀 앤을 구해야 하는 어려운 임무가 주어진다. 변호인 로젠은 범행에 마술이 사용되지 않았다는 걸 논리적으로 증명해서 재판에 이겨야 할 뿐만 아니라, 앤의 앞날을 위해 마을 주민들에게 앤이 마녀가 아니라는 사실을 납득시켜야 한다. 과연 로젠은 이 어려운 임무에 성공할 수 있을 것인가. 저자 기미노 아라타는 본격 미스터리적인 수법과 이 세계관만의 특성을 활용해 독자가 그 어려운 임무 속에 푹 빠져들게 해 준다.

저자 기미노 아라타는 대학 졸업 후 정신과 의사로 근무하면서 2020년 무렵부터 '가쿠요무'와 소설 프리마켓 등에서 작품 활동을 해왔다. 그러다 제23회 '이 미스터리가 대단하다!' 대상에 응모하는데, 마녀재판을 소재로 선택한 이유는 평소 흥미가 있었던 데다 결백을 증명하기가 원리적으로 거의 불가능한 마녀재판이 본격 미스터리의 불가능 범죄와 마찬가지로 매력적인 소재가 될 수 있을 거라고 생각했기 때문이라고 한다. 인터넷에 올린 『신벌과 레토릭』도 그렇고, 이 작품 『마녀재판의 변호인』도 그렇고 도전 정신과 저자의 개성이 넘치는 작품이다.

그래서 비록 대상은 수상하지 못했지만, 히든카드상으로서 작품이 간행된 것이리라. '이 미스터리가 대단하다!' 대상의 히든카드상은 대상은 타지 못했지만 장래성을 높이 평가해 편집부에서 추천한 작품에게 주는 상이다.

독특하고 뛰어난 기미노 아라타의 장래성을 독자 여러분도 『마녀재판의 변호인』으로 확인해 보시기 바란다.

2026년 1월

김은모

특수 설정을 이용한 본격 미스터리의 새로운 방향성을 보다

지금 이 해설을 읽는 독자라면 방금 막 이 작품을 끝까지 읽었을 것으로 생각한다. 그리고 여러 감상이 들 것이다. 무엇보다도 결말에서 드러나는 사건의 진상 때문에 호불호가 갈릴 수 있다.

먼저 이 작품 『마녀재판의 변호인』이 '특수 설정 미스터리'에 속하는지부터 짚고 싶다. '어디에 속하든 재미만 있으면 된다'는 말은 잘 알지만, 작품의 해석을 위해서다. 장르의 문법을 이해하는 것은 이 작품을 온전히 해석하기 위한 열쇠가 된다.

'특수 설정 미스터리'는 보통 두 가지 조건을 만족해야 한다고 생각한다.

　1. 특수 설정 때문에 만들어진 불가능 범죄가 일어나 탐정이 어려움을 겪는다.
　2. 그 세계관의 규칙을 역으로 이용해 탐정이 추리를 하고 사건을 해결한다.

　그런 의미에서 『마녀재판의 변호인』은 완벽한 특수 설정 미스터리라 할 수 있다. 사이비에 가까워 보이는 마을, 집단으로 세뇌당한 마을 사람들. 명확한 증거 없이 앤을 마녀라고 점찍는 이들을 설득해야 하니 로젠은 머리가 아파온다. 그리고, 그 마을의 폐쇄적인 요소를 이용해 멋지게 추리를 해낸다.

　이 작품에서 독특한 점은 이러한 특수 설정이 대부분 인물에 의존한다는 사실이다. 소설 속 등장인물들은 작품 바깥의 우리와 같이 각자의 입장과 관점, 이유를 가지고 상황에 따라 입체적으로 행동한다. 그렇기에 이 작품의 인물들은 독자가 일단 받아들여야 하는 '한번 죽어도 되살아난다'는 식의 대전제가 아니라, 상식적으로 이해가 가능한 장치로 활약한다. 이렇게 상호적이고 유동적인 인물들을 특수 설정의 요소로 활용했다는 점이 참 매력적이다. 그리고 그건 란드셴이라는 흑막이 있기에 가능했다. 그 덕분에 로젠이 더듬어 가는 사건의 표면에서 인물들이 왜 그렇게 행동했는지에 충분한 설득력이 마련되었다.

또 눈여겨볼 점은 탐정이 그 특수 설정에서 벗어나 있는 것처럼 읽힌다는 사실이다. 기존의 특수 설정 미스터리에서는 볼 수 없었던 패턴이다. 그 때문에 탐정이 더 고뇌에 빠지며 캐릭터성을 더하고 신선함을 주었다.

최종적으로 드러나는 진상에 대해서 얘기하자면, 만약 앤이 정말로 마녀가 아니었고 아벨이 범인이었다면, 어쩌면 이 작품은 평범하게 잘 쓰인 특수 설정 미스터리라는 평가만 받고 수상에는 미치지 못했을지도 모른다. '탐정이 하나의 단서를 미처 몰랐고, 그걸 알게 됨으로써 모든 게 뒤집힌다'는 본격 미스터리에서의 일종의 미덕도 살리면서, 덴 부인으로 대표되는 마을 사람들이 그냥 나쁜 사람인 것만으로 끝나지 않고, 성과를 이룬줄 알았던 탐정이 나락으로 떨어지고, 든든한 지원자인 줄 알았던 리리의 정체가 밝혀지며 터지는 카타르시스가 『마녀 재판의 변호인』의 '킥'이었다고 생각한다.

작품의 전체 구조상 인물이 핵심적인 특수 설정 본격 미스터리라, 자칫하면 인물이 세계관을 구성하는 재료나 탐정의 추리, 플롯을 위한 자료로만 쓰이고 끝날 우려도 있으나(물론 지금까지 본격 미스터리가 비판받았던 점들에 비하면 훨씬 낫다) 마지막 진상을 통해 모든 인물을 다시 곱씹어 보면서 강한 여운을 남기는 점이 좋다.

특히 베날두스의 대사를 처음부터 주의깊게 다시 읽어보면,

'과연 꽤 뛰어난 신부구나' 하는 생각이 든다. 물론 훌륭한 복선이기도 하고, 처음 읽었을 때부터 여운이나 교훈적인 메시지로 다가오기도 했다. 또한 로젠에게 사건을 해결해 나가는 단서를 제시하기도 하면서, 참으로 특수 설정, 그리고 본격 미스터리와 잘 어울리는 인물이구나 하고 감탄했다.

본격 미스터리를 사랑하는 독자로서 큰 즐거움을 얻었으며, 쓰는 이의 입장에서도 많은 공부가 된 작품이었다. 작가의 다음 행보가 벌써부터 기다려진다.

2026년 1월

추리소설 작가 김영민

마녀재판의 변호인

펴낸날　초판 1쇄　2026년 2월 13일

지은이　기미노 아라타
옮긴이　김은모
펴낸이　홍성욱
펴낸곳　톰캣
출판등록　2023년 2월 21일(제 2023-000043호)

주소　경기도 고양시 고봉로 20-32
전화　031-811-4774
팩스　0504-372-4774
이메일　tomcat-book@naver.com

ISBN　979-11-997218-0-7　03830

※ 값은 뒤표지에 있습니다.
※ 잘못 만들어진 책은 구입하신 서점에서 바꾸어 드립니다.

책임편집·교정교열　홍주미